《鲁迅故乡作家文库》(第 4 辑)

水幕电影

沙叶 著

上海文艺出版社

图书在版编目（CIP）数据

水幕电影/沙叶著. — 上海：上海文艺出版社，
2024
ISBN 978-7-5321-9023-2

Ⅰ.①水…Ⅱ.①沙…Ⅲ.①长篇小说—中国—当代
Ⅳ.①I247.5

中国国家版本馆 CIP 数据核字（2024）第 088536 号

责任编辑　冯　凌
特约编辑　长　岛
封面设计　马海云

水幕电影

沙叶　著

上海世纪出版集团　上海文艺出版社
上海市闵行区号景路 159 弄 A 座 2 楼　201101
上海文艺出版社发行中心发行
上海市闵行区号景路 159 弄 A 座 2 楼 206 室　201101　www.ewen.co
苏州市越洋印刷有限公司印刷
开本 880×1230　1/32　印张 8　插页 2　字数 168,000
2024 年 4 月第 1 版　2024 年 4 月第 1 次印刷
ISBN 978-7-5321-9023-2 / I·7102　定价：48.00 元

告读者　如发现本书有质量问题请与印刷厂质量科联系
T：0512-68180638

第一章

　　我在五马园的凉亭里，靠着柱子。柱子上贴着关于梅毒、尖锐湿疣、办假证、家政服务以及卖春药的牛皮癣。在这个城市里，我也得像一块牛皮癣。如果我还算有梦想，那么它就是一坨糨糊，使我死死地粘在这个城市里。这个梦的成分很复杂，一小半是勃发的荷尔蒙，一小半是爱情的憧憬，还有一小半是抗拒和叛逆。不过，我现在更像是风干了的牛皮癣，在风中瑟瑟发抖，似乎下一秒就会脱胶跌落。人们都说女人是水做的，可我还是梦想着在水里扎下根来。这就像凉亭的柱子，只要有一小块空隙，它就还是一块处女地，很值得那些牛皮癣去占有。

　　我不停地抽烟。在这个冬天，除了那梦想的余温，烟便是我唯一的慰藉了。这已经是第三个晚上了。它与之前的那些夜晚一样，长长短短，凌乱不堪，就像摊在地上的烟屁股。在这些寒冷的夜晚，我终于明白，漫长的等待就像一枚奇怪的毒药，一旦发作，那些期望、幸福、失望、抱怨、憎恨就交缠在一起，让人难以自拔。

　　第一个晚上，我漫无目的地行走，以便打发时间。这个城市发育得太快了，就像一个质朴的乡下小姑娘，转眼间变成了如花的大闺女。第二个晚上，我在寻找。留在记忆中的许多建筑不见了，它们像水汽一样消失。当年，我和她有了第一次拥抱，也有了第一次亲吻。不过，生活的轨迹总是充满神奇，最适合用来作为终点的地方，恰恰是出发的地方。我固执地守在这个冰冷的亭子里，内心里搁着一把干柴，等待那一点火星子的出现。然而，那点火星子还明亮着吗？还存留着足够的温度吗？以前，五马园还只是一个混乱不堪的汽车站，汽车站的附近，是一栋淡黄色外墙的住宅楼。住宅楼下有一片茂密的无花果林，那就是我们拥吻的地方。然而，现在连这个起点也似乎消失了。没有开始，便已经结束。我像一个远航的水手，看不见灯塔，只见大片的雾气笼罩着海面。

这个世界，似乎任何东西都是滑溜溜的，总也抓它不住，包括曾经撞到怀里的东西。"我什么都不要，我只要你一个人！"她塞给我一样东西说。这是她的蚕纱围巾，它是我第一次从一个女人身上扒下来的东西。我与她谈论过它的花色、图案、质料，以及与别的内衣的搭配。我又靠到了柱子上，双脚搁在水泥长椅的靠背上。我从牛仔包里翻出了围巾。它曾经引导我沉浸在那片温软的记忆中，曾经引导我在长夜里梦遗。现在，它又黑又脏，除了刺鼻的臭，再也没有别的味道了。如果它再次散发出芳香，那将无异于一个惊喜，就像我此时所等待的，或许只是一场意外。

今晚，五马园一如往常。男女们三三两两的，借着夜色的掩护打闹耍欢。他们的尖笑声，像马匹一样来回奔跑着，从来都不会虚脱。随着夜色渐深，喧闹声变得稀落，最后只留下一些孤单身影，还有糅杂在冷风中的啜泣。然后，连这些身影与啜泣也消失了。然而，这个城市，不会那么容易就安静下来。

午夜时，我目睹了一场群殴。一群混混，提着铁棍和马刀，追着一对男女。他们从五马园门口逃进来。男的扶着眼镜，女的光着双脚。在凉亭前，两人被拦住了去路。那男的吓得浑身哆嗦，"嘣"的一声跪倒在台阶下。女的求爹告娘的，声音带着哭腔。他们被拖到了边上的草地，棍棒无情地砸到了他们身上。打完了，混混们掸掸手，一个个散去。

那对男女瘫在地上，"阿唷阿唷"地喊疼。男的眼镜被打落在地，镜片粉碎，鼻子和嘴巴都出血了。那女的倒不碍事，只是捂着脸，哭诉男人的无能和懦弱。这时，男人扇了女人一个耳光。这回，轮到他诅咒了。他咒骂女人是扫把星，跟她在一起，就是跟恐惧和担心过日子。他咒骂她是个妖邪的女人，因为她既破坏了他的家庭，又影响了他的声誉，现在还受到了这般狠毒的招待。女人沉默了，只是啜泣着。她大约真的认为自己是个害人精，真的觉得眼前的这个男人是因为她而备受折磨。我看着他们从地上爬了起来，絮絮叨叨地继续指责着对方，似乎在比谁更下贱，比谁更无耻，最后两人还是相互搀扶着离开了五马园。

后半夜，我冷极了。城市终于变得寂静，一些罪恶也潜到黑暗深处去了。我看到草地一片雪白。我以为下雪了，抬头一看，却看到了明晃晃的月亮。它瘦瘦小小，像一柄精美的匕首。它的每一道光芒，都不怀好意。它们像一根根冰柱子，插入我的记忆。它们正在冰冻我的一丁点热望。长久以来，不管遇到怎样的寒冷与艰难，它都不曾泯灭。可是，现在它正在消失。我更愿意想些别的什么事情，比如想想我的表弟青山。

或许，此时此刻，这是唯一取暖的方式了。

第二天凌晨，我醒过来时，发现自己躺在了五马园边上的水文观测房里。我忘记了昨天的寒冷，也忘记了我是如何爬到观测房里的。记住它们，记住一切已经逝去的东西毫无意义。天气晴好，我不应放过每一缕阳光。

五马园边上，是人行桥。我在桥上，走走停停。新昌江上漂着一只小船。一位戴着黑色毡帽的老汉，以网兜为桨，自己捞着江面上的垃圾。桥中央，摆满了小摊。小摊上摆着对联、门神、窗花、中国结以及年货，它们将点缀即将到来的春节。小摊边上，残疾的乞讨儿流着鼻涕，贼贼地瞅着过往行人。桥头，阳光洒在瞎子的眼窝子上，美妙的音乐从他的指尖流淌出来。我花五毛钱要了一个烤饼。它太香了，还冒着热气，简直能与这个寒冷的冬天抗衡。

我一边啃着烤饼，一边听着瞎子的二胡。他拉的是《梁祝》，关于一对男女和两只蝴蝶的传奇故事。在这个寒冷的冬天，这段关于爱情的音乐，对于我来说，不知道是一种安慰，还是莫大的讽刺。

我掏出手机，拨通了青山的手机。手机的铃声是花儿乐队的《嘻唰唰》，念经似的唱着"嗯嘛冷啊冷……嗯嘛疼啊疼……嗯嘛哼啊哼……我的心哦，嗯嘛等啊等……嗯嘛梦啊梦……嗯嘛疯啊疯……"这是他最喜欢唱的歌了，尤其是后边的那两句："拿了我的给我送回来，吃了我的给我吐出来。欠了我的给我补回来，偷了我的给我交出来。"

没过多少时间，桥头浴室的转角处就来了两个人。他们是青山差来接我的，一个叫李喊，一个叫马纳，都是青山的哥们儿。李喊的脖子上挂着一颗玉坠子，马纳挂的是一枚古铜色的十字架。他们的喉咙还是那么白嫩，那么平滑，嘴角的胡须又淡又黄，像极了小鸡屁股上的绒毛。"表哥好。"他们异口同声地说。转眼之间，我就多了两个表弟。真是老天眷顾。

　　人行桥头不通车，所以出租车少得很。我说："走一些路到大街上打车吧。"两人没同意，马纳陪着我继续等出租车。李喊却已跑出了老远，不一会儿就叫来了一辆出租车。

　　马纳给我开了车门，然后自己也上了车。李喊也跳了上来。司机向我们问了目的地，然后寻了个理由，说不按打表计费，只算一口价。李喊瞪着眼睛说，"你不要做生意了？"司机冷笑着说："年关快到，满大街的生意都还做不过来呢。"李喊挤着眉眼，正要发作，却被马纳劝住了。他对司机和气地说："职业不分好坏，生意不管大小，你这样可不厚道。"司机没好气地说："你们不同意，就请赶紧下车，别耽误生意。"李喊像被点了火似的，用指头直指着司机，但满嘴里除了些骂人话，也说不出什么来。倒是马纳忽然摆摆手说："好吧，好吧。不要说一口价，不管什么价，你说了算。"司机很得意地说了一个价，然后又说这个价已经算很便宜、很公道了，反倒是我们占了便宜似的。车子在狭窄的街道上七拐八弯的，最后在一个高档小区前停了下来。这时青山早已站在大门前等着了。他上前来为我开了门，一只手就从肩头探过后背，搭到了另一个肩头上。正当往里走时，司机就追了上来，拽着马纳索要车费。李喊凑上去拎住了司机的衣领。

青山回转身，冷冷地看着三人争吵理论，然后嘴角一动，走过去把三人劝开了。他从皮夹里取出了钱，然后转向马纳和李喊说："做了生意，怎好不给钱呢？"他笑着把钱塞进了司机的口袋里，然后冷不丁地给司机甩了一个耳光，又朝他身上啐了一口唾沫。他掸了掸手说："多拿了额外的钱，也得有额外的补偿。"司机一脸愤怒，却又掩饰不住满心的惊慌，悻悻地逃离了。

我们进了大门，来到一个凉廊。凉廊上垂挂着常春藤，像是一条条黑色斑纹的蛇。凉廊很有现代气派，呈中间镂空的立方体结构。凉廊左侧是一簇紫竹，竹丛间躺着一块石头，石头上写着四个红色的隶体大字：南明公寓。青山领着我，穿过了一条绿化带、一个健身场地，以及一个小型的游泳池，来到了第八幢寓所。

我们穿过门庭，进了一部电梯。电梯里对门的一面，是明净的玻璃墙。我看到马纳仰着脖子，看映在轿厢顶部的自己的身影。李喊抓着扶手，盯着显示器上不断变化的数字。青山把手插在风衣口袋里，正对着电梯轿厢的门，沉默不语。我靠在轿厢一侧，体验着高速上升所带来的晕眩感。

出了电梯，马纳朝左边的廊道走去，李喊朝右边的廊道走去。走了没几步，两人都回过头来，又不约而同地看了一下门牌，终于扎到一堆朝左边的房间走了。我看到地板亮得简直能照见我的拉杂胡子。房间比我想象中的大了许多。门的左侧是厨房间，不过餐桌上布满了灰尘。右侧是一个壁橱，里面摆着许多酒。酒瓶上写满了英文和日文，还有别的文字。它们一小半是空瓶子，一小半还没开封，另有一小半还有存余。一架古典式的立橱上摆着木化石、盆景、青花瓷、水晶内雕。它将客厅一分为二，靠门的小些，只摆着一套茶几和沙发。内里的宽敞了许多，还正对着阳台。大客厅的摆设也十分阔气。正对门的墙上挂着一台等离子彩电，左侧墙上挂着一块巨大的纯手工镶金织毯。右侧对着阳台，窗子是双层玻璃。吊顶由蒙花玻璃制成，昏黄的灯光将整个客厅映照得如同阳春。

"发了呀？这么豪华的房子，没听你说起过啊。"我说。

"这是朋友的房子。"马纳抢着说。

"别扯淡，他是我哥，又不是外人。这世道，谁发也轮不到我发。"青山自嘲地说，然后又抛过一支香烟来。

我抽了一口烟，含在嘴里。我感觉到它们在刺激舌苔，刺激口腔，它们也在刺激我的记忆。但是，我不想说。我把一切交给了那个谜一样的女人，以至于我的未来，或许连着我的过去和现在，也忽然变得谜一样玄奥。那些记忆中的场景，就是一个梦。梦醒了，就都消失了，像早晨的雾水一样蒸发了。

这时，李喊从酒柜上拎了一瓶干红葡萄酒过来。不过，他说那叫香槟酒，还有模有样地摇晃着。他摁紧了瓶口，说只要摇几下，就会像电视里的那样喷出来。马纳在一边咧着嘴，取笑李喊是个乡巴佬，把葡萄酒当成了香槟酒。两个人相互奚落着，接着又在开酒瓶的问题上吵起来。李喊觉得所有的酒瓶子都该是一个开法，用的也都是一样的起酒器。马纳先是看了看瓶口，说这瓶盖儿没齿纹，酒塞子比玉米芯还长，普通起子不管用。倒是青山提醒了他们，说酒柜上一定有起酒器。于是，两人又到酒柜上翻找，果然找出了一个海马起酒器。李喊手快，一看到螺丝钻，就忽然明白了似的，对准酒塞子就往下钻，直到钻穿了整个酒塞子。然后，他一手抓着酒瓶子，一手使劲往外拉。酒塞子就这么被硬生生地拉了出来，还洒了他一手的酒水。他舔舔洒在手上的红酒，咂巴了几下说，味道不如老酒，这简直就一葡萄汁。马纳也先倒了半杯，仰着脖子，喉结一滑，甚至还没经过舌苔，就"咕噜"一声全倒进肚子里了。

这味道怪怪的。马纳用舌头舔着嘴角上的酒渍，给大伙斟了酒。

"你们这两个土鳖。"青山说，然后学着电影里的样子，把酒杯搁在食指和中指间，轻轻地摇晃着，又送到鼻子前，很绅士范地闻着。李喊和马纳也学着青山的样子，轻轻地摇晃，眯着眼睛闻着，一副迷醉的样子，直到大伙儿都忽地爆笑起来。

我们喝了一个上午的酒，从干红到干白，都是些印着外国字，谁都叫不上名来的酒。这些酒，对我们来说，除了酒的烈度，几乎没什么差别。对于我来说，时间像酒精一样挥发了，这是最美妙的事情了。我看到摇晃的吊灯和天花板，立橱上的物件也上下幻动着。在这个充满酒精的房间里，李喊醉倒在地毯上，跟死了一样没有半点动静。马纳趴在酒柜上，呼呼地打着呼噜。我看到青山红着脸，对着我不停地说话。不过，他说的话，我一句都没听到耳朵里。我沉浸在酒精的气味中，身体变得轻灵，就像双臂忽然长出了翅膀。直到最后，我感到整个世界都安静了下来，没有呼噜，没有絮叨，也没有酒嗝。

傍晚时分，一个电话把我们都吵醒了。我看到青山没精打采地倚在沙发上，摸过了手机，却并没急着接电话，而是把来电号码盯看了很久，然后才慢条斯理地接通了电话。

"喂……嗯……是的……没问题，这绝对没问题，价格好商量……"青山说着就从沙发上直起了身子。这时李喊和马纳也似乎感觉到了什么，凑了过来，醉眼惺忪地看着青山。

"有生意。"青山捂住了手机，对大伙使着眼色轻声说，"嗯，冰河时代，不见不散。"青山说着挂下了电话。

"兄弟们，金主上门，他约冰河时代碰头。"青山说。

我们一行四人，在南明公寓门口打了出租车。车子在宽阔的街道上飞奔。灯光、建筑与人影在车窗外迅速地后退，以至于在我眼里它们模糊不堪，只是一抹弯曲的流光。这个城市，除了流光溢彩，再也没有什么东西可以看得清楚。车子左奔右突的，最后终于在一个狭窄的街道口停了下来。这是一条阴郁的街道。转过一个小巷，我听到了狂烈的音乐。它像一匹巨兽在某幢房子里嚎叫着。

迪厅的门口垂挂着软玻璃门帘，门框周围缀着霓虹灯。门口的左侧停着成排的摩托车和自行车，另有几辆黑色小汽车。迪厅设在二楼。楼道门口站着几个少女，正对着手机疯狂地吼着。舞池里，闪烁着爆炸灯，除此之外，迪厅里只是一片漆黑，以及令人窒息的闷热。我们选择了靠近廊道的包厢。包厢边的廊道上，正有一名女子有节奏地甩着长发。我们刚在沙发上坐下，几个女人就从后面围了上来。她们的身上散发着一股怪异的味道，它们混杂了酒精、香烟、香水以及青春少女的身体香味。她们像黑暗中的蛇一样，挂满了我们的身体。灯光烁动不止，一切都稍纵即逝。我看到了青山摇动的身体，迷醉的目光，以及挂在他的胸口的红色指甲和妖媚眼神。

李喊叫了一些零食和几罐啤酒，然后就和马纳玩起了骰子游戏。青山点了烟，坐在沙发上，喝一口啤酒，就探着脖子朝人堆里瞅上几眼。这时，一条白皙的手臂，沿着他的手臂缓慢地爬着。从手腕，爬到肘子，爬到肩胛，爬到脖子，爬到胸口。它在抚摩，它在引诱，它像蛇一样吐着火红的信子。然后，它托着他的下巴，像女巫带有魔力的手，要把他带离了座位。青山凑过去对那女人耳语了几句，那女人有点沮丧，不过还是热情地朝青山衣袋里塞了一张名卡，然后扭着屁股走了。

　　我坐在沙发上，除了喝酒，就是看人们疯狂地发泄。我看到，隔壁包厢的一位姑娘独自甩着脑袋，光影击碎了她完整的面容。唯一完整的，是她身上的气息，是她的完全脱缰的灵魂。舞池里，所有面容被略去了，剩余的只是舞动的手、扭动的腰、丰腴的臀、性感的胸，只是黑色的渔网长袜、皮质制服和豹纹底裤。这时，一种快感随着酒精漫溢上来。这一刹那，我忽然觉得我的灵魂迅速膨胀，突破身体的囚禁。我渴望自己的身体在音乐声中散碎，飞进，消失。

　　"你好。你就是青山吧？"一个戴着墨镜的秃头走了过来。

　　"不敢当，你吩咐吧。"青山跟对方握了手，让出了一个座位。

　　"你要的，都在这里。"对方没有坐下，而是掏出一个牛皮纸袋。

　　"你说吧，要什么？"青山说。

　　"我要他把吃了的全吐出来。这家伙面善心狠，平日里一脸和气，到了牌桌上便出老千，诈走了我三万块钱，还拐走了我女朋友。"对方气愤地说。

　　"你是要女朋友，还是要那三万块钱。"青山说。

"我真是杀人的心思都有了。我只要出这口恶气。"对方忿忿地说。

"这不行。冤有头债有主。"青山诡笑着说。

"这些害人精。"对方忽然伤心起来，然后讲起那个女人。他说，他就是在冰河时代认识她的。她那样子很漂亮，身段也好，很招人喜欢。但她的身世很可怜，家境贫寒，来到这个城市举目无亲，走投无路。到头来，这些都是骗人的手段。她跟那个男的，本来就是一伙儿的，不知还有多少人中了他们的招了。

"这年头骗子扎堆呢。"

"我真是太相信她了。我们都那样了，居然还会这样。"

"那样了？咋样？"这时李喊凑过来问。

"现在的人啊。"对方叹气说。

"为民除害，这本来就是我们的义务。"青山一脸坏笑地说。

"还有……"对方刚转身要走，又迟疑了一会说，"如果那女的还能回心转意，告诉她只要痛改前非，我还是可以接受的。毕竟，我们都那样了。"

那人一走，青山立刻就取过了牛皮纸袋子，在封口上揭开了一条缝，眯着一只眼睛瞄了瞄，然后把袋子交给了马纳，让给保管起来。"大家喝完这个，去出出汗。"青山说。大家抓起啤酒罐头，仰着脖子一口喝到了底。然后，大家进了舞池，把自己交给了音乐和疯狂，尽情捕捉舞池里那些迷人的气息。

从冰河时代出来，已经深夜。街道变得冷清，两边的路灯显得异常昏暗。这个城市自顾睡去，正是谋划密事的好时点。我们回到南明公寓，四个人凑在书房里，商量行动计划。那个牛皮纸袋子除了办事"劳务费"定金，就只有一张照片和一张名片。照片是女的，名片则是男的。照片上的女人身材丰满，面容姣好，颇有几分姿色。她站在沙滩边的岩石上，张开双臂做着展翅飞翔的样子。名片上印着一长串企业名称和各式头衔，正中写着姓名"肖大明"，下方印着他的地址和联系方式。

"从现有掌握的材料来看，这是赌鬼翻账本。"马纳慢条斯理地说，"这里或许有这么几种情况，一种是他输了钱，没辙了，想出这么个办法，用这么点定金，四两拨千斤，捞回点损失。一种是肖大明确实在赌桌上耍了手段，诈了他三万块钱。还有一种情况是，自己女人跟着肖大明跑了，为了出这口气，借了这个由头，来教训一下他。"

"管他什么情况，干了这活收了钱就完事了。"李喊说。

"我觉得马纳分析有道理。那就这样……"青山猛抽了一口烟，在烟缸上摁灭了说，"按照老样子，马纳负责钓人，明天上午摸清肖大明和那女的情况。我跟李喊负责收账。收账地点就定五马园。这次大家得记着，要靠真本事，要讲究技巧和策略，不要行事简单，光想着动粗这一个办法。"

第二天，马纳早早就出了门。青山闲着无聊，坐在沙发上看拳击直播，一边看还一边比画着。李喊在阳台上，整理着一个皮箱。皮箱里塞着绳子、手锯、刀具、电棒、辣椒水之类的东西，简直就是个刑具箱。"这是我们干活的工具，收账可得靠它们。"李喊说。

快到中午时，马纳打电话说一切搞定，已经跟肖大明约定下午两点到五马园商谈。他跟大家说，确实有一个叫肖大明的男人，在锦绣大厦二十层，是一家传媒广告公司的营销主管。不过，这家伙还有个副业，就是专门物色面容姣好的女性，以招聘名义提供给一家娱乐会所。平日里爱赌，也经常会拉一些人出入私人会所参与赌博。那秃头就是他结交的朋友。不过，秃头输光了钱，也就成了他的过手货，没什么用处了。那女的，是他招聘时认识的。不过，她没进会所，倒跟这男的扯上了，还唱起了双簧戏。

"碰不碰，人家可算是道上的人了。"李喊说。

"已经收了定金。"青山皱了一下眉头说。

"趁还没出手，停了吧。"我说，"那是秃头给的一个坑。"

"干了，不就是个混混嘛。"青山说。

下午，收账过程出奇得顺利。马纳把肖大明带到了五马园僻静处。当他看到身边多了几个人时，犹疑了一下便全明白了。他不仅很配合，而且十分客气。他掏出皮夹，取出了所有的现金，又取下了脖子上的金项链和高档手表。

"这手机也挺值钱的。"他说。这竟让大伙有点不好意思起来。

"你不缺钱花，为什么还讹人那三万块钱哪？"李喊数着现金，他郁闷他拎的那个箱子，一点用处都没使上。

"三万块钱？"肖大明这才皱了眉头说，"我还以为你们就是抢钱的呢。"

"那秃头……"李喊刚张嘴就被马纳给打断了。"兄弟，不瞒你说，我们是财物咨询与服务公司。既然是公司，那一切都按照公司的规章和流程来办理。你有什么话可以现场申诉。"马纳说。

"理解，理解。"肖大明淡定地说，"不过就算把那秃头卖了，也不值三万块钱。要说他扔在赌桌上的钱，到底了也不会过一万块钱。当然，赌桌上也有规矩，秃头得认栽是不？"

"该认，没错。"李喊做抢答题似的说。

"这样，兄弟。"青山说，"开弓没有回头箭，兄弟们混着也不容易，出来了也不能空手就回去，你就算是散财消灾了。手机你留着，这些东西咱就不客气了。咱兄弟祝你财源滚滚，鸿运高照。"

这便是我看到的，他们在这个城市里讨生活的方式，不是第一次，也不会是最后一次。每接完一次活，便是我们去寻求快乐，获得报偿的时候了。李喊一旦闲下来，要么去打游戏机，要么就是去跟人打架。他每次都会带点彩头回来，不是嘴角被打破了，就是眼角乌青了。马纳喜欢安静，专门研究体面人的生活，但往往不得要领。他一走近出入式的衣橱，就会在里面待上很长时间，过了很久才一身半土不洋的样子走出来。青山像是一个幽灵，总是在这个城市里四处出没，也不知道他究竟在忙什么。我除了为着那次失败的等待沮丧，就喜欢把自己扔在浴缸里。我在盥洗室里，脱得光光的，然后对着立镜看自己。我不知道是欣赏，还是恶心。它瘦瘦的，黑黑的，肋骨突出，肚皮凹瘪。盥洗台上摆满了各种牌子的沐浴露以及化妆品，其中大多是女人的用的。我躺在光洁的浴缸里，泡在温软的散发着香气的水中，想象她的样子，又看着她的样子在肥皂泡里一个个破碎。

偶然，青山要去办事，但是他所要的办事似乎并不费力，因为不出一个小时就会回来。一次，他回来的时候眼角破了，淌着血。不过，他很不以为然。他说，这就是寻乐子所要付出的代价。

我并不知道他在追逐什么，正如我并不知道自己在追逐什么。然而，他总能获得快乐。他与这个城市的许多人建立起了固定的联系。他的眼睛带着毒，能够看穿人们的心思，能够丈量积储在女人体内的欲望的深度。除了女人，他也追逐酒精。南明公寓的酒精一半渗透进了他的灵魂，另外的一半随着尿柱子蒸发，弥散到了这个城市的空气中。

那天，我和青山用投硬币的方式，在按摩和足浴两个选项中，选中了按摩。我们来到佐佑洗浴按摩中心，上了三楼，在按摩中心选了全身推油，又分别点了二十八号和三十号技师，然后来到了按摩房。按摩房里打着色调昏黄的灯光，对门的墙上挂着一幅性感女郎，靠窗的一边垂着一席绯红色轻纱。我们先冲了凉。青山光着身子，裹了浴袍，就直接上按摩床了。

青山在临门的按摩床上。他的二十八号技师面容姣好，身段也不错，只是皮肤稍黑了些。她的声音又尖又细，跟她丰腴的身体完全不搭调。我在靠窗的一边。我的三十号技师是一位略显小巧的姑娘，烫着一个梨花头，长发从从肩胛向颈窝处散乱地垂落着，一身浅绿色的低胸吊带裙，绷得半个胸部紧紧地鼓着。

"表哥，我选的二十八号够靓吧。"他拍了一下二十八号的臀部说，"屁股翘，奶子尖，很有韵味。你看你选的三十号，细腰蜂似的，奶子是挤出来的，只见骨感，没有肉感呢。""大哥，多谢夸奖啦。"二十八号笑着给青山抹上了精油说。"有了肉感，还得有性感呢。"三十号嗲声嗲气地说。"哈哈，看来有绝活，表哥你可得好好享受。"青山说。

技师们抹完了精油，开始按摩起来。我卧在按摩床上，看着二十八号一会儿站着，一会儿跪着，整个身子随着双手有节奏的摆动着。三十号也没闲着，时不时问着，大哥，舒服吗？要轻点吗？要重些吗？这样好吗？我感觉到，她的双手就是吸附在我身上的水蛭，缓慢地爬行，缠绕。在她俯身时，我能感觉到她的气息，还有胸脯贴着身体掠过的温热和柔软。

我们问她们的姓名，问她们的老家。然后，聊她们老家那边的情况。她们没有半点掩饰和羞涩，很直爽地回答了。"大哥，过年到我老家去过吧，我租您。"二十八号说。"我可不要回老家，这样吧，大哥，你捎我回家过年吧。"三十号嬉笑说。"嗯，好，你们伺候好了，大哥都带你们回家过年。"青山奇怪地笑着说。"你可要说话算数呢！"两位技师几乎同时嗲嗲地说。接着，我们开始聊她们的按摩师生活，聊她们接触过的顾客，聊荤段子。她们仿佛魔法师，挑逗的分寸拿捏得十分自如。对她们来说，顾客身体内的荷尔蒙简直就是一火苗，撩拨得恰当的红火。到了快加钟的时点，她们就会不失时机地再加上一把火。

下了钟，技师为我们盖上了浴袍，就出了按摩房。我们都虚脱了似的。青山扔了一根香烟过来，躺倒在按摩床上吐着烟圈。

"表哥，这些时间你都看到了吧，这就是我的发达史。"他苦笑了下接着说，"我发达，发什么达。你也知道，这就是我务的正业。我替人讨债，帮人捉奸，给人泄恨。这个世道，有讨不完的债，有捉不完的奸，有泄不完的恨。但是，这些人生来就没种，把生活算计惯了，权衡惯了。于是，他们都揣着钱，排着队，巴望着我们帮他们去用拳头讨债，用棍棒捉奸，用马刀泄恨。这就是我讨来的生活。我不就是一根供人挥舞的棍子吗？我除了有一副无耻的牙齿和拳脚之外有什么？我不做这差事，我干什么去？"

他叹了口气，提到了跟他同时来城里讨生活的那些人。他说："咱们儿时的那些伙伴，水华水泥厂拆迁时，从三楼甩了下来，断了一排肋骨，能活下来算是命大了。吕二在轴承厂，一只手被卷进机器里，生生地截掉了一节。达青不知换了多少个厂子，被那些老板们赶来赶去，最后跟人去偷摩托车，被关进去了。前几个月刚被放出来，他实在混不下去，又做起了老本行，结果又被关进去了。"

"在这个城市里，人家长在泥土里，我们活在岩石上。"他换了一根香烟接着说，"我们得像岩姜一样活，一有缝隙就得狠狠钻下去，把我们变得跟岩石一样坚硬。"

"我们生活在这里，但这里不属于我们，连一平米都没有。"他掰起指头说起他曾经住过的那些所谓的家。"从南明公寓，到阳光花园，从南岩美墅，到风和苑号，那些可都是顶级的家。"他说，"我真怀念它们。当然，除了这些，我们还有别的家，鼓山路社区阴暗潮湿的地下室。桂花新村三十四号，从那里可以看到看守所的全景。还有，公园、广场、通宵网吧，废弃的临时工棚都是我们的家。不过，那些并不是我们真正的家。在这个城市，我们是多余的人。城市不会给多余的人留出家的位置。"

我们离开按摩中心，来到了大街上。街道两边的刀旗换成了新年的祝词，灯柱子上也挂满了喜气的灯笼。沿街的店铺挂起了中国结，玻璃门贴上了大红的花纸。

"现在的年味，都能淡出鸟来。"青山说，"现在这个时候，十多亿人同时为着一样的事情张罗着，就奔着那几天海吃海喝，给亲朋拜年也不过是把一年里要讲的话，全部搁在那几天给啰唆完。"

"是啊，对象啊，成家啊，房啊，车啊，年年讲的就这些。"我笑着说。

"说到对象，我断定你心里有女人。"他肯定地说。

"这你怎么知道？"我有些惊讶。

"否则你刚才就干了。"他一脸坏笑。

"这念头跟现实之间，隔了不止几万里呢。"

"刚认识的？"

"老相识了，你知道的那个。"

"她在这城里？可你怎么不去找？"

"在这么大的城市里跟你躲猫猫，人家是避而不见。"

"在这个城里，就算只蚂蚁也给你找出来。"

我们来到了江滨公园，沿着新昌江一路行走。穿过人行桥，经过五马园时，我忽然又开始期待奇迹的出现。这样的期待，就像烟瘾一样潜伏着。它总是使人幻想，在行走之中，我会遇到她。我们会在某个温暖的咖啡厅里，重叙昔日的温情。我们会在曼妙的音乐中相互拥抱，熟悉对方的气息以及温软的身体。

夜幕降临的时候，我们爬上了挂帘山顶，这是一座矗立在城市边上的山。山上有一个亭子，高角飞檐，与所有公园的亭子一样，柱子上贴满了牛皮广告，画满了匕首的印痕。我看着脚下的城市点起灯火，它像一颗璀璨的黑宝石，折射着幽微的光芒。然而，我并不清楚，这些幽暗的光影中，哪一缕是跟她有关的。

这时，青山的手机铃声响起。电话是马纳打来的。我们回到南明公寓时，李喊又在整理他的皮箱子了。马纳拉着一张马脸，告诉我们一个迟早会来的坏消息：这套房子的主人回来了。

"这地儿没法待了。"李喊沮丧地说。

"回茶亭社区那车棚去。"青山说。

茶亭社区，是一个老社区，是一片卑微地存在于城市中央的黑瓦房。社区的外墙在雨水的侵蚀下斑驳不堪，石灰和朱砂涂成的广告也只残存了一小半。巷弄里挤满了煤炉，刺鼻的烟尘以及老迈的城市人无力的目光。车棚狭窄，并没有我想象中的那样阴暗潮湿。在它的边上，一溜子十来间车棚，都成了出租房。浪笑和呵斥的声音，像雾气一样弥散在周围。

棚子里显得杂乱。门板上贴着一张女人画。画中的女人有着明亮的眼神，火红的嘴唇，修长的美腿，一切似乎要从画面中扑出来。墙壁上贴着海报，一张是关于《泰坦尼克号》的，画面上的男主人公搂着女主人公，在船头迎风破浪；一张是关于《魔戒》的，画面上的男主人公一脸忧郁，碧蓝的眼睛里积储着无限的绝望与希望。房内的摆设很简单，一张桌子，一张床，一个塑料鞋架，以及几条椅子。在桌子上，以及桌子底下的纸箱里，摆着几个水晶内雕和青花瓷。床，是狭窄的弹簧床，只有一头床架子，另一头用凳子垫着。

四个男人待在狭小的车棚里，看起来像是四只麻鸭挤在一只鸟笼里。马纳坐在桌子上，玩摩着水晶内雕。李喊坐在床上，靠着墙壁，看着天花板抽烟。

"我们得再找个据点。"青山说。

"是啊。我们可不能在这个破屋里过冬。我们要有浴室，要有空调，要有华丽的吊灯，要有高级的床和酒。"李喊说。

"在湖莲潭旁边，有一套越层式的房间。不过，隔壁的两老人盯得太紧。一看见我，就查户口似的盘问。在丰泽园那边，也有一套，不过那里是封闭式的，管太严了，出入都成大问题。"马纳说。

"倒是有一个房间，在南岩美墅，有一幢别墅似乎空着。那窗帘也一直挂着，没见人拉起。我向里头扔酒瓶子，也不见有什么响动。但是我说不准，到底有没有人，盯的时间不长，也没仔细打听过。反正，前几天，我没见进出过一个人。"李喊说。

"周围情况怎么样？"青山说。

"附近的别墅隔得远，花木种得也多，院墙也挺高。"李喊说。

"去碰碰运气。"青山说。

马纳提着一架折叠式的梯子。李喊提了一根撬杆和一串金属片儿。四人来到了南岩美墅。青山站在路口，用咳嗽声和口哨声指挥着大伙。马纳把梯子架在了院墙上，扶稳了梯子。李喊动作利索，简直像猴子。他上了梯子，很快就翻进了铁门。打开了大铁门下的那扇小门，我们迅速摸了进去。李喊又用金属片儿打开了一扇扇的门。一楼大厅很空旷，足够四个人疯狂地跳舞。壁橱上也摆满了酒，足够四个人通宵达旦地喝。不过，现在我们得摸遍每一个角落。我们上了二楼，检查了每一个房间。二楼同样空空如也。马纳和李喊的脸上浮出了笑脸。只有青山还紧绷着脸，小心翼翼地朝三楼走去。三楼只有两个房间。中间是通向阳台的廊道。马纳开了左边的房门，里面没有一个人影。他兴奋地喊了起来。我们放松下来。青山也微微地咧嘴笑了。当我们打开最后一个房间时，马纳和李喊尖叫了起来。同时，房间里一个女人的尖叫划破了城市的夜空。

我们奔命似的逃了出来，跑到了大街上。在我耳边，我觉得城市里的警笛声都是冲我们来的，那些握着警棍，全身武装的干警也是冲我们来了。我们没有在大街上逗留片刻，沮丧地回到了车棚里。

"真失败。"大伙定了定神说。

"我事先说明的，我保不准有没有人。"李喊说。

"又没怪你，年关到了，哪还有空房间。"马纳说。

"大家分头找吧，如果找不着，那我们就这车棚将就了，或者大伙提早散了，各自回老家待着准备过年。"青山说完，又和马纳走到了一边，神秘地说着什么。

第二天，大伙在狭窄的车棚里熬了一个通宵后，便早早地分头办事去了。我出了茶亭社区，在街巷间无聊地打转转。我又拨了那个保存了很久的号码。然而，手机里听到的还是停机的提示语音。现在，她跟这停机号码一样，在这个世界忽然就消失了。从五马园回来后，我心中那簇还没死灭的火，还是那么幽微地忽闪着。我还是那么执拗地等待着，只是并不清楚是在等待她重新把这火烧红，还是等待她彻底把这火熄灭。

下午，青山打了一个电话过来。他说马纳那边有了线索。我一头雾水，说什么线索。他笑着说："我说在这个城里，就算只蚂蚁也给你找出来。"

"她姓苏，叫水水。"他似乎觉得我不相信。

"你怎么知道？"我说。听到这个名字，我全身的细胞都不安分起来。

"不过你先别忙高兴，我们回来再跟你说。"

于是，那一个下午我一步也没离开过车棚。我曾经觉得在心中纠结的问题，是一个无法解开的死结。现在这个心结，却多少有了解开的希望。不过，一个希望却总是跟着失望的影子。青山的那句话，把那个下午变得特别漫长，比那些在五马园度过的夜晚还要漫长。

"我们找到她了。"马纳进车棚开口便说。

"在哪里？"我问。我的一个念头，就是立马赶过去。

"你说说情况。"青山说。

"我一个朋友帮我搞出了这个。"马纳说着，拿出一个拉杆袋，从里面取出了一些东西。他接着说，"这是这个号码的通话记录，这是它最后通话时的基站位置。通话记录里联系电话很少，最多的就是这个外地号码，而且时间也比较固定，大部分都集中在周五，而且基本上都是对方主叫。我们就顺着这个线索，也查阅了对方号码的信息。他叫何国民，从台湾来的，是一家风机厂的老板。前几年最风光，不过现在走下坡路了。人们都叫他国民党。"

"她在哪里？"我说。

"浅水湾。"马纳说。

第二章

　　浅水湾是一个欧式风格的三层叠式排屋小区，处在城郊环城线外，挂帘山横在它和城区之间。那些城市的光影仿佛窥视者，既不追踪也不离去，只是为着某种怀疑和好奇，在山脚下犹疑不决地停留着。我从环城线爬上了一个土垛子。它是残留下来的一段城墙，曾经是架着炮筒打炮的地方。现在，我在土垛子上，扒开雪松的枝叶，看浅水湾那些明明灭灭的灯光。如果我身后喧闹的城市街区是一个奔放的女人，那么错落在挂帘山下的浅水湾，更像是深闺里的姑娘。环城线上，时不时地有汽车打着远灯，掠过缓坡和弯道，驶进浅水湾。车灯刚在门庭前熄灭，排屋顶楼上的窗子也打亮了灯。接着，二楼和一楼的灯光也相继打开，就像事先设定好了似的。

　　八号排屋在浅水湾的左侧。它的门前立着两尊石狮子，过道两边立着古典式的吊灯，映着花园里几株桂花树和红豆杉，还有一条带顶篷的双人摇椅；它的后院有个小喷池，边上摆着一套桌椅。排屋三楼的房间灯光满满的。那灯光安静，幽暗，间杂着这个夜晚的寒冷。它让人觉得遥远，似乎拒斥着什么。然而，我能感觉到它的亲和，还有那么切实的温柔。这些灯光，就像是她身上散发出来的气息，让人遐想着她的生活，甚至更远的记忆，仿佛进入另一个世界。

她一直就在那个世界里，从没有离开，也从没有变化。在学校的人工湖边，我看到涂抹在画板上的柳枝，闪亮的银杏叶子，透过槭树的早晨的阳光。在音乐室里，我看到灵巧的手指在钢琴上快速地移动，阳光斜斜地洒落在琴键上。在形体房里，我看到镜子中苗条的身姿，灵巧的转身、腾跃和翻腾。我们的矜持和热烈，散落在操场、宿舍前的水泥过道，草地间的石子路，短而狭窄的木桥，直到通往林荫道深处的所有银杏树与槭树的叶片上。

深夜时分，那八号排屋顶楼上的灯光熄灭了，就仿佛那个世界关上了大门。我放开雪松枝条，然后从土垛子上跳了下来，回到了环城路上。我呵了呵热气，搓着双手，跺着双脚小跑起来。一束束汽车灯光打到我身上，又随着喇叭声迅速退去。

我回到车棚时，空无一人。在这么寒冷的夜里，谁也不想挤在车棚房里挨冻。我掏出了烟盒里最后一根香烟，抽了几口，却觉得从没有过的味苦和恶心。我摁灭了烟头，去纸箱里取了一瓶矿泉水。我拧开瓶盖，喝了一口，然后使劲地漱着。我把口中的水吐到垃圾桶里，再喝上一口，继续漱口、吐水，漱口、吐水。

我转到墙壁前，把矿泉水瓶扔在一边，发起了愣。墙壁很白。地脚线上还留着一块块椭圆的涂料斑点。我靠近墙壁，伸手去摸墙壁。我的手指贴着墙壁慢慢地滑过，感觉到墙壁上凹凸的条纹和粗糙的麻点。

窗外有风吹进来。风夹杂着水汽吹起来，有些凉了。我走到铁丝床前，和衣躲进了冰窟样的被窝里。我从牛仔包里摸出那条蚕丝围巾，系在了脖子上，对自己说：除了她，我还能想点别的什么呢？她好像是一个水印，烙在每一帧记忆的图景里。不过，她不止给我的记忆打上了水印，只要与我相关的事物，都隐隐地含着她的影子。

这一个夜晚，我不清楚，她究竟是抵御了寒冷，还是把整个梦都冰封了起来。我试着遗忘，然而每一次努力，不过是像篆刻的刀具一样，雕镂出更加清晰的面容来。当我推开门，走出车棚时，日头已经爬得老高。阳光里含满了清凉的水汽，冬青树间的雀鸣声有棱有角的，自行车轮的转动声在喧嚣的街道上清晰可辨，一切都好像沉浸在早晨的静谧中似的。

午近时分，青山来电话，说在七度空间网吧边上的一家饭店吃饭。我打了一辆出租车。司机问，"去哪里？"我说，"七度空间网吧。"司机摁下计费器，放下手刹，踩下油门，就出发了。车子出了茶亭社区，穿行在喧嚷的街道上。汽车收音机里播放着一个情感类节目。在一个红绿灯口等候时，我又听到了花儿乐队的《嘻唰唰》。司机随着音乐也哼了起来："拿了我的给我送回来，吃了我的给我吐出来。欠了我的给我补回来，偷了我的给我交出来。"

"不去七度空间了，去浅水湾。"我对司机说。"哪里？"司机一时没听明白。"浅水湾。"我重复了说。出租车迅速掉转了车头，两边的建筑像是立在传送带上，快速地后退着。车子驶出大佛路，上了石城西路和阳光大道，穿过人民路，进入环城路，过了挂帘山下的一座桥后，在浅水湾停了下来。

我在门口摁响了门铃，不一会儿就听到脚步声，轻快地从楼上下来。在她开门的那一刻，我看到她那脸上挂着的笑纹，迅速地消散。她木然地扶着门框，满脸的惊讶和愕然。过了好一会儿，她才缓过神来，对于我这个不速之客的到来，她脸上的表情风云突变似的，没有持续的风向，也没有恒久的阳光。她眯缝着眼睛，脸蛋抬得高高的，抿着嘴角，腮边浮着酒窝。看得出来，这种贵夫人的生活也在的身上刻下了痕迹。然而，这种尊贵的表情在此时竟是那么脆弱，只持续了一小段时间。她一会儿流露着无限喜悦，一会儿又浮现出莫名的恐惧。她又是羞涩，又是慌促，甚至还有一些迷茫和不解。

这是我第一次在这么豪华的别墅里以客人的身份停留。一楼的层高足有四五米高，一盏水晶吊灯挂在顶棚中间光彩四溢。两侧的墙壁上挂着巨大的手工壁毯，巨幅的画作，以及一些狂草书法作品。从一楼到二楼间，是一道带转折的巴洛克风格的台阶。会客厅、餐厅和厨房就在二楼，而且之间都用矮墙、栏杆、吧台、吊柜之类隔离着，是典型的敞开式室内空间的欧美现代流行设计。在这套别墅里，从青花瓷花瓶、黄花梨美人靠、人体艺术复制品，到皮质沙发、大尺寸等离子电视机、豪华音响、成套健身器材，它们堆积、拼凑在一起，修饰着一种尊贵和荣耀。

我除了赞美她的生活，竟然不知道该说些什么。那些记忆，一下子变得黯淡，与现实格格不入。我随着她，在各个房间欣赏别墅的豪华与精致。在参观别墅的过程中，我搜肠刮肚地唱赞歌。她在壁毯前，还笑得很自如，到了美人靠前，就显得勉强了；在等离子彩电前，她的笑容开始扭曲；在一张普通的仿画前，她脸上的最后一丝笑纹终于消失了，代之而起的是忧伤；在大厅的巨幅艺术照前，她的忧伤缓慢积累着。

"我得走了。"我对她说。

"有什么事要忙吗？"她说。她的眼珠子特别黑，眼睫毛也特别黑，然而一眨巴就能照亮一大片地方。她的鼻翼打了蜡一般，她的头发乌黑，很顺溜，丝丝缕缕的，在灯光下映出一个亮亮的圈儿，散发出迷人的气息。

"这么些年，你还好吗？"她接着说。

"好，很好。我走了。"我耐着性子说。

"你什么意思？"她的鼻翼也开始翕动。

"我没什么意思。"我说。

"你为什么不问？不问问我为什么没来见你？不问问我为什么会住在这里？不问问我这些年是怎么过来的？"她的眼睛红润，睫毛沾上了细小的水珠，眼角的泪珠凝聚在她白皙的下巴上滑落下来。

"只是来看看你，现在我放心了。"我说。我知道，这不过是一个谎言。我的血液里充斥着愤恨，肌肉里充斥着憎恶，骨子里隐透着冰凉的绝望。这个陌生的世界，使我身体的每一部分都无所适从。我的幸福感在无花果下，在消逝的城北车站的站台上，在远行时的黎明里——它们无一不在故事里留存，同时又无一不在故事里消亡。

"你住在哪里？"她说。

"茶亭社区的车棚。"我犹豫了一下说。

青山已经找到了另一个住处，是城郊一幢红砖房。房主人是北方人，来南方做皮革生意。临近过年，他们举家回到北方过年去了。它无法跟苏水水的别墅媲美。院子很小，没有种草，也没有植树。大门是铁做的，一关一开都"咣啷咣啷"地响。房子有三层，底层是客厅。客厅里摆着一张涂着红漆的桌子，客厅的墙上挂着一本性感美女挂历。二楼只有一个卧室铺了木质地板，那是房主人的主卧室，现在它成了我们的窝。三楼是堆放杂物的，有一个小后窗，可以看见环城路上来往的车辆。

　　那天，青山在车棚里整理东西。我说，见着她了，而且过得挺好。他说："那还用说，浅水湾是富人的天堂，美女集中营。"他接着说，"现在的女人，没有几个不现实的，你就想开些吧。"我说："你们先过去，我在这里再待几天。"青山笑了笑说："行吧，过了这道坎，你对女人就无敌了。"

　　每个晚上，我都虚掩着门。我不确定，自己是在等待什么，幻想什么，或者只是在进行一种告别的仪式。我在为谁等待，为谁幻想。我这么做，究竟是给谁看，还是向谁证明。我觉得自己就像甩桶里的骰子，无法更改即将出现的点数。我无法揣测点数，但稍后我被注定成为某一个点数。在寒冷的冬夜里，记忆也不过是一张纠缠不清的蜘蛛网。它无法网住快乐和幸福，无法网住令人迷醉的气息，无法网住爱情和诺言。它们就像空气和阳光一样，轻而易举地从它的网眼里逃逸，最终停留在网上的不过是冰冷的水珠，以及狂风撕扯过后的痕迹。

　　一个晚上，这个城市已经睡去。我又梦到了她。我看到半掩着的门缓缓地开了。茶亭社区的灯光和着冰霜，从门口洒落进来。同时，我看到有手机屏的光亮，掠过我的眼睛。我感觉到弹簧床，往下沉了沉，然后听到了窸窣的声音。

我试图想说点什么，她却用手指摁住了我的嘴。她脱下了羽绒服，脱下了罩衫，露出了一件宽松的线衣。线衣是紫云英花朵的颜色，每一根毛线都很柔软很贴人，自然地勾勒着她的曲线。紫云英的颜色与韵致的曲线暧昧地结合在一起，使得线衣的每一个毛孔间都散发着一股迷人的气息。这是一种集合了身体的香味与温度的气息，它连接了两个人的呼吸与心跳。我确信，她的呼吸和心跳都异乎寻常，正如我的呼吸与心跳异乎寻常。它们的触角进入到故事的深处，在已经流逝的岁月里打捞丢失的感觉。这是讲故事的另一种方法。我预感到，我和她之间无法从故事中逃离。

在这个冬天的寒夜，我身处的却是春天一样明媚的房间。我抚摩她的线衣。她身体的温度像温泉一样，浸润我的指尖。她的身体弥散着芳香，一种不会随着岁月的流逝而变淡的芳香。这气息，与其说来自于她的身体，倒不如说来自于停留在我自己的身体。它们在很久以前就熏染了我的身体，并且隐秘地潜伏下来。现在，它们终于被激发了出来。

衬衣是浅黄色的，上面的印花是米色的，中间是半透明的粉色扣子，扣子印着花纹。她解开了胸口上的第一个扣子。我仿佛又看到她躺在草地上，支着脑袋，奇怪地问我人是什么东西，生活是什么东西，幸福是什么东西，快乐是什么东西。她太好奇，同时又太迷茫。她解开了第二个扣子，领子翻在两边，胸口中间露出了乳白色的文胸扣。我看到她弹琴时陶醉的样子，她说她要为爱情守候一生。她解开了最后一个扣子,露出了曾经在我的身体上抚摩过的柔软腹部。

我吻她的额头,吻她睫毛上存留的泪水。我不由自主地滑进了记忆的泥淖,滑到了那个甜蜜的角落,滑到了无花果下的那片空间。这一时刻,来自于多年前的离别,而中间的岁月仿佛从来就不曾有过。我吻她的唇,吻她的下巴上的泪水。我的手,像是第一次碰到女人的身体似的,不由自主地颤抖着。我用手指捏着她的衬衣领子,像剥笋壳一样,一点一点地往下剥。

"这是梦吗?"我说。

"你觉得是吗?"她说着,在我肩胛上狠狠地咬了一口。

又是一个周末,我一个人留在红砖房里,躺在阳台上的白藤椅里消遣时光。青山他们又出门办事情去了。我除了吃,我似乎只有等待,等待这一天的过去。一个上午下来,阳台上落满了绿盛牛肉的糖纸、喜之郎果冻的塑料壳、香榧和手剥核桃的碎壳,以及长长短短的数不清的烟蒂。

午后,我沿着环城路来到了那个土垛子上。我蹲在雪松树下抽烟,对着经过环城路的车辆数数,或者隔着雪松观察八号排屋。在排屋区外是一条宽阔的柏油路,车子一辆接一辆地进进出出。水泥路像是叶柄,在它的两边延伸着无数条小径。

我看到八号排屋的阳台上洒满阳光。这个冬天,看上去更像是春天。她躺在红白相间的皮质躺椅里,阳光把她融化成水一样柔软。玻璃门半掩着,柠檬黄的窗帘也露出了一小半。在房间里,我看到那个叫国民党的老男人裹着浴袍,一手端着玻璃杯,一手打着电话。他在房间里转来转去。他打电话时，一会儿把手机搁在耳边，一会儿直接把手机对着嘴巴像对讲机一样通话。他确实上了年纪，弓着身子像一只老虾。他来回走动的频率越来越快，身子弓得越来越厉害。

当数到第三十六辆车子时，我看到她起了身，回到房间里。我透过窗子，看到两人倒下，过了一会儿又坐了起来。国民党一边穿着衣服，一边说着什么。她起了身，给国民党系着领带，然后笑着把他送到了门口。国民党出了门庭，钻进车门，开着车子走了。

我跳下了土垛子，朝八号排屋奔去。一天来，我所等待的时刻终于到来。只要那个老男人一走，苏水水就属于她自己了。我飞快地奔跑。时光仿佛倒流到了多年前的日子里。那时，我就像现在这样，朝着某个甜蜜的角落奔跑，朝着银杏树下的修长身影奔跑。一切似乎都没有改变，一切似乎都未曾流逝，一切依然是之前的样子。

大门开着，大厅的门开着，卧室的门也开着。所有的门为我敞开着。我很顺利就到了三楼的卧室。她已经从阳台上回到了床上，而且还换了一款睡裙。确实变了，她的眼神已完全是另外一个女人眼神了，她的魂也完全改变了。我面对她，竟然不知说什么。除了做爱，我与她之间似乎没有别的可做的事情了。谈过去，未免辛酸，这是个愚蠢的想法；谈未来，更是无聊，因为我们彼此都已明白，未来是由命运操控的，诺言、追求、梦想一切有待于命运的恩惠。

"我来了。"我说。她说："好"。我看到了她的粉红色的底裤。

我开始脱。我脱羽绒服，脱宽松的线衣，脱纯棉内衣，脱褪尽了颜色的牛仔裤，脱厚实的棉毛裤，脱紧绷绷的内裤……倘若可以，我要脱掉我的皮，脱掉我的肌肉，脱掉我的骨头，脱掉我的所有依附在灵魂上的东西。

"这栋别墅是什么？我来告诉你，它就是我的生活，我的现实。这么多年来，我已经习惯不去计算时间。所有的记忆也像它们一样流走了。"她说。

"别说了。"我说。我把睡裙撩到了腹部上。我感到我的血液开始奔涌。

"这些墙壁、挂画、挂毯，我每天面对它们，与它们对话。这就是我的生活。它们像一个个无限的深渊，吞没所有的东西。看！就是这堵白色的墙壁。它就是我人生的布景，我只是它上面的一个花瓶，一个饰物。"她继续说。

"别说了。忘掉它，无视它，这是唯一抗拒的方法。"我说。我把睡裙撩到了胸口上。我看到了粉红色的文胸扣子，我解开了它。我喜欢她的依然挺拔的乳房，但我厌恶她的无休无止的絮叨。

"爱情是什么？生活是什么？我们真的只剩下身体了吗？你看这些身体上的伤痕。生活是一头野兽，趴在你身上，只会疯狂地撕咬，抽打，尖叫……"她说完，然后就势躺了下去。我掀开了被褥，抚摸她的身体。我吻她的脸颊、脖颈、胸口、乳沟，像蚯蚓一样，翻遍所有的泥土。但是，她却并没有如我预期的那样呻吟，喘气或者扭动身体。她像一根木头，任由我摆布，没有一点反应。

"木头。"我忿忿地说。她忽然变得兴奋起来，仰着脖子嗯嗯呀呀地喊着。她拼命地蹬啊蹬啊，抓啊抓啊，像蛇一样摇啊摇啊，晃啊晃啊。在一阵亢奋过后，我像一只剥了皮的蛤蟆瘫倒在床上。她面无表情，只是木然地望着天花板。

"你满意了吧。"她说着，眼角上的泪珠终于滑落下来。

"你当我什么了！"我狠狠地说。

"你自己明白。"她说。

"再说，我抽你。"我弹簧似的坐了起来说。

"抽，抽吧，你跟那老男人半斤八两。"她倔强地说。我抽了她，她竟然把我与那老男人相提并论。"嘭"的一声，我的胸口一阵疼痛。她打了我一拳。我仰面倒在床上，她坐到了我的身上，然后像疯了似的，哭喊着，尖叫着。她拍打着我，锤击着我，直到她累了，虚脱了似的，倒在我身上抽噎着。

"这么些年，我的脑子都休克了。"她说。对她来说，时间比那个老男人更沉闷。每天，她一大早就醒了过来，然后就坐在化妆台前，花上大半天的时间打底、描眉、打眼影、画眼线、上睫毛、扑粉，午后就蜷在沙发上，看连续剧，抽烟，发愣，小睡，偶尔又回到化妆镜前补妆，到了晚上就开始泡澡，卸妆，做面膜。她的生活就是不停地化妆、补妆和卸妆，直到周末那个老男人从环城路上赶过来。

"今晚上，咱找点乐子。"我打电话给青山。"行。"他说。"我不是一个人。"我笑着说。"欧罗巴咖啡馆，玫瑰，烛光，黑咖啡，一切使你心醉。"青山说。"喝咖啡太斯文。"她在边上说。"喝咖啡太斯文了。"我说。"到冰河时代，杆子舞，蹦迪，摇头，嗑药。"青山说。"我是一个好女孩。"她把下巴搁在我肩胛上说。"她是一个好女孩。"我对青山说。"到'快乐迪'。"青山说。"我可是个麦霸，会疯。"她说。"就'快乐迪'。"我对青山说。

我和苏水水到"快乐迪"时，青山正握着话筒，唱花儿乐队的《嘻唰唰》。李喊在一边，有一句没一句地附和着青山："拿了我的给我送回来，吃了我的给我吐出来。欠了我的给我补回来，偷了我的给我交出来……"青山的嗓子实在刺耳，李喊五音不全，老是跑调。不过，两人一旦唱疯了，就开始扭腰甩屁股，逗得大家笑个不停。马纳倚在沙发上，翘着二郎腿，随着节奏晃着脑袋。几个陪酒女郎一手夹着香烟，一手端着酒杯，时不时地凑上去跟他干杯。桌子上摆满了啤酒、爆米花和一些零食。看到我们到来，青山唱得更欢了，李喊也对着我们奇怪地尖叫着。马纳给我们腾出了位置，又为我们倒上了啤酒。"我给你们点歌去。"他说着就凑到自助点歌显示屏那边去了。

唱完了《嘻唰唰》，马纳在自助屏上弄了点气氛。然后，李喊接着开始唱下一首歌曲。那是谢天笑的《追逐影子的人》。"追逐影子的人，来自那不变的青春。"青山一边和着音乐，一边用身子摆着节奏，向我们走过来，倒了一满杯啤酒。"青山遮不住，毕竟东流去，我就是青山，敬你们俩。"他说完，举着杯子一饮而尽。"追逐影子的人，黑暗在日落前指引。"喝完酒，他搁下酒杯，又握着话筒走到了投影前，跟李喊一起接着唱："去缝补乌云，去缝补峡谷，去缝补闪电与天空的裂痕……"

他俩一唱完，投影上就跳出了对唱情歌《广岛之恋》的画面。李喊拿着两个话筒，直往我和水水怀里塞。我拉着她的手，站起身，对着投影上的歌词唱了起来。离开了原声，我忽然拿不住调，倒是水水还是跟在校时的那样，乐感很好，还时不时地带着我唱上几句。"唱得好。"李喊没等我们唱完就说。"再来一个，《只对你有感觉》。"马纳说。

我们不停地唱歌，喝酒。空酒瓶倒在桌子上，越来越多。调子也唱得越来越高，节奏越来越欢快。最后，青山过去点了罗志祥的《独一无二》。随着前奏里的那声警报声响起，李喊爬到了桌子上，蹩脚地跳起了太空舞步。马纳也拎起了酒瓶子，站在沙发上，脚尖儿一踮一踮的。青山搂着陪酒女郎，夸张地模仿着下流动作。水水也脱去了外衣，举着双手，绕着我扭动腰肢，曼妙地舞动着。直到音乐停止了，没有新点的歌曲，也没有怪异搞笑的动作。

"咱换个地方，谁再出个点子，要有创意。"她有些醉意。

"到街上找茬去。"李喊说。

"咱们到最高的地方去，能把城市踩脚下的地方。"她说。

"要最高的，那只有城市之星了，那足足有四十层楼。"马纳说。

"好，就'城市之星'。"大伙说。

临走，马纳塞了几瓶啤酒和一些零食。我们出了"快乐迪"，穿过几条街巷，来到了"城市之星"。它简直就是这个城市的灯塔，代言着这个城市的绚丽和繁华。外挂式电梯像一只吊篮，拽着我们快速地上升。底下的街道渐渐变小，变细，变得遥远、安静，仿佛它正离我们而去。

出了电梯口，我们避过了商厦保安的耳目，在砸掉了通向楼顶的小木门后，来到了开阔的商厦尖顶。尖顶的地面上涂满了防漏的柏油，在栏杆的外侧支着巨大的广告牌。电流通过的瞬间，霓虹灯牌像孔雀的美丽翅膀一样，在三十层的楼顶上展开，同时也在城市里的无数仰望者的瞳孔里展开。在那些瞳孔里，我们的身体将变得像黑蚂蚁一样。对！黑蚂蚁！我们就是城市华灯下的黑色蚂蚁。

青山一喝酒就醉，一醉就要酒疯。我们喜欢看他要酒疯的样子。我们给他鼓拍子，他像猴子一样在尖顶上跳舞。他脱掉了外衫，脱掉了线衣。在冰冷的空气中，他把上衣脱得只剩下了一件雪白的背心。他的手指，臂膀上突出的肌肉，遮着右眼的长发，在闪烁不止的霓虹灯光影下舞动。尽管醉了，但是他的动作依然有力，依然像劲爆舞曲一样富于节奏。他的每一块肌肉，每一个动作都充满了一种积蓄已久的渴望与冲动。然而，这种渴望与冲动唯一的表达就是他的身体，他的每一个动作。

随后，马纳和苏水水也走到了尖顶中央。青山的动作简直像野兽一样，又蹦又跳，同时又伴随着一阵阵粗野的吼叫声。水水晃着双手，扭着腰身，在青山和马纳中间嬉笑着，快乐地尖叫着。李喊从广告架上折了一片铝合金下来，把酒瓶子排成一排，然后欢乐迪敲打着。

跳完了，我们都瘫倒在了地上，一个个快乐地呕吐着。

第二天，早上从中午开始。我和苏水水从宿醉中醒来时，已经是午后了。她似乎还沉浸在昨晚的疯狂中，一个劲地问着今天又该找点什么刺激的来玩。李喊和马纳已经下了楼。马纳正在煮泡面。李喊则坐在一条矮椅子上，用手掌不停地搓着惺忪的脸庞。

"开吃啦。"马纳端了一大盘泡面说。"青山呢？"我说。"还睡着呢，我去叫醒他。"李喊说着，从边上取了一个茶叶罐的盖子上了楼。不一会儿，我们就听到了青山的尖叫和咒骂声。李喊坏笑着，从楼上跑了下来，摇着手上的铁盖子说，冬天用这一招催人起床很灵验。

大家凑在桌子上，一边吃面，一边又商量起今天的活动了。对于我们来说，没有什么事情，会比打发无聊的时间更难对付的了。我们蹦迪、唱歌、喝酒、泡咖啡馆，但是它们都只能维持短暂的时间。它们就像是某种致幻剂，当药力散尽时，带给我们的是更加粗糙和坚硬的现实。于是，寻欢作乐，成了是一条没有尽头的路。大家你一言，我一语，最后谁也没有定下计划来。

"实在没事做，那就拜拜菩萨吧。"马纳开玩笑地说。"拜菩萨？大佛寺去？门票可贵着呢。"李喊说。"咱可以从山上爬进去。"我说。"逃票？"马纳说。"是的，大佛寺边上有座图书馆。从图书馆的后山，可以爬进大佛寺。"青山说。"那图书馆我也知道，读书时经常去。"水水爽朗地说。

我们出了红砖房，打的来到了一座石桥，然后顺着一道缓坡，来到了图书馆。图书馆大门半开着，院墙里停着几辆自行车。在其中的一辆自行车上，搁着几本书。我们绕过图书馆职工的宿舍楼，翻过一道水泥墙，爬上一个陡坡后，进入了一片杉木林子。当我们回身往下看图书馆时，发现院墙里有个人正在寻找着什么。"谁看到了我的书？谁拿了我的书？"那人喊着，惊起了树梢上的几只麻雀。这时，我们看到李喊正抓着手里那几本书，贼贼地笑着。"你偷什么不好？你又不看书。"马纳说。"损人不利己的事情少做。"青山说。"几本书，又不值几个钱。再说了，这也肯定不是什么好书。"李喊说。我抢过了那几本书，看了看封面，一本叫做《查泰莱夫人的情人》，一本叫《丰乳肥臀》，还有一本叫《妻妾成群》。"那家伙肯定想女人想疯了。"我说。

我们在低矮的灌木丛里扒拉着。青山手脚很利索，爬了半山连口气也不喘。李喊像个猴子似的，钻得很快。马纳总是慢条斯理的样子，不过总也赶在前头。倒是水水挎着一个包，又穿着双皮鞋，走一步得停三停。不过看得出，她兴致很高。在快到山顶时，我们听到了大佛寺的钟声，还有似近又远的诵经声。山上长满了马尾松，那些枝节像是常年挡风的缘故，齐刷刷地朝一边扭曲着。我们来到了山岩边上，看到了山谷底下的大佛寺塔尖，以及在谷底氤氲弥散的青烟。

"这么高，吓死人啦。"李喊说。"从哪里爬呀？"马纳说。"过来，在这里。"青山跳下了一个矮坡，朝我们挥手说。我们朝他走了过去，来到一个山凹，下方全是光秃秃的岩壁。"就从这儿爬下去。"青山说。"真是作死的节奏。"李喊说。"你能不能说点好听的。"马纳扇了李喊一脑袋，然后合着手掌吐了一串"阿弥陀佛"出来。

"你们看，这下面有一条雨水冲刷出来的沟坎。沟坎下方的岩石中间有一条斜着的缝隙。踩着那道缝隙，我们横着爬到那边的岩壁上。"青山指了指左边的山岩接着说，"那边的坡平缓一些，而且上面有岩姜可以抓手。只要下了那个坡，我们就可以到那里了。"山谷下，有一片紫竹林。

"下，还是不下？现在做决定还来得及。"我对水水说。这时，水水按着青山所指的线路，用手指左右比划着。"豁出去了，下！"

她说着脱掉了鞋子，然后朝谷底扔了下去。我看着那两只鞋子，沿着峭壁，直直地落进了一片草丛里。

青山先下了沟坎，朝那条缝隙爬去。接着是马纳，他还不停地念着"阿弥陀佛"，不过等到下了沟坎，他就一句话也没说了。李喊嘴上说瘆得慌，但手脚功夫却是最利索的。我跟水水在后边。我说，让我用手拉着她。她开了句玩笑说，要把生死掌握在自己手里。

我们很顺利地下了那道沟坎，然后又踩着缝隙，横向爬过了一道岩壁。当我们爬到长满岩姜的岩石上时，大家都松了口气，觉得最危险的那段算是被征服了。

然而，就在其他几个人一个利索地往紫竹林里跳时，水水却在一个并不高的坡上困住了。"跳啊，跳啊。"青山着急地喊着。"快跳啊，再不跳人家就来捉了。"马纳压着嗓子说。"快跳，就这么点高，死不了。"李喊说。"我还是爬回去吧。"水水尝试了几次，最后哭丧着脸说。"我会接住你的。"我在下边张开手臂说。她又试了几次，终于闭着眼睛跳了下来。当然，她没被我接着，而是一屁股坐倒在了地上。

我们迅速离开了紫竹林，随后就挤进了游人的队伍里，准备到边上的草地里去捡她的鞋子。然而，当我们走到那边草地时，却看到一个穿着制服的保安，一手握着对讲机，一手拎着那双鞋子，无聊地吹着口哨。他一看到水水，噗嗤一下就笑开了。

"领导，通融通融，就别罚了吧。"我们几个在景区管理办公室求着情，只有青山一个人抽着烟，他那眼神冷冷地盯着这个肥男。

"你们这是在玩命。"肥男说。"是是是……"马纳说。"是啊，念我们是初犯，你就高抬贵手吧。"李喊说。"这样吧，罚款就算了，门票按人头数，少一张不行。"肥男说。"你看，这都下午了，景区都快关门。"马纳说。"这可不行，三百块，一毛也不能少。"肥男说。"神气什么，不就是钱嘛。"水水狠着脸说，然后从包里掏出了一个粉色皮夹，抽了三张百元大钞过去。

"早知道这样，还不如买门票了呢。"李喊说。

"既然付了钱，那我们就正儿八经地旅游吧。"马纳说。

我们穿过佛心广场，通过山门后，在放生池转了一圈。算命看相，求财求官，求婚求子，很灵验的。放生池边上，有几个算命的摆着相谱，坐在小矮凳上，向我们招徕生意。"你这算命到底准不准？"我在算命先生前坐了下来说。"心诚则灵，你信就准，不信就不准。"算命的说。"活神仙，那你看这女人跟我什么关系？算准了你就是神仙，算错了那你就是八仙。"我指着水水说。他笑了笑，跌起了指头。"她嘛，算来有缘，是否有份不好说。"他支吾着说。"你就胡猜吧。"水水扭头便走开了。

离开放生池，我们经过了智者法塔，穿过隐鹤楼，来到了大佛殿。殿前的烛台上插满了香烛，在烛台一侧，立着一块石碑。石碑看上去被拦腰砸断过，不过修复后被钢条给箍上了。善男信女们排着队向菩萨施礼，念念有词地祈求保佑。拜拜菩萨，长命百岁。马纳笑着拱手拜了起来。"多少年前，这不就是块石头嘛。"青山抬头盯着巨大的佛像说。"谁吃饱了撑的，没事干，把一座山凿成了菩萨。"李喊说。"年轻人，说话可得注意，菩萨听了会不高兴的。"这时，边上的一位老太太善意地提醒说。"罪过罪过，菩萨肚子好撑船，求你饶了我吧。"李喊嬉皮笑脸地说。

从大佛殿出来时，天色已经暗了下来。我们经过大雄宝殿时，对那些金光闪闪的佛像全然没了一点兴趣。我们离开大雄宝殿，穿过一条防空隧道，出了景区出口。在出口，我们停留在停车坪上，就像几只走散了的蚂蚁，失去了引导道路的气味。

"去哪里？"李喊说。"别老这句话，我耳朵都听得起茧子了。"青山说。大伙又开始为着这个问题犯难。这个奇怪的问题，每每都能获得答案，但从来就没有一个尽头。一千个正确的答案，也解不了这个问题。"大家边走边商量吧。"我说。我们离开停车坪，穿过两条街，来到了江滨公园。在江滨公园，我们吃了几碗豆腐水糕，又沿着江滨公园漫无目的地行走。在我们身后，城市灯光渐渐亮起。夜色越来越浓，风也紧了起来。大家都感到了寒冷。

"这么冷的天，该下雪了吧。"马纳说。"下雪有什么好玩的，又不是小孩子。"李喊说。"咱们去那边烧火吧。"青山指了指一处江堤说。一提到烧火，大家又来了兴致。我们在江堤下选了一片背风的空地，边上是一片拆迁区，断壁残垣的，也有不少柴禾。青山捡了几个啤酒箱子。马纳也捡了一些木片子过来。李喊拆了一扇破木门背了过来。马纳生了几次火，但这些木片子不是太潮湿，就是太粗大，根本点不着。"我来，用这个。"李喊说着取出了《丰乳肥臀》，用力一扯撕成了两半。接着，他又一张一张地撕了下来，揉成了一个个纸团子，塞到木片子底下，点上了火。火苗子在纸张上飘忽着，舔着木片子。这时，马纳也过来，拿起另一半书，撕了起来，然后在火堆的另一边也点起了火。火势越来越旺，木片子吐着火舌，哔哔剥剥地响着。李喊和马纳仍旧不停地撕着书页，烧完了《丰乳肥臀》，就开始烧《妻妾成群》，烧完了《妻妾成群》，接着烧《查泰莱夫人的情人》。

那晚的火很旺。我们离开时，把所有能烧的东西都扔到了火堆里，然后离开了江堤。我回头看那火堆，让人不安，又心生欢欣。

只用了几天时间，水水就了解了我们的一切。在与我们厮混的日子里，她到了我们到过的所有地方，茶亭社区的一号车棚，桂花新村的阴暗储藏室，毛巾厂的地下室。她说，"我们几个就像是躲在地下的大白虫，一有机会就蜕变成蝴蝶。"

她重新拾起了她的拿手活，在素描本上画了许多速写。她对细节的捕捉以及线条的表现都非常到位。在素描本里，马纳像个沉闷的瘪三。他的头发夸张地拉长，遮住了左边的半只眼睛。他的牛仔裤，宽松、邋遢、肮脏，被刻意地剪得丝丝缕缕的，简直就是他灵魂的一部分。李喊一副死乞白赖的神情，眼神里透露着贪婪，同时又不无卑怯与惶恐，像一只地洞里的土拨鼠，向往阳光，又防备与憎恶阳光。青山的颧骨被突了出来，同时脸颊被削了不少，下巴也画得比猴子还尖，细小的脖子上喉结占了很大一部分。三人中，只有青山的眼神像个小女人一样没出息。他的眼神里，不见一丝狠光，没有锐气，所有的只是像湖泊一样宽广的迷茫。

"挺好玩。"她满心欢喜地说。

临近周末的那个晚上，我和水水躺在床上，盯着天花板发愣。

"你在想什么？"我问道。"没想什么。"她说。"都这么入神了。"我说。"那么，你在想什么？"她问说。"我也没想什么。"我说。

"你一定在想什么，说出来吧。"她趴到我胸口上说。"没有就是没有。"我说。"我知道你在想什么。"她说。"那你说，我在想什么。"我说。"你想什么自己知道，为什么还要我说。"她说。"你这算什么意思？"我有些恼了。"我没什么意思。"她说着转过身，又对着天花板，似乎生气了。

我下了楼，青山、马纳和李喊在玩圈地游戏。我也加入了游戏。"好像有心事？不开心了？"青山递了一根香烟过来。"没事。"我翻开牌，看了看点数。"要牌。"我对庄家说。"再要。"我对庄家说。"破了。"我翻开了牌说。下家继续向庄家要牌。

我抽完了一根烟，又去泡了一杯果珍，来到了三楼。"他们在玩牌？"她笑笑说，显得十分平静。她用被褥裹着身子，张着手，在石英管取暖器上取暖。"趁热喝吧。"我把果珍送到了水水跟前，她转过身，一手掖着被子，一手接过了果珍。

"别回去了。"我说。"什么？"她没听清楚似的。"别回去了。"我说。"你开玩笑吧。"她喝了一口果珍，拖着腔调说。"那人都快可以当你爹了。"我说。"你不会是认真了吧？"她挤着眉头打量着我，然后又笑了起来。"这样不会有什么好结果。"我说。"你咒我呢。"她的笑容变得僵硬起来。"你这只会毁了自己。"我说。"我得回去了。"她说着取过衣裤穿了起来。"你脑子清醒点行不行？"我说。"你想多了。"她冷冷地说。她穿好了衣裤，拎起了挎包。

"别回去了。"我抓住了她的手说。

"你抓疼我了。"她用力挣脱了，然后就下了楼。我追了下去。"大伙玩得好热闹啊。今晚，我得回去了。"她在经过牌桌时，礼貌地问候了一声，径直下了二楼。大家都停下了牌，傻傻地看看她，又看看我，像是明白了什么似的，又都坐下了。"要不要牌，要不要，到底还要不要？"李喊催着下家说。

"这么晚了，这里打不到车。"我追了上去说。

"我能走回去。"她走上了环城路。

"明天再走吧。"我说。她没有应声，继续走着。我跟在她后边，追着她。环城路上，偶尔有车辆打着远灯驶过，照见她那凌乱的长发。夜里的风更冷了些。透过路灯的光影，我看到了天上散落的星星，闪着清冷的光亮。她裹紧着身子，脚步越来越快。昏暗的路灯下，她的身影长了又短，短了又长。不知道走了多久，我们来到了土垛子边上。

"你别再犯傻了。"我又追上去抓住了她的手。她又用力挣脱着。我紧紧地抓着，直到她放弃了挣脱的努力。她扭着头，喘着气，眼角含着泪水，默默地看着挂帘山的黑色影子。

"我们回去吧。"我用双手捂她那冰冷的手。

"我这样挺好，锦衣玉食，吃穿不愁。"她抹着眼角说。

"你这叫自暴自弃，自欺欺人。"我扯着嗓子说。

"对，我这样叫自暴自弃，这样叫毁了自己，这样叫不自重。我就是这么不要好，不要脸，不要羞耻。我要好的时候，你在哪里？我要脸的时候，你在哪里？"她红着眼吼了起来。

"忘掉这些吧。"我说。

"你说得对，忘掉所有吧。天下好女人多得是，你会有好女人的。"她平静了下来，接着说，"年后，我就会跟他结婚，到时我发你喜帖。"

"你一定要来。"她说完，转身向浅水湾走去。

第三章

　　除夕的前一天，马纳和李喊都已经回乡下老家去了。红砖房里一下子冷清了许多。青山打开了房间里的电视机，任它自己播着。我们坐在楼下的客厅里，抽着烟，有一句没一句地闲聊着。楼上的电视机音量很大，喜气的音乐和拜年广告时不时地传来。"真不回了？"我说。"不回了，回去个鸟。"他抽了一口，然后张着嘴巴，吐出一个烟圈来。烟圈在空中缓慢地上升，扩大，没等完全消散，下一个烟圈就追了上来。"好歹也回去看看。"我说。"早看腻了，眼睛骨头疼。"他说。"这时间过得可真快。"我打消了劝说他的念头。"是啊，这年一过，又赚足了一年快活日子。"他苦笑着说。我们接着开始聊小时候的糗事，然而当笑声一停下，周围的空气便又汹汹地压过来，一切又变得沉寂了。"佛要金装，人要衣装。"他忽然想起了什么似的，然后起了身，到了楼上。他取了一套西服，一条领带，一件风衣，还有一双锃亮的皮鞋。"这样体面些，到家了替我问她们新年好。"他说。

　　第二天，我下楼时，他已经出门了。我穿上西服，系上领带，又披上了风衣，来到卫生间照镜子。我敷了水，抹了抹头发，然后就出了门。在城乡公交车站附近，我买了一副对联和门神，还有一对大红灯笼。上了车，我在一个车尾的座位上坐了下来。车站的管理人员，胸前挂着一个口哨，捏着一面三角旗。他冲着司机喊，"满了，满了。"司机点着头，发动了车子。乘客越来越多，把过道给挤满了。管理员又来催，"满了，满了。"司机又点了点头，做了几个动作，车子挪了一挪又停住了。乘客又趁机挤了一批上来。司机扭过头，对售票员说，"还有没有？"售票员趴在车窗上，瞭了瞭扯着嗓门说，"没有了。"管理员见车没开，阴着脸又走了过来。这会儿，没等他开口发话，司机就踩下了油门。车子缓缓地驶出了车站，车后边放行哨有节律地响着。

车子在县道上走走停停，下了一批，又上了一批，车厢里总是挤挤攘攘的。如果有谁在车上遇到了熟人，那问候声就会隔着好几个人传过来，接着又简短地大声聊上几句。出了县道，车子就驶入了坑洼不平的乡道。于是，车子就变得像牛车一样，开得又慢又颠簸。车子在一个坡道上停了下来。

我提着装有对联、门神和大红灯笼的塑料袋，挤出走道，下了车。在坡道上，我看到了几株耸立的檫树，还有底下的那些土房子。它们就像一堆火柴盒子，散乱地堆放在山脚下。我离开坡道，下了一条石阶路，上了一条田坎。田坎两边，那些水田早成了旱地。旱地里一些种着茶树，杂草比茶树还高，另一些是桑树地，因为不再养蚕，桑树荒得跟柴山似的。

过了田坎，村口的路廊塌了一个角，椽子和油毡布一半悬着，一半垮在了地上。那段裸露在外边的断墙上，还留着我小时候用黑炭涂画过的痕迹。过了路廊，前面就是檫树了。它光秃秃的，倒是有几只山雀子停在枝头上。没几年，村子又塌了不少瓦房。那些瓦房，有的断了横梁，有的垮了屋脊，有的塌了土墙，杂草长了老高，藤蔓缠着柱子和板壁，从屋子里面探了出来。我来到了院门前，看到母亲搬出了大小的物件正在掸尘。

我已经在外面过了两个春节。尽管我早先就托人捎信给母亲，这个春节我回家过。但是，她见到我还是很意外的样子。她摸着笔挺的西装，又把领带抽了出来。"这模样好看。"她说。我过去帮着一起掸尘。她一把就给推开了。"小心脏了衣服。"她笑着说。"辞旧迎新，我来贴这个。"我说。我揭下了旧门神，把门板擦了擦，涂上浆糊，把门神贴上了。然后，在门神左右两边挂上了对联。"好看。"她一边擦拭着碗橱说。"还有这个。"我说着取出了灯笼，撑开了，又续上了流苏，然后在廊檐下左右各挂一个。"好看，喜气。"她说。这时，父亲捧着茶杯，从别家台门转了回来。"回家过年来啦。"他回到屋里走了一圈，又来到廊檐下，看着两个大灯笼说。"这两个灯笼喜气着呢。"母亲说着，白了父亲一眼。"喜气能当饭吃哪。挂两个大灯笼，能招媳妇？"父亲没好气地说。"大过年的，你少说两句。"母亲提着围裙擦起了手。

天色暗落下来，母亲忙了整整一桌子年夜菜，还热了满满一壶鸡子老酒。她给父亲斟了一碗，又给我斟了一碗，自己也斟了小半碗。"吃菜，趁热吃菜。"她说。"爸，我敬您酒。"我端着碗说。"你老实跟我说，这两年你到底在做什么？"父亲端起碗，抿了一口说。"大三十的，过两天再说吧。"母亲笑着给父亲夹了一筷子菜。"我和你妈不巴望你飞黄腾达，不巴望你千万富翁，你就说个实话，到底在忙什么？"父亲说。"这两年，我做过码头工人，仓库管理员，刷碗工，排字员，做过文案设计员，轴承厂工人，皮革营销员，现在在广东一家服装公司跑营销。老板觉得我人老实，又卖力，很赏识我，年后就答应我做营销部做经理了。"我说。这些都是我在回家前的一天精心策划好的。我像背履历似的，说得从容，流畅自如，还加了一些细节来填充。"你就胡编乱造吧。"父亲气得放下了酒碗，"你也成人了，你不要好样不学学坏样。"父亲厉声说。"是啊，可千万别学青山那样。你看二舅家，哪里还像个家？"母亲伤心地说。"生了个讨债鬼，一辈子吃苦头。"父亲喝了一口酒说。

"你对象有没有谈？老大不小了，该抓抓紧了。"母亲说。"吊儿郎当，不学好，谁家姑娘放心跟你过日子。"父亲说。"他实诚着，"母亲白了一眼父亲，"老话说，箩里挑花，越挑越花。咱条件不好，有中意的看着差不离也就行了。"母亲接着说。"下回过年，我带一个回来。"我说着夹了一筷子菜到她碗里。"赶紧着，娘盼着抱孙子呢。"母亲说。

饭后，村里的左邻右舍来窜门。他们听说我回来了，都过来看我。"你们这灯笼真大呀，要办大喜事了呀。"这是说灯笼好的。"这门神哪里买的，这对联多少钱一副啊？"这是说门神对联的。"哟，西装笔挺，皮鞋锃亮，当老板了。"这是说我这身衣服的。"在哪里发财了呀？"坐办公室的吧？这就是我听到的全部话题了。母亲揪着笑脸，一个个替我回着话。关于我奋斗和奇遇的故事，她一口气就能讲出一大堆。"你有福气啊，儿子出息了。"邻舍们羡慕地说。"他呀，吃过很多苦呢。"她笑着说。我只是在边上，哼哈几下，露个笑脸，根本不用说什么。

晚上八点，央视春晚就开始了。这是每年除夕村里最重要的节目。父亲把电视机搬到了楼下，跟灶间只隔了一道板壁。母亲邀请邻舍们坐下来一起看春晚。"这么好的节目，我们到自家看去。"邻舍们说着，就各自赶回家去了。母亲在电视机前热了一盆炭火，又搬了几条椅子，搁上了果盘，装满了瓜子、花生、蛋卷、甘蔗和六谷胖。接着，她用干毛巾擦了擦电视机显示屏，然后就到灶间忙活去了。她还得裹粽子，连夜煮好后，它就是第二天的早餐了。

一阵热闹的拜年祝福之后，春晚准时开始。"哟，又是朱军，春晚主持这地儿算是他买下了。"父亲看着电视说。"谁？"母亲凑过来说。"你不懂，忙去。"父亲剥着花生说。"不懂才问的你。"母亲笑着又回到了灶间。四个主持人你一句我一句，拉开了春晚的序幕。打头的是开场歌舞《过大年》，然后是解晓东的一首独唱，接着便是复合相声《马路情歌》。冯巩来了。"笑星冯巩来了。"父亲对着灶间说。"谁来了？"母亲湿着手走了出来。"冯巩，那驴脸看着就好笑。"父亲说。"人家就靠这张脸出名呢。"母亲说。"别吵，看电视。"父亲说。相声到高潮处，父亲咧着嘴呵呵地笑着，母亲看父亲笑得夸张，也跟着笑。相声一结束，接着便是宋祖英的演唱。"她可是大红明星。"父亲说。每结束一个节目，他都会夸上几句，或者骂上一通。

"我到邻舍家去窜窜门。"我说。"你不看了，这么大阵仗，每年就只这么一回，让咱老百姓高兴呢。"父亲不解地说，不过也没再坚持，继续盯着电视机。我出了门，沿着石板路，漫无目的地走着。夜色中，瓦房像是盛满光影的盒子，音乐声、欢笑声和着光线从门缝间漫溢出来。在邻舍门前，我听到人们的欢声笑语，每每要推门进去，又退了回来。那盛宴属于所有人，然而在此时，它又似乎是给每一户人家精心准备的独特礼物。

我穿过了几家廊檐，在村口的檫树下点了根烟。火红的烟头在黑暗中明明灭灭的。我忽然想，在这个万家团聚的夜晚，青山在做些什么，想些什么？浅水湾是否有炫目的烟花，那栋别墅里是否也播着春晚，是否有人快乐地夸着，或者鄙夷地骂着？

我抽完了几根，又折回家里。母亲已经上楼休息了。父亲倚在靠椅上，眯着眼睛，睡眼朦胧的样子。电视里还是好戏不断，欢声连连，只是忽然好像遥远许多。父亲看到我，挪了挪身子，用火钳子把炭火拨旺了些。"快结束了，接着就该是《难忘今宵》了。"父亲说。"十二点了，我去准备烟花。"我说着，搬了一个二十发的烟花到院前的空地上。"十、九、八、七、六、五……"我听到每个瓦房里都响起倒计数的喊声。我点着打火机，凑到了导火索上，导火索自己"哧哧"地响着。"噗"的一声，烟花拖着火星子升到了夜空中，"砰"地炸了开来，光彩照亮了整个院子。不一会儿，别家的烟花也上天了。整个村子上空一下子火树银花，五彩的烟花布满了夜空。电视里也响起了《难忘今宵》的旋律，又一场盛宴落幕了。

第二天，天色一亮，炮仗声就此起彼伏没停过。阳光很好，从窗口照到温暖的被褥上。冬天似乎渐行渐远，春天已为时不远。我来到窗前，仰着脸享受阳光的淋浴。一声麻雀的鸣叫，把我的目光拽到了院前的一棵杏树上。杏树的枝头上垂着露珠，浸润着悄然萌生的红色芽头。

　　父亲又捧着茶杯审门去了。母亲穿上了一身喜气的衣裳。我下了楼，洗了一把脸。母亲把洗脸水存到了一个木桶里，然后为我泡了一杯米海茶，剥了两个白米粽。"正月初一，不动刀，不动腿。"母亲笑着说，"忙了一年，好好舒坦下。"于是，我待在家里，红了炭盆子，磕瓜子、喝茶、钳核桃、吃蛋卷，直到果壳子洒了满满一地。"妈给你凑几个搭子，摸麻将吧。"母亲怕我闲不住。"没意思，还是这么坐坐吧。"我觉得摸麻将，就是不停地摸了又打，打了又摸，发明麻将的人大概也闲得发慌吧。我嗑了半天瓜子，喝了半天茶，直到嘴皮子起泡了为止。有时，我心里想好了，嗑完手上的瓜子就停住了。然而，每次嗑得差不多了，手心里又不自觉地抓满了。直到最后实在嗑腻了，才把手心里剩余的，扔到果盘子里。只要我嘴巴一停，母亲便又很快地劝说我吃这个吃那个。我说吃腻了，就不吃了。于是，母亲又换别的东西来劝着吃。我说，"肚子吃撑了。"她说，"这么大个人，怎么吃得撑。""爸去哪了？"我换了个话头说。"他呀，估计在谁家打红五了吧。"她说。"我去转转。"我说。"看到你爸，告诉他，让他早点回来吃。"母亲说着又钻进灶间去了。

　　我出了院门，见有人多的场面就去凑凑热闹。每到一户人家，那些从小看着我长大的老人们就热情地给我泡茶，然后取出年前备好的年货来招待。"你这身打扮，很洋气啊，一看就知道坐办公室的。""你找到好工作了。落坞了便好。下回带对象回来看看。"他们说的总是这些话。当然，除了这些，就只剩下吃的话题了。"吃，吃吧。"有人边塞边说。"这个是从杭州带来的，味道很不错，再吃一些，多吃点。"有人取出了最好的年货。"这么长时间没回来，生分了是不是，拿着吃，不吃就是不认我这个阿婆了。"有人客气地命令着。

村口的阿公，以前是养牛耕田的，他盯着我，打量了好长时间，才认出我来。他高兴地把我请进了屋子，跟所有好客的主人一样，泡上了米海茶，端过了年货盘。

"唉，我一辈子没做什么事，就只生养了六个子女，三个儿子，三个女儿，还有一头耕牛。现在，过了年，他们却一个也没回家。"他说。"今天才初一，过几天就会来了。"我安慰他说。"现在，家里就只剩了那头老黄牛。"他一说起老黄牛便来了精神，"现在，它可舒坦了，现在的田地都荒着了，没人种水田了。大伙儿吃的米，都跟你们公家人一样，是买着米吃了。"他说。"你该卖了它，现在牛肉值钱呢。"我说。"年前，有人来相过，出一千块钱。不过当时没卖。"他说。"它也陪了你好多年，舍不得卖了吧？"我说。"本来打算卖了，后来想想还是等他们回来，杀了每人分一份。"他说，"他们忙啊，路远，不方便。"他叹了叹气说。"快了快了，正月初二才开始走亲戚呢。"我安慰着老人，走了出来。

村子上空弥漫着硝烟味，还有那放不歇的炮仗声音，仿佛只是为了点缀这常年的荒芜和孤寂。年轻人全都到城里讨生活去了，谁也不知道他们到底活得怎么样，顺利还是艰难，开心还是愁苦？只知道他们很久才回来一趟，回来的那会总是那样的充满活力和希望，充满惬意和快乐。多少年来，打问和谈论外出的人，以及外面那个遥远的世界，几乎成了他们生活的全部：谁家的孩子去了哪个城市，谁家的女婿在哪个单位风光，谁家的媳妇偷男人了，谁家的孩子离婚了，谁家的孩子又结婚了，谁家的孩子出村之后就再也没有回来过了，谁家出了工伤了残疾了，谁家死了人又赔了多少钱来，谁家跟谁家化解恩怨了，谁家跟谁家成了姻亲了，谁家的娃在城里犯了事坐牢了……

我一个人穿行在村子里，走遍了所有曾经留有我的童年的地点。这包括一所弃用的老学校，教室成了人们的居所或者养猪的圈子；一个阴暗的地道，但是被封掉了；一个潮湿的蝙蝠洞，只是再也找不到一只蝙蝠了；一个稻桶岩，岩下堆放的不再是稻草，而是被垦出了一片茶地。我想寻找那些曾经回荡在空气中的声音和气息，但是除了感觉到冰冷，剩下的就只是大片大片的死寂。

在村后的小溪边，我停了下来，无聊地朝水里扔石头。溪边的辣蓼草还是那么疯狂地生长，尽管现在还是冬天，它也滋滋地生长着。一整个冬天，溪流就是不封冻，流水在溪石的罅隙间"噗噗"地唱着。溪滩边上，布满了塑料袋、破布条、鞋底板之类的杂物。除了无聊的麻鸭和黄狗在溪滩边上溜达之外，就很难看到什么活的东西了。

近午时分，我回到了家里。在院墙下的方桌边上，我看到了两个人。他们是母亲邀请来的，好让我有个伙伴，有点事儿干。"西瓜皮"是我小时的玩伴。西瓜皮是绰号，因为他的脸蛋圆滚滚，胖乎乎，还油光光的。不仅脸蛋，他的额头也锃亮锃亮的，像极了蒋介石。他是一个慢热的人，反应总是很慢。上小学时，别人写一篇作文，只要一节课，但是他花上一天也只在作文簿上涂写一个题目。做数学试题时，别人趴在桌子上忙着打草稿，他就盯着天花板，一个劲地咬笔头。没有人对他抱有希望。然而，到了中考那年，他却一鸣惊人，数理化三门满分，文科成绩也呱呱叫，总分在全县考生中一骑绝尘。高中读书时，这个奇怪的家伙又做出了一些让人意想不到的事情。他先是迷恋上老虎机，整日泡在游戏厅里杀呀冲呀。后来又突发奇想，竟然拉了几袋子盗版书，在夜市上摆起书摊子，做起了生意。钱挣得不多，可学业上又拉下了一大段。他像乌龟，永远是那么慢腾腾，就算对手跑到终点了也不着急。人家对他说，高考就像千军万马过独木桥，你不跑快点，就会被挤到河里去。他就说，我等他们走完了，最后一个人慢悠悠地走。最后，人家都全考上了大学，他就一个人在县城街道上摆起了书摊。后来，他又去上海混起了日子。

坐在"西瓜皮"边上，是比我们低好几级的学弟，他叫张国胜。他正好跟"西瓜皮"相反，在读书时是学校里出了名的捣蛋鬼。他很有运动天赋，每次参加镇上运动会，一个人都要参加好多个项目。他能跳过比他自己还高出一头的竹竿，跑跳的时候差点就跳穿了整个沙坑。轮到他掷标枪时，得在场地外边划出一块目标区域。那时候，大家干脆就送了他一个"野猪"的绰号。这一是说他力大无比，还有也是说他四肢发达，但头脑简单。每次镇上期末会考，任课老师们便想尽法子把他藏起来，或者单独放他假期。总之是不让他参加考试，编出各种理由把他从统计名单里拎出来，免得拖累全班平均成绩。所以，当同学们开毕业典礼时，他早就提前毕业了。当同学们升入高中，考入大学时，他早就去了城里卖起了力气。几年前，他在一个工地里踩了个空，从脚手架上跌了下来，一只眼睛被一根钢丝给戳没了。那家建筑单位赔了他不少钱。村里人都说他是最有钱的独眼龙，但其实在两年前，买了一个老婆后，没看住给跑了。从那以后，他就掉了魂儿似的，恍恍惚惚，身子骨也病恹恹的了。不过，只要一看到有姑娘，他就会凑上去傻傻地笑。村里人觉得他脑子得了病，除了可怜他，也少不了恶毒地奚落他。再戳掉只眼睛，你就可以再买个老婆了。他们说。

　　"你哪只是假眼？""西瓜皮"问说。"不叫假眼，叫义眼。"张国胜说。"有什么差别吗？义眼就不是假眼了？""西瓜皮"说。"假眼就是假眼，义眼就是义眼。"张国胜狡辩说。"那你到底哪只是假眼，哪只是义眼？""西瓜皮"笑着说。他俩看到我，停下了话头，大家嘘寒问暖起来。

　　我们一边吃着年货，一边东拉西扯着。这年都过得淡出鸟来了，这是我们说的最多的一句话。除了这，我们话题不多，问到各自的生活时，都只是蜻蜓点水地对付一下，总归是你好我好，一切都好着。谈得最多的还是儿时的同学和玩伴，比如谁在哪个单位上班，谁工资不错，谁倒插门做了上门女婿。聊完了，气氛又冷了下来。"咱打红五吧。"我说。"好，打牌。"大家一拍即合。于是，我取了扑克牌，洗了洗牌，放在桌子中央轮流拿牌。我们叫分、扣底、出牌，直到母亲招呼用午餐。

　　午后，"西瓜皮"提议说去邻村的赌场玩一把。"那里掷骰子，下的注很大，一次兜底大的时候能上千呢。""西瓜皮"说。"行，反正闲着也没事。"我说。"我跟你们去看看吧。"张国胜说。出村的时候，张国胜买了一扎炮仗。"这么大了，怎么还像孩子似的呢。""西瓜皮"取笑他说。于是，我们朝一个叫做灯盏坪的村子赶去。一路上，张国胜把一根跟炮仗点燃了，扔到山谷下。炮仗"哧哧"地吐出火星子，朝黑暗深处坠去。"嘭"的一声巨响之后，它们借着空气的冲劲，有的像箭一样直接朝谷底射去，有的一个横刺，斜斜地飞去，有的从半谷一跃上了半空，弹出一大片火花来。

灯盏坪是个小村子，只有二三十户人家。当年土匪头子梅西癞子的老窝就在这里。由于它处得比较偏，所以一直以来是个不错的赌窝。在我小时侯，远近的赌徒总是约好了一般，在每年的春节都会聚到这里，豪赌一场。

我们进了赌场。那是一间泥墙房，里面只有几根瘦长的松木柱子，一个灶台，一架蒙了灰尘的楼梯，一张风干了的檫木桌子。灯光昏黄，它们透过烟雾，泻满屋子的每一个角落。桌子变得昏黄，泥墙也变得昏黄，发黑的柱子也变得昏黄。与所有记忆中的情形一样，永远昏黄，永远弥漫着挥之不去的陈木的霉味。那些背影，发亮的手指间的劣质香烟，眯缝的眼睛，体面的青布罩衣，一切都变得昏黄。这灯光，十多年来一直这样昏黄，低瓦度的灯泡上沾满了尘土和油污，仿佛记忆深处的灯塔。

桌子边上，凑满了人。他们都把身体搁在桌子边沿上，眼睛死死地盯着桌子中央的青花大海碗，不时地高声吆喝着，简直就像斗蛐蛐儿。"西瓜皮"一扎进人堆，就有人认出了他，扯着嗓门叫他的名字。几个窝在桌子上的赌徒们，抬头看了我们一眼，然后又伏下身去，继续盯着碗里的骰子。骰子落在青花大海碗里的声音很清脆。它们在碗口里跳舞，唱歌，所有的赌徒都为此疯狂着。他们一会儿狰狞，一会儿狂怒，一会儿止不住地长笑。他们攥着骰子时的样子，就像是拽着命运的精髓一样。只是骰子在经过一阵蹦跳和脆响之后，一切往往并不如预期的那样。

我们下了注，掷起了骰子。张国胜没几个钱，只是站在旁边给人家喝个彩，讨点彩钱。偶尔，看谁家风头好了，就把彩钱当赌本，跟着人家玩一把。我们赢了又输，输了又赢，那些钱成了游戏的工具。到了后半夜，有人输红了眼，揣着最后的赌本进行着最后的翻盘。有人输光了，骂骂咧咧地留在赌场里不肯离去。大约凌晨两点的时候，门外一阵嘈杂，有人喊抓赌的来了。我正靠在窗边，见情况不妙，翻出窗外，拼命逃跑。可是，没跑出百来米，我就摔倒在一块茶地里了。"西瓜皮"跑得比我快，一下子就窜进了树丛里。我躲在茶树下，扒开枝条朝外看着。在一束束手电光下，我看到张国胜被摁在地上，徒劳地挣扎着。"我不是来赌钱的。我只是来看看，难道看看还不行吗？"他忿忿地说。

四周渐渐安静下来。我正想站起来，一阵揪心的疼痛从脚踝处蔓延上来。我脚崴了。确信人已走完之后，我抓着坎上的草根爬出了茶叶地。我拖着身子，走完埂道，绕过土坯房，在房前的苦槠树下休息了一会。我抽了一根烟，又找了一根木棍子，正要离开，看到了"西瓜皮"正从一个树丛间钻出来。

正月初二，我还赖在床上，就听到母亲在院子里叫我，说二舅来了。我二舅，也就是青山的父亲。他看上去比以前消瘦了不少，鬓发也白了一些。"二舅妈怎么没一起过来看看？"我问说。"家里保不准有客人来拜年，她也就没来了。"他说。"你应该叫她一起来。"母亲责怪她弟弟。父亲递了一根烟给他，他推了推，没有接下。"戒了，一抽烟就咳嗽。"他说。"真戒了？"父亲说着把烟塞回了烟盒子。"你们坐着聊，我做点心去。"母亲说。"姐，别做了，现在吃不下，过会儿也就中饭了。"他说。"你客气个啥。"母亲笑着朝灶间走去。

我泡了一碗米海茶，给二舅端过去。"青云在哪儿上班了啊？"他接过米海茶说。"在外面瞎混呢。"我说。"你真会跟二舅开玩笑，瞧你这西装革履的，肯定是在哪儿出息了。"他说。"你别不信，连我都不知道他在外面混什么。"父亲说。"还是青云有出息，不像我家那个……"他说了一半就打住了。"还犟着哪？都这么多年了。"父亲叹气说。"你该让他回来。"这时，母亲端着一碗鸡子面说。"翅膀硬了，随他去了。"二舅接过鸡子面自嘲地说。"总归是你自己生养的儿子。"母亲说。"就当没这个儿子，这么多心血，我们也算尽过力了。姐夫，你说是不是？"二舅无奈地说。然后，他掰着指头，一桩一桩地说着那些心酸事来。

"虽然给不了金山银山，但作为泥腿子，我们算不差了。"二舅说。在村里，二舅并不是平常的泥腿子。在我还小的时候，二舅那村子是出了名的穷，唯一的收入靠的是珠茶。二舅承包了村里的茶厂。我和青山经常去茶厂玩耍，一到炒茶时，都会看到满屋的青叶子，还有那些不停翻动着的茶锅。青山送我的茶球，有鹌鹑蛋那么大小。不过，珠茶价钱便宜，还经常卖不动。有一回，他从省城茶市场带了一个人和一口锅回来。那人在村子里住了一个多月，从采摘、摊放到杀青、回潮、辉锅，从分筛、挺长头到归堆、收灰，手把手地教二舅炒制龙井茶。那以后，二舅就成了村里第一个龙井茶师傅。第二年，他拆了茶厂的老式茶锅，全改成了电炒锅。他总结出了抓、抖、搭、捺、甩、推、扣、压、磨等炒制龙井的手法，手把手地教村里人炒制。一传二，二带四，村子从此告别了珠茶时代，也改变了村子的命运。

二舅自小就让青山跟在身边，学炒制茶叶，经营茶厂。不过，青山从来就没上过心。在茶锅前，他坐不了多少时间。每次炒制茶叶，他总是早早了事，不是青叶子放多了，就是杀青没好。他炒制出来的茶叶，没有色泽，没有香味，烘干草似的。二舅心想，做不了茶叶师傅，就让他专心经营茶厂。他带着青山品鉴茶叶，通过"色、香、味"来判断茶叶产地土壤，采摘时节，判断炒制茶叶的火候和工序，然后判定茶叶的价位。当然，这最终也让二舅失望了。在茶市，青山对着茶农胡乱开价，还把收来的好茶和次茶混在曝篮里，让二舅直喊心疼。后来，一到茶时，青山干脆就离开了茶厂，去了县城。这让二舅觉得青山是有意在跟自己对着干。两人还大吵了一场。他没给青山一分钱，就任着青山在城里一个人自生自灭。他还巴望着，青山在外边尝尝苦头就会回到村里，继续他的茶叶生意。

青山在县城里，人模狗样地混了几年。他在城里每遭一次罪，每受一次苦，父子之间的距离就更远一些。他那也不是逞强，似乎是故意做给二舅看似的。他回家的次数也越来越少，父子俩的话头也越来越少。有一回，他打群架，被带到了拘留所里。我们去拘留所探视他。亲戚朋友隔着铁栅栏安慰他，大家都说青山本质不坏，只是跟错了人。二舅妈哭得泪人似的。我们原本以为那是他们父子关系缓和的一个契机，可事实上却变得更加糟糕了。那天，二舅隔着栅栏，狠狠地呵斥着青山。"你都敢打群架去，都敢流氓派头去了，抓得好。教你学好你不要好，偏要跟那些乱七八糟的人混一起。人民政府管得好，再不学好就关里面别放出来了。"他激动地说。边上的亲友们劝二舅少说几句，也有几人对青山说，那是二舅心疼他，劝他能改好，安分过日子。可是，青山从来都没这么认为过。

　　从拘留所出来后，青山就几乎不回家。往后的那几年，茶厂经营也变得越来越难。茶厂里雇的茶叶师傅，也走得差不多了。随着茶叶摘工成本的上涨，收茶炒制的利润也越来越低。然而，在二舅心里最着急的还不是这事。青山到了该成家的时候了。他跟二舅妈商量了几回，决定给青山安个家。他们觉得，这是让青山这辆下坡车刹车的最好办法。不过，他们还是觉得担心，自己的儿子看上去就像头犟牛，怎懂得谈对象这回事。他们思来想去，终于出了一个主意。那年春节，二舅妈特意去了一趟城里。她要亲自把儿子接回村子。青山回到家里，看到了一个模样俊俏的姑娘。他以为是哪里来的亲戚。"中意吗？"二舅妈问青山。"什么意思？"他不解地说。"这姑娘水灵，看上去面善。"二舅妈说。"绕什么弯子，这是你媳妇。"二舅敞开了说。"谁媳妇？"青山一下子就傻眼了。这时，二舅妈就过来，把青山拉到了一边。她告诉他，这姑娘是精挑细选来的，价格也是最高的。

　　那天晚上，青山便跟那姑娘同床睡了。第二天，二舅一早就到邻村的先生那里去了。他要给青山挑一个吉日把喜事给办了。青山和姑娘一下楼，二舅妈就赶紧做了鸡子面，端到了两人面前。青山吃完鸡子面，指着那姑娘说，"丑样，不好看。"二舅妈问说哪里丑了。青山说，"那头发像草窝似的，得好好儿理一下。"二舅妈说没觉着丑。青山就来了气说，"这丑不丑，谁用谁说了算。"

然后，他就拉着姑娘出了门，去了城里。二舅妈从家门口一直劝到班车上，让他一定要注意，千万别给跑了。

那天，二舅回来一看，人不见了，就知道出了问题。青山说，那姑娘不是跑了，而是他给放的。他说，只有牲口才干那事。二舅为这埋怨了二舅妈好些日子。后来，他也渐渐地想通了，自己儿子不中意那姑娘，放走也就放走了，钱打了水漂总可以再挣回来。

本来，这事儿就这么过去了。可是，后来发生的事情，让二舅这辈子都消不了那股子气。一个多月后，那姑娘竟然又回村子来了。不过，不同的是，这回姑娘进的是瘸子水华家的门。他过去跟人家理论，想把姑娘要回来，再不济也得把钱要回来。瘸子倒也很爽快，说只要还他那八千块钱也行，大不了他再去买一个。二舅当场气得直发抖，回到家里病了好几天。更让他不堪的是，每次见到瘸子和那姑娘，便恨不能钻进地里躲起来。

"翅膀硬了，有自己的路了。真不明白，现在的年轻人到底在想什么？我自问，我们这么辛苦打拼，不就是为了他吗？我是真想不通，我手把手养的儿子，怎么会像个陌生人似的？怎么会像是仇人似的？"二舅沮丧地说。"老话说，长辈待小辈路样长，小辈待长辈筷样长。想开些吧，青山总会回心转意的，毕竟是父子嘛？"父亲安慰说。"青山人不坏，他也会想通的。"母亲也在一边说。"你们要是看到青山，就多劝劝他。现在，我说什么，他都听不进去了。"二舅说。

春节那几天，我在村子里听到了很多人和事。二舅这样的故事并不是唯一的。村子越来越老，就像村子的人们一样越来越老。年轻人都外出寻生活去了，只是偶尔才回来一趟。父辈和子辈，处在两样的世界，守着两样的信条，过着两样的生活，就像两条平行的线条，通向无尽的未来。一种无形的力量把这些人的联系撕成了无数思念、憎恨或者愧疚的碎片。

正月初六七过后，年轻人陆陆续续地离开村子，回到了城里，继续打拼讨生活。新年对于村子来说其实很短暂。人一散去，村子又陷入了寂静，也就意味着新年提前结束了。那些新张贴的门神对联，又将在山风中蒙上灰尘，卷曲变干，慢慢地脱落。

在临行前的那天，我到后山的阴坡上挖兰花。小时候，后山上总能找到那种叫做"九朵兰"的兰花。坡上长满了如意草，只不过叶子都已枯黄。我在岩石和沟坎间穿行、攀爬，直到爬到了顶，我也没找到一支九朵兰。于是，我就寻了一块裸露的岩石坐下，掏出了烟，抽完一根，就接着点上下一根，抽完下一根，就接着再点上，再抽。不找九朵兰，就只能抽烟了。我坐在山顶，透过弥散的烟雾看脚下的村子。它安静，很美，只是无论如何，我已不属于这里。在山顶上，我接到了一个电话，打电话的是一个男人，他约我见个面。我问他是谁，他叫出了我的名字。"来吧，米兰咖啡馆。"他很有礼貌地说。

第二天，父亲和母亲送我上了车。"在外边别胡搞，安生过日子，正儿八经带个媳妇回来。"父亲没好脸色地说。"在外边多留个心眼，吃得好点，吃得多一点，营养一些。"母亲双手趴在车窗上叮嘱着。"回去吧。"我说。车子启动，父亲和母亲在车场边上挥着手，直到车子转过山弯，再也看不见他们挥手的身影。

第四章

我夹杂在拥挤的人流中，穿过狭窄的出口通道。在我面前，这个陌生而又熟悉的城市又矗立了起来。人扎成堆，像黑色的潮水一样奔涌。这股黑色的潮流，塞满城市的所有空间，塞满通往其他城市的所有车辆。在即将到来的春天，他们像无数黑色的种子，飘零、扎根、滋长，在陌生的土地上开出属于自己的花朵，结出属于自己的果实。

出了汽车站，我又来到公交车站。每一辆车子的到来，都会引起站台上的一片混乱，因为人实在太多了。不仅人多，每个人身上的行李更多。他们有的拖着行李箱，有的挎着牛仔包，有的卷着铺子和被褥，狠命地朝车上挤。看来，春节真的结束了，而且比往年提前了许多日子。尽管，元宵还在后头，可是人们已经早早地踏上了外出谋生的旅途。

米兰咖啡馆坐落在江滨公园边上，一个只有女人才是主角的地方。两个男人在这样的地方会面，谈什么都显得怪异。我心里这么想着，推开门走了进去。咖啡馆里灯光柔和，蒂朵的歌声比灯光更柔和。我扶着转梯,在服务员的引导下,来到了楼上角落的一个包厢。在橘色的吊灯下,一个男人正无聊地晃着一个水杯子。他见到我,便起身向我招了招手,又很有礼貌地请我入了座。男人五十岁左右,一字眉,光滑的鼻子,薄而扁平的嘴皮,挺着个大肚腩,秃着额顶,两鬓间夹杂着几丝银发,看上去似乎很疲累。

"来点什么?咖啡,还是茶?"他说。"茶吧。"我说。"绿茶,还是红茶?"他说。"点您喜欢的吧,我都行。"我说。"那就来一壶正山小种,两盘瓜子。"他对服务员说。

"你可真准时呀,我也才刚到一会儿。"他说。"差不多吧。"我打量着他说。"小伙子帅气,跟水水说的一样。"他说。水水?我想起她曾提起过那个男人,一个秃顶的老男人。"我想,你大概也知道我是谁了吧?我叫张国民,很高兴你能来。"他说。"国民党,台湾来的。"我说。"呵呵,人家都这么叫。"他笑着说,但很快又收了笑脸。这笑脸,我直觉得眼熟,似乎在哪儿见过,可脑子像是短路了似的,没法确定到底是在哪儿见过。

"有什么事吗?"我心里一紧,猜想着他究竟是出于什么目的约我会面,同时一想起水水,又觉得恼火,看着那张脸莫名地就觉得恶心。

"说说话,没别的意思。"他说。这时,服务员过来搁下了红茶和瓜子,为我们满上了一小碗后就走了。"来,尝一口,这家红茶味道很醇。"他提起小碗品了起来。

"我跟你讲一个人吧。"他说,"他在学校时是一名佼佼者。年段考试时,他排名第五,在一千多号学生里也算中人中龙凤了。当然,他不像那些死读书的考试机器,只知道在埋头题海战术。在旁人看来，他是不用功便能考出好成绩的人。不过，他似乎很看不惯那些尖子生，从不跟他们扎堆儿玩。他跟他那帮哥们经常迟到早退，一起逃课，搞恶作剧，让学校头疼得很。当然，学神和学渣的差别就在于，别人的学业门门挂科，他却是一枝独秀。他这样的人，就像武侠剧那些有侠气，又有匪气的角色，很招女生们喜欢。"

"你知道这些，又怎么样呢？"我冷冷地说。我讨厌把别人的隐私当故事来讲。

"还没说完，来，咱边喝边聊。"他提起水壶，给我满了一杯接着说，"但是，他后来却突然辍学了，独自去了北京。"

"这都是些陈芝麻烂谷子的事情了。"我恼火地说。

"别急，我不想冒犯你。"他说，"今天，我们是第一次见面。来之前，我就告诉自己，这是一场轻松的见面。"

"你结婚了吧？"我平静了下，客气地给他满了一杯红茶。

"呵呵。结婚了，我们夫妻生活了二十多年。"他苦笑了下说。

"你妻子一定很善解人意吧？"

"是的，她很体恤人，在台湾这样的好女人不多了。"他说。

"她在台湾？你一定很想念她吧？"我说。

"因为生意上的事情，我们总是聚少离多。"他叹气说，"台湾有个人写了句诗，他说乡愁是一湾浅浅的海峡，我在这头，大陆在那头。我想，大概就是这样的心情吧。"

"呵呵。"我淡淡地笑着。"呵呵。"他也笑了笑。"你有儿子吗？我问。""没有。"他说。"那是女儿？"我接着问。"也没有。"他说。"你是说，你们俩没有孩子？"我说。"是的。"他说。"真是遗憾。"

我说。

"你这么成功的人士，居然会没有孩子。"我说。这会儿，他沉默不语了。我看着他那沮丧的表情，心里忽地有一种幸灾乐祸的喜悦。

"你抽烟吗？"他掏出了烟盒，给了我一根，又递上了火。我把烟缸推到了桌子中间，倒了一点水。他深深地抽了一口，然后又慢慢地吐出来，像是在长吁一口气。

"你后来辍学了？"他眯着眼睛说。

"哼。"我冷笑了一下，没有搭话。

"不想说点什么吗？"他问。

"水水对你说的，可真不少。辍学这事，我想没什么好说的。"我说。

"她可真是个好女人。如果你有耐心，我倒愿意说说她这两年的事情。"他说。

"我有耐心，你想什么就说什么，我不介意。"我说。

"你知道这世界上最神奇的是什么吗？钱，是金钱。"他说，"我们的世界，与其说是人创造的，倒不如说是金钱创造的。城市是一台大机器，金钱就是润滑剂。你看大街上，纷纷扰扰，熙熙攘攘的景色，这不是生活的风景，只是金钱的幻景。那些浮在人们脸上的笑容，就像刚才服务员的礼仪，标准的服务动作，不过是用来装点幻景的饰物。我们跟她之间，不过是金钱这线串起来的两个端点。从开始时，我和水水也不过是这样的两个端点，被金钱这条线连接到了一起。"

"我认识水水，其实是一件很意外的事情。"他接着说，"那天深夜，我离开办公室，一个人走在大街上。在路上，我看着那些路灯，那些灯光让人觉得从没有过的冷清。我看着那些慢悠悠地驶过的自行车，还有那些拖着顶篷的人力车，还有在行道上匆忙行走的身影，忽然就遐想起他们的生活。每个人都这么奔波着，辛酸着，我特别能感受到他们生活的种种滋味，觉得我的感受跟他们是一样的。当然，他们总是奔着温暖去，奔着爱去的。或者，那种温暖和爱就珍藏在他们的心里。但是，我觉得我的内心四壁空洞洞的，看什么都觉得冷清清的。

"于是，我拨通了一个叫阿雪的电话。我是她的顾客。我知道她上的是日班，从凌晨两点到下午七点。我一去总是包夜，给她两百块小费，那正好是店里抽掉的分成。她很领情，除了买卖又多了一份交情。我和她开了房，不过只是聊天而已，因为那段时间她正好是休工期。那天晚上，她说要介绍给我一个姐妹。你知道，干那一行的也很看重维系老顾客，不想因为休工期而丢掉一个优质主顾。第二天，我们按照约定的时间和地点去了'冰河时代'。水水跟在阿雪后边，懵里懵懂的。那天，她梳着齐眉的刘海，大眼睛亮汪汪的，酒吧里的一切都使她觉得好奇。她一见到我就不停地抿着嘴唇，眯着眼睛发笑，还时不时地用小指掠着鬓发。

"阿雪凑到我耳朵边上，对我说她这是第一回，得用点心。她说完，回到水水边上，跟她说了几句话，就到舞池里跳舞去了。我邀请水水也去跳舞。她说她不会跳舞。我说那叫蹦迪，就是随便跳随便玩。她抿着嘴，朝阿雪那边看了看，笑了笑，还是摇起了头。于是，我跟她说玩掷骰子的游戏，就是那种猜点数的玩法，谁输了谁罚酒。她挺来劲，玩得挺欢，开头赢了几把。那晚上，我和她输输赢赢，骰子还是那几粒骰子，酒瓶子倒是空了一个又一个，直到最后她终于趴倒在桌子上。我和阿雪扶着她，到了酒店房间里。阿雪倚在空调风口下，抽着烟，看着我解开了水水的衣服，然后就关上房门，出了房间。"

"这就是你的意外？"我打断了他，然后直直地盯着他。

"我能理解你的愤怒。"他笑笑说。

"俗话说一报还一报，谁都少不了。"我舒了一口气接着说，"不过别丧气，我老家有一种土方酒，据说能够治疗肾阳亏虚，精髓不足。"

他笑笑，弹了弹烟灰，接着抽烟。

"那偏方试了很多人，挺灵验的。"我接着说，"虽说保不准每个人都管用，但至少会给你点希望。如果要的话，到时我把偏方介绍给你。"

"曾经，我妻子怀过一个女儿，不过早产夭折了。"他说。

"哦，没想再怀一个？"我说。

"那次早产，使她失去了生育能力。"他平静地说。

这倒真是件让人头大的事情。我看着他那张脸，越看越觉得熟悉。只是，我忘记了在哪个场景里，曾有过同样猥琐的嘴脸和虚伪的表情。我想，我该是气糊涂了。

"水水说得没错，她说你是一个很会克制的人。"他说。

"我没打算揍人，不过要改变也是这一念间的事。"我狠狠地说。

"那其实就是个误会，也是我和水水的开始。"他接着说，"那晚凌晨，她醒了酒，看到了一切。起初，她出奇的安静，我还跟她开起了玩笑。直到我取出钱递到她跟前，她才忽然一下子崩溃似的。她像一头母狮子，大喊大叫，又打又闹。我实在吃不消，打开门打算一走了之。我一开门，就看到了阿雪。她根本就没有离开。于是，我和阿雪又进了房间。一进房间，我们就看到水水光着身子坐到了窗台上。这你情我愿的事儿，转眼就变得阴差阳错。我当时真是吓坏了，一个劲地向她解释。不过，我越解释，她似乎就越平静。那是我见过最可怕的平静。阿雪让我躲到洗手间去。当时，我在洗手间里，不停地拜菩萨，求菩萨千万别出什么意外，毕竟那是一条命。

"那天，阿雪就坐在床沿上，跟她讲女人们的那些事儿。她说，爱情是一剂毒药，可以选择也可以不选择。但是，这世界还有比爱情更毒的药，那就是生活，谁都得闭着眼睛吞下去。没有什么东西能够逃开商品的命运。这个社会，命都在卖，血汗都在卖，身体器官都在卖，还有比命更值钱的吗？尊严？人格？贞操？它们比命值钱吗？没命了，它们还有得卖吗？但是，有了钱不一样。钱能够把这些都买回来。只要有钱，爱情会来，尊严会来，贞操会来。可是我们有钱吗？我们没有。但是，我们有资本，青春就是我们的资本。你一天不用它，它就会白白地流走一天。我们的每一秒都是钱，一寸光阴一寸金，虚度了就什么也没有了。爱情，谁都奢望，你以为我不奢望一个能终老一辈子的男人吗？但是，爱情和金钱之间难道真的就非得你死我活吗？人为什么有左心房和左心房？不就是一个用来安放爱情，一个用来安放生活的吗？有了钱，我们可以保养得更好，青春会延长，资本会保值。

有了钱，我们穿更漂亮的衣裳，接触更加有层次的男人。我们这难道不也是为了爱情，为了嫁一个好老公做准备吗？至少，我们靠得自己的本钱，就像农民工靠力气，挣的都是干净钱。在这个世界上，没有比这更干净的钱了。

"阿雪毕竟是过来人，懂得怎么开解人。渐渐地，房间里就安静了。我听到水水抽噎着，她斥责阿雪那种用下三烂的手段逼她就范，拉她下水。阿雪也为自己辩解起来，她说她所做的一切都是为她好，不忍眼睁睁地看着她青春流逝，容颜老去，说那就像手里的股票，不及早抛出去，就会变成垃圾股，就会跌得血本无归。后来，阿雪说的一句话，彻底激怒了她。我听到了响亮的耳光声，就出了洗手间。我看到水水瞪着眼睛，用手指着门让阿雪滚出去。阿雪捂着脸怔在那里，过了好一会儿才收拾起挎包，一声不吭地走了。我直觉得晦气，想走又走不了。我担心要是她再有个想不开，自己也就被搭进去了。于是，我就靠着墙，一屁股坐到了地毯上。我想，她要真是想不开，去寻个三长两短的，至少也得换个时间地点。阿雪一走，她蜷缩在窗台下，哭得更凶了。我不敢过去劝她，生怕又激怒了她。过了好一会儿，她不哭了。我想是哭累了，泪水也哭完了。

"我低着头，看到她那白皙的双脚离开窗台，踩着地毯，又钻回到了被窝里。我抬头看她，忽然发现她竟也对着我看。她泪眼婆娑的，但眼神里多了异样的东西，有些哀怨但又显得平静，有些恨意但又显得柔和。'你过来。'她说。我愣了一下。'你过来。'她带着哭腔又说了一遍。我起身走了过去，像个罪人儿似的，蜷着身子站在床边上。'你坐下。'她掀开了被角，留出了位置。我一脸茫然地看着她。'你坐下来。'她缓和了下语气说。我一坐下，她便又抽泣起来。过来好久，她终于又停了下来。'你看着我。'她说。我看着她搁在被单上的手。'你看着我的眼睛。'她说。我看到她的眼角挂着泪花。我不做鸡，我做你的情人。她平静地说，我不要你很多钱，但得答应两件事，不许再找阿雪，不许再找别的女人。你不答应，我立刻就跳下去。"

"阿雪是谁？"我说。

"我不知道她是谁。跟所有干这行的一样，阿雪只是她的艺名。"他向服务员招了招手，示意服务员加水，然后接着说，"那事后没多久，那店在'扫黄打非'中被抄了。阿雪曾经给水水打过几个电话，但她一个都没接。后来，我给她在浅水湾租了一套月付的排屋。她搬去浅水湾后，阿雪就再没联系过了。她的电话也停机了。这个城市，没有比跟一些人失去联系更容易的事情了。"

"不过，她知道你辍学的事情。"他说。"辍学的事情，你记得吧？"他一字一顿地重复着说。"这是我和水水之间的事情。你没有资格来说……"我恼火地说。我把吊灯推到了他顶上，灯光照着他的秃顶。我伸出食指指着他重复说，"你没有资格……"他吐了一口烟，透过烟雾，对着我冷冷地笑着。"你这嘴脸让人觉得恶心。"我说。"不用说你，连我自己都觉得恶心。"他笑着说。我很好奇，这大过年的你不滚回台湾，不滚回你的女人那里去，却在这里鬼话连篇。

"你激怒不了我。"他绷着脸说。

"你是个孬种。"我扶回吊灯，坐回到沙发上，尽量让自己平静下来。我捏着半截香烟一口抽到了底，然后吐了出来。那些烟雾，在我面前弥散、缭绕。我想起了自己并不愿想起的那个夏天。在那次聚会后的一天，水水又把我叫到了音乐室里，她说例假没来已经一个多月了。我不敢相信那样的事情，不知道该做些什么。我只是一个劲地安慰她，一切会没事的。那个夏天似乎特别炎热，气温一天天地上升，但是水水的衣服却穿得越来越多。直到后来，她跑到我跟前告诉我有了。那时的我已经六神无主，可我还安慰她说，会没事儿的。她说，不管发生什么事，我们一起捱。直到后来，我发现她的座位就一直空着了。接着，我就被叫到了校长室。校长室里站满了人，他们是水水的亲属。他们围着校长，指着他的鼻梁骨咒骂着，推搡着。没多大工夫，我的父母也来了。那个夏天的知了叫得特别尖。我看到母亲赔着不是，父亲坐在边上唉声叹息。我看到了水水的亲属们挤着眼睛，歇斯底里的样子。

他们有他们的规则，我一点儿都不关心。我只想见她一面，跟她说上几句话。我按照他们的规则离开学校。那天，我进教室时，大家出奇的安静。当经过她的座位时，我看到她留在抽屉里的蚕丝围巾。我收了起来，一句话也没说就出了门。我偷偷地摸到她家后院，但是我被打了出来。我看到她站在窗台上，木然地看着我。我被打得生疼，拖着腿，爬到附近的土坡，向她挥着蚕丝围巾。那以后，我每天都爬到那个土坡，远远地看她，向她挥蚕丝围巾。直到有一天，一场雷雨不期而至。我看到了一个身影向我跑来。她站在雨幕中，只说了一句话，就回转身走了。她说，"不管发生什么事，我们一起捱。"

"我已经过了逞口舌的年纪。"他说着又把烟盒递了过来。我没有接烟，只是眯缝着烟，冷冷地看着他。我不想你这么不愉快。他僵着手，停留了几秒，又收了回去。

"如果你那女儿还活着，她几岁了？"我问说。"二十出头，跟你们是同龄人。"他说。"水水一样的年纪？"我说。"是的。"他说。"人渣，你是人渣滓。"我说。"年轻人有点锐气很好，可是匪气很不好。"他说。"你想到你的女儿吗？"我说。"我不想谈这个。"他说。"如果她在世上……"我说。"闭嘴。"他恼怒地打断了我，然后又强压着情绪，道了声歉意，起身离开了沙发，朝洗手间走去。我靠在沙发上，做了几下深呼吸，让自己平静下来。

今天，这里生意还真不错。不一会儿，他就掬着笑脸回到了沙发上。

"来点酒会更好。"我说。

"这样的场合恐怕不适合喝酒。"他说。

"我总觉得你很眼熟，像在哪里见过。"我说。

"水水跟你说起过我吧。"他笑着说。

"没有，她从不说起你。"我说。

"不过，她倒是经常提起你，从开始，到现在，从来就没停过。你知道，人最痛苦的事情是什么吗？"他忽然说，"人最痛苦的事情，莫过于既过着一种全新的生活，又不愿告别原先的那个自己。"

"我不明白……"我说。

"我只想告诉你，她为你承受了很多。"他又一次把烟盒递到了我跟前，我抽了一根点上了。他接着说，"那之后，我们去了一趟海南。那段时间，她太需要阳光了。她从来没有见过那么蓝的海水，那么蓝的天空。她浑身充满活力，像是突然释放出来似的。她穿着比基尼，在海水里游泳，一个个浪头把她快乐的尖叫声送到岸上来。她玩摩托艇，到海底潜水，乘坐海上降落伞，一下子变得探险狂似的，到处找刺激玩。"

"那几天，我为她觉得高兴，但又觉得莫名其妙的低落。你知道，我玩不了那些。在很多时候，我都只是作为一个旁观者，看着她疯玩。和她在一起的时间，我也只是在沙滩上跑跑步，挖几条隧道，做几个蹩脚的沙雕，再不就是躺在太阳伞下，看着她在海浪间的身影。我忽然觉得该跟她谈点什么。那天晚上，我们在一家临海酒店住下。她玩了一天，似乎是有点累了，早早就躺到了床上。我迟疑了很久，终于很认真地问她说，她是不是爱我。她很疑惑地看了我一眼，很干脆地说不爱，然后又倒头躺了下去。我对她说，我们一起生活、旅行，像情侣一样。她说，那不叫爱。然后，她坐起身子一脸认真地说，她心里有人。我说爱他吗？她又躺倒了下去背对着我说，我爱他。我有些惊讶地问她说，这也叫爱？她似乎不明白我在说什么，过了好一会儿她忽然反问我说，人不是有两个心房吗？自己我看着她迷迷糊糊地睡去，我明白在她的梦里出现的不会是我。当时，我忽然就觉得自己很可笑很可怜，又十分地厌恶起自己来。我对着那些钱、那些高价买来的项链手镯恶心，同时也恶心自己。"

"你不配谈爱情。"我说。

"如果除去了钱，我不知道那是否就是爱情。"他说，"有一次，我陪一名重要顾客喝酒，在那种场合下酒量就意味着订单。喝完酒，我去了水水那里。我刚推门进房，腹部就突然剧烈的疼痛起来。那就像是火钳子贴着烧灼一样。当晚，她把我送到医院里。我看着她在医院的窗口间跑来跑去，询问医生，又不时地过来安慰我。我觉得心里暖暖的，多少年都没有过那种温暖的感觉了。我躺在病床上，插着鼻胃管，抽吸内容物，她就守在边上，抚摸我的额头，握着我的手揉捏。我能看出她有多少担心。后来，医生告诉我，由于穿孔引起了细菌性腹膜炎，得在医院里住上一阵子。那时，我几乎天天输液。她就陪在边上，想着法子为我解闷。那时，医院里有一种折叠式的椅子，展开了便是很窄的床。深夜时，我经常在阵发性的疼痛中醒来，然后就看到她蜷着身子睡觉的样子。

　　"当然，在生活中，我们也少不了一些磕磕绊绊。那一次，因为产品上的瑕疵吹了一个订单，我黑了一天的脸。你知道，生意场上，任何一个细节的忽略都有可能产生预想不到的后果。那也不是因为订单的问题，而是我失去了一个签下长期合同的切入口。我一直纠结着，没办法释怀。当时，她一眼就看出了我的心事。她一个劲地安慰我，说再大的事天不塌下来。我闷着声不理她，还是黑着脸。她继续着那套毫无用处的废话，我开始觉得恼火，说了她几句。她似乎也有些不开心，而且也开始抱怨。我听着她的絮叨，彻底恼火了，打了她，让她滚得远点。那时，我完全失去了理智，钻在那个牛角尖里爬不出来。她是哭着出了门的。直到后半夜，我渐渐恢复了平静，才觉得深深地刺疼了她。我打她电话，发现手机留在房间里。于是，我出了门去找她。她没有走远，一个人抱着双腿坐花园里的双人摇椅上。我向她道了歉，她冲着我笑，接着又说了一些安慰我的话。"

"我们相处了那么久，她已经是我生活的一部分了。"他叹了叹气，接着说。

　　"你终究不过是个生意人。"我说。

　　"年前，我们提到了结婚。"他说。

　　"哈，你约我见面就是为了告诉我这个消息？"我苦笑说。

　　"我了解她胜过了解自己。"他说。

　　"你糟蹋了一个好姑娘。"我说。

　　"你没有资格说三道四。不是吗？爱情和幸福，对你来说又是什么？你在她眼里是什么？"他忽然说，"我曾经以为，你就只是被封存，被逐渐遗忘的一个故事，一个梦想，一个回忆。或者是一个伤疤，她不想再去揭开它。"

　　"你只是把她当做一个商品，一个用钱买卖的东西。"我说。

　　"曾经是。"他说，"但是，钱只能遮蔽一时，感情终究会浮现出来。我们像夫妻一样共同生活，这种感情就像一粒种子，迟早会突破世俗偏见、道德论调、金钱利益这些土层，真正地去享受生活中的阳光和空气。"

　　"你这套鬼话，说给你的妻子去听吧。"我说。

　　"我不想跟你争辩。"他说，"我只是告诉你，你打破了她平静的生活，你打破了我们的生活。"

　　"你个吃里扒外的杂碎。"我说。

　　"你可以把你的嘴巴放干净点吗？今天来这之前，我就知道这会是一次尴尬的见面。我不想和你有什么过节。如果不是为了她，我根本就跟你没半点儿关系。"

　　"哈哈，你妻子知道你平静的生活吗？"我说。

"闭上你的臭嘴。"他挤着眉头，靠在沙发上，沉默了一会儿，又缓和了语气说，"我只想告诉你，她曾经犹豫，她曾经想过放弃。这就是她从一开始就不接你电话，不来见你的原因。但你知道，你背着我做了什么，在她心里沉寂了那么久的东西，又被唤醒了。"

"可笑，我背着你？你问问你妻子，什么叫背叛？"我说。

"这根本不一样。"他很激动，但又显得很无力。

"你就是个伪君子。"我说。

"也许，我们根本就没有见面的必要。"他突然起身，从包里取出一个牛皮信封，放到桌上便离开了。

我拿起了牛皮信封，里面塞着几张照片，全是我和水水在一起的照片。我掏出烟盒子，点上了最后一根香烟，对着照片发笑。当我把照片塞回信封里时，忽然有东西掉落到桌子上。那是一对钻戒，在灯光的映照下熠熠闪闪的。

我叫了服务员，加了开水，又点了一份薯条和甜点。我看着对面的空沙发，抽完了半截子烟。烟雾在吊灯下，上升，弥散，变幻出各种的形状来。透过烟雾，我似乎又看到了他那种异样的表情。我猜想，一定有什么事情在他身上发生了。

我出了米兰咖啡馆，穿过街道来到了江滨公园。我沿着江堤行走，回想着这次奇怪的见面。我想起，在谈及他女儿时的那种扭曲表情，在说到他妻子时的那种闪烁目光。很显然，他确实老了，爬上他脸庞的不仅是岁月，还有那种排遣不尽的犹豫和纠结。我越是这么想着，他的模样就越显得熟悉。我拍着脑袋，想着自己一定在哪里见到过他。

不知不觉地，我又来到了水文观测房。我想起了那些漫长的等待。我回想着他说的那些话，或许他说的并没有错。一个人经历的漫长等待，或许就是另一个人漫长的痛苦选择。我取出了信封，看着那些照片。在照片里，她笑得那么甜蜜，多少年来一点儿也没有改变。看着她，我心里就觉得敞亮。我想，或许这就足够了。

　　我爬上了观测房的桥架上，看着底下的江水翻着水花流淌。我顺着江堤的方向，看着这个城市，越来越觉得它是那么遥远。它越来越充满活力，空气中洋溢着欢乐的烟霭。我只是经过这里，并不属于我。那些记忆，那些坚持，那些梦想，只该停留在属于它们的地方。我倚着栏杆，看着那些照片。我想，它们也该去属于它们的地方。我一张张地撕裂它们。我看到她的笑容成为碎片，在空中飘散，然后消失在水流中。我扔下了那个信封，连着那一对婚戒。

　　我打了车，来到了浅水湾。我在八号排屋前停了下来。我敲了门，里面没有一点动静。我猜想，她或许走出去了。我习惯地到口袋里掏烟，才想起烟盒子早就给扔了。于是，我一个人坐到了双人摇椅上。桂花树和红豆杉的影子落在地面上，缓慢地挪移着。我踮着脚，摇着椅子，倚在靠背上享受阳光。接着，我又摸出对戒，在阳光下看它们璀璨的光芒。我就像一片树影，从摇椅换到石阶上，从石阶靠到门边儿上，又从门边儿坐到石狮子下，又离开石狮子坐回到摇椅上。我失望地叹了叹气，离开了八号排屋，离开了一个没有灯笼，没有大红门神，没有一点儿年味的浅水湾。

在环城路上，我在土垛子下猜想青山会正忙着些什么。一想起青山，我就想到了他收到的一个个信封。我忽然想起了什么。在那些照片堆里，一个熟悉的身影从脑海里闪现出来。我给他打了电话。铃声响了几声，没人接听。

　　环城路上车子来去很多，但没有一辆能够停下来。我只得沿着环城路行走。我一边走，一边回想着青山收到的那些照片。我越来越确信，那里就有他的身影。如果那是真的，那么这意味什么? 我想着想着，就跑了起来。

　　我来到红砖房前，却停住了。大门开着，还贴上了一幅新对联。门前的空地上，洒了一地的鞭炮纸屑。门边上，堆放着燃放过的烟花。院子里，两个小孩子正趴在一个战斗盘上斗着陀螺。我刚经过，门边就窜出一条黄狗，冲着我吠个不停。

　　我退到房前的一片空地里。在一株水杉树下，我看到枝头吐着芽眼。春天似乎就在眼前了。空地边上，是一条沟渠。沟渠通向不远处的湖莲潭。湖莲潭的水面上飘着塑料袋，没有一丝波纹，波光里透着一股物体腐败后的霉绿。它就像我的生活，死寂、腐朽，再大的风也掀不起一个水圈。

　　这时，我的电话响了。电话是青山打来的。他在电话里说，那个男人在一年前就败了生意，欠了人家一屁股债。有人在年前就给了他一桩生意，不要他钱，只要给他个教训。"我把国民党赶回台湾去了。"他笑着说。我忽然想起那搁在桌子上的信封和照片，想起那自己秃了顶的男人，鼻子比额头还要光亮许多。

　　我回转身正要离开，忽然眼前闪过一个影子。水水正站在树下，她穿着一身柠檬色的羽绒，阳光照得她全身亮堂着。这样的距离，这样的情景，使我想起那个下雨的夏天，只是现在天气晴好，空气中弥散着春天的气息。

"过了年，你又发福了。"我开怀地笑着说。

第五章

　　元宵那天，是盘龙灯和赏灯会的日子。灯会的游行路段从大佛路出发，沿着人民中路，经过县政府大楼，然后在一所学校结束。我们到人民中路时，街道两边已经挤满了人。水水踮着脚，也只看到黑压压的一片人影。我爬上了一株梧桐树，然后把水水也拉了上来。我们选了一个枝桠，抓着枝条等待游龙队伍的到来。人越聚越多，不时有人从底下爬上树来。我看到沿街两旁，人们围得水泄不通。街道两旁房子的阳台和尖顶上，也密匝匝地挤满了人。在斜下方，停着一辆皮卡车，车斗一侧的护栏上站满了人。我看到青山叼着一个根香烟，站在皮卡车的顶棚上，朝大佛路方向张望着。

　　随着几声炮响，锣鼓声便响了起来。人群躁动起来。在夜明珠的引导下，几个壮汉舞动着龙头游行过来。在龙灯经过的地方，人们高声喝着彩。两边的店铺鞭炮齐鸣，讨着彩头。水水抱着枝条，兴奋地看着绵延的龙身穿过人群。接着，是一拨拨游灯的队伍，提着各式的花灯经过。我俯身看那辆皮卡车，发现顶棚上已经空了。我在人群中环视了一会，也不见了青山的身影。花灯一过，人们便像被打散了的蚁群一样，一下子就散完了。街面上只留了一地的垃圾，纸屑和塑料袋被吹到空中上下翻飞着。除了那些喧哗过后的灯影，我们谁都没看到青山去了哪里。

我们正要离开。我想，他只是觉得无聊走开了。这时，我们听到了哀叫声。我们循着声音，来到边上的一条巷子里。我们看到了青山，他的头发上沾着泥巴，眼睛肿得熊猫眼一样，颧骨也一片淤青，嘴角破了，右腿裤管上渗着血。

"谁把你打成这样？"我问他。

"这点伤，没事。"他苦笑着，摇了摇手说。

我们送他去了医院，拍了片，缝了针，好在都是皮外伤和轻微骨裂，没什么大碍。医生开了消炎药，还有三七片和骨伤胶丸。当天，我们就离开医院，回到了茶亭社区的车棚。

马纳在青山受伤后第二天就赶了过来。在他身后，还跟了两个小青年，全都是头发一绺儿红，一绺儿绿的。青山扔了两包香烟，把小青年打发走了。

"我靠他们出力呢。"马纳不解地说。"这是迟早会遇到的事，就让他们走吧。"青山说。"可不能就这么算了，得挣回这口气来。"马纳说。"算了。"青山罢了罢手说。

"谁下的手？"马纳不甘心，拉着我出了车棚继续问。"他自己应该心里有数，可他不肯说。"我说。"这笔账不算回来，这里可也就不好待了。"他叹气说。

那几天，由于小腿肚上的刀伤划得深，青山一直在发炎。车棚的门向着北边，阳光像是卡在楼宇之间似的。车棚被大片阴冷的影子笼罩着。于是，我们像向光植物一样，来到了车棚一侧的阳光底下。他躺在藤椅上，除了吃药，就是抽烟。他看什么都似乎不顺眼，都要骂骂咧咧地说上几句。这似乎能缓解他的伤痛，是比吃药还管用的办法。

那天，晴好的阳光已经持续了好几天，空气也逐渐变得暖和起来。青山的心情也似乎好了不少。我们来到了阳光底下，聊天，抽烟，晒天阳。水水蹲在花坛边沿上，用沿阶草的叶子逗着地上的几只蚂蚁。

"你看，已经出芽了。"青山拄着一根木棍子，靠在墙上对我说。

春节算是完全地过去了，一年重新开始了。我看到水杉树的枝桠上已经吐着芽头了。

"马纳又出去了？"他说。

"他出门前说，要找个新的据点，车棚太潮湿，对养伤不好。"我说。

"他是想着去算回这笔账，挣回这口气。"他说。

在社区通往街道的巷口处，我们看到摆着一张折叠式的桌子，几个上了年纪的老人聚在那里。他们有的围坐在桌旁，有的团着手倚在墙上，有的拄着拐杖看着自己的影子。巷口外的街道上，时不时地有车子驶过，只一眨眼的工夫就消失了。他们就像是岸边的雕像，只有阳光才能雕刻出他们的身影，城市的喧闹不过是遥远的海浪声。

这么好的天气，他们居然不去打拳，不去打牌，不去下棋。青山向着阳光，搭了一个凉棚，看着巷口的老人们说。

"他们在聊过去的事情吧，人老了就只能活在回忆中了，就像老黄牛反刍一样。"我说。

"嗯，全是锈蚀了的人，就像这个城市机器上的废弃部件。"青山眯缝着眼说。

"人老了，想想都是一件挺可怕的事情。牙齿掉了，耳朵聋了，眼睛钝了，腿脚不灵便了，活着就只能像他们那样，拄着拐杖，对着自己的影子发呆了。"我说。

"你看我这个样子，连他们都不如呢。"他说。

"快了，再捱一段时间，就快好了。"我说。

"好了，又能怎样呢？"他叹了叹气，坐回到躺椅上说，顺手点了一根香烟。我看到阳光穿过那些缭绕的烟雾，在他脸上投下淡淡的影子。

这时，一位中年妇女从巷口推着自行车走了进来。在经过巷口时，她停了停，跟墙角的几位老人搭讪起来。随后，她又推车经过楼道，在楼道口跟一位正在热炉子的老大妈聊了几句，然后停了车，从车篮上取下了塞满蔬菜的袋子，上楼去了。

"像他们一样生活吗？"他看着那些装着防盗窗的房子，青山接着说，"你愿意成为他们吗？花尽所有的积蓄，欠上一屁股债，还搭进自己的后半辈子，然后让你拥有这么一套房子，一个会把你所有的东西都吞掉的盒子。"

"你愿意吗？"他问说。"你愿意吗？"我同样地去问水水。"什么？"她似乎没听清楚，继续玩着蚂蚁，然后接着说，"我敢肯定，这是几只迷了路的蚂蚁。""你怎么知道是迷路，也许是出来旅行的呢？"我开玩笑说。"它们在瞎转悠。"她说。"这就是它们要走的路呢。"我说。"我们连蚂蚁都不如呢。"青山笑了起来。

青山的伤势逐渐好转，已经能够一个人散步，偶尔还能尝试着弹踢几下。不过，好消息后边总拖着根尾巴。那天，青山接了一个电话。电话是李喊打来的。他告诉我们，他父母年前就给他排好了行程，到兰州一个亲戚那里讨生活去了。

　　"兰州，有多远？坐火车，还是飞机？"马纳说。

　　"那边有沙漠吗？有草原吗？黄河的水里，真有半碗沙吗？"水水说。

　　"找个兰州姑娘，做个上门女婿吧。"我说。手机在我们手上轮了一圈，最后回到了青山手上。"臭小子，到兰州好好做人，少惹事。"青山咧着嘴笑着挂掉了电话。我们都替他高兴，在电话里祝贺他，但是挂完电话，每个人都觉得似乎少了点什么似的。

　　在青山养伤的这段时间，水水在茶亭社区闷坏了。于是我陪她去逛街。我们沿着街道，漫无目的地行走。元宵过后，热闹的商业街也冷清了下来。挂在梧桐树上的灯笼和新春条幅被摘了下来。店铺也换下了春节促销的海报。只有刚换上的大红中国结和福字张贴画，还透着最后一丝即将消逝的年味。春节的开始，对我来说没有多大的意味，但是它的结束，却使我觉得有点不知所措。

　　录像厅也重新营业了。闪光灯和音响从很深巷子里接到街面上，招徕着顾客。我带着她进一家廉价录像厅，一天只要两元钱。不过，录像厅里的那种气味，那些裸露着海绵的破沙发，让她觉得恶心。她说，那是性饥渴者、脚气患者和居无定所者的天堂。尽管看的时间不长，出了录像厅，我们还是都闻到了对方身上的臭味，一种夹杂着劣质香烟、脚气、汗酸和体臭的味道。逛完录像厅，我们就去网吧上网。可是，她几乎不打游戏，也不跟人聊天。她一天到晚地看恐怖片，一惊一乍的样子，总是吸引着别人的目光。有一回，她对我说，酒喝多了会醉，片子看多了也会醉。那种醉，就是一看显示屏就犯晕。

当然，最让人难以忍受的还是什么事都不做。那天，我们给青山配了消炎药，然后就来到了大街上。对我们来说，打发时间成了最头疼的问题。我们走在大街上，看着从身边掠过的车流、人影，它们就像一部拖沓电影里的镜头，让人生厌，但又不得不面对它，看着它。我想，生活就是这样一部蹩脚的电影了吗？

"别瞎逛了，想点别的。"她停在大街上说。这句话频繁地出现在我们的谈话中。我们没想到，生活这么容易就被厌倦了。她变得越来越容易恼火、焦躁。跟那些梳妆台、美食、时髦的服饰，流行的唱片，还有豪华的别墅一样，这个城市也让她觉得索然无味了。我无法揣测到她的内心深处。我难以理解，有什么力量在驱使她去热爱，然后又去厌倦，去追逐，然后又去抛弃。我不清楚，她那个憧憬的世界，有没有尽头？

青山的伤势慢慢见好。我们决定离开阴暗潮湿的车棚，去找一个立足的地方。我们四人做了分工，青山伤还没痊愈，只在外围望风。我和水水面相和善，正好能凑合成一对小夫妻的样子。于是，我和水水负责打探虚实。马纳负责接应。水水准备了一个大佛龙井茶的礼盒，又塞了几块泡沫板，装成一对访亲的小夫妻，走街穿巷地去碰运气。

李喊的离开，使我们碰到了不少头疼事儿。他惯常用锁。我们相信，如果他去开一家大王开锁一样的店，是没有什么问题的。他的离开，使那些防盗门看上去安全了不少。我们不仅缺乏对锁的研究，而且对钥匙的操作也是一知半解。李喊留下的钥匙，在我们眼里不过是一大串长短厚薄各异的铁片而已。对我们来说，李喊就是这个城市的钥匙。只要他在，所有的门会很顺利地被打开，以迎接我们。有时候，我们甚至会产生这样的错觉：究竟谁是那些房子的主人？是我们，还是那些自以为是主人的人们？

我们来到了锦绣山庄，这里是富人的社区。青山守在一株柳树下望风。马纳带着工具包，等候我们的消息。水水看上去很从容，满面笑容，仿佛这楼上真的住着她的某位亲戚似的。我们从顶楼开始打探。先选择门上蒙着灰尘的，或者门缝底下塞着报纸或者邮件的房间。接着，我试探着去摁门铃，连着摁两次，如果没人开门，隔个五六分钟再连着摁两次。倘若还是没有动静，我们就通知马纳接手破门。

不过，那是一个糟糕的夜晚。我们每次摁门铃，几乎都有人出来。他们隔着门缝，警觉地盯着我们看。好在水水生来就是个表演家。门一开，她就掬着蜜桃一样的笑容，谦恭地说："斯局长住在这儿吗？您好！请问您是张大队长吗？请问这是赵科长的家吗？马主席在家吗？我们找黄部长。"等到对方摇头摆手，她又会装出一副惊讶的表情说，"噢，弄错了，不好意思。"她的谦恭和温顺，还有那种夸张的表情，使人们都对我们杜撰的人物深信不疑。

我们厌恶来自房内的每一串声响，每一声问候，每一颗从门缝里探出来的脑袋。我想，要是我有穿透猫眼的视力就好了。这样的话，我就只要瞧上一眼，就知道有没有人。倘若没有人，那么我们就将成为暂时的主人。我们可以任意选用房内的食物，撬开所有的门，使用所有的电器，享受别人的生活。

最后，我们选定了一个房间。那个房间的门把上塞着几张广告单页，门缝底下蒙了一层灰。我们摁了门铃，敲了门，也不见有人回应。马纳得到我们的消息，背着一个水电工的工具包来到了门前。从最小号到最大号，他试遍了所有钥匙，鼓捣了半天，才终于打开了房门。

房间里黑黢黢的，弥漫着一股潮湿又霉烂的气味。我打开了门边的一个开关，但是没有任何一盏灯亮起。我摸到另一些开关，但是这些开关仿佛只是摆设似的，竟没有一盏灯亮起。我们只得借着手机的背景灯光，摸向大厅。越往里，地面上越杂乱；越往里，空气中的腐败气息越刺鼻。

"这简直就是狗窝。"马纳说。"你看到值钱的东西了吗？"我说。"有一个挎包。"马纳说。"我这边什么都没有。"我说。

这时，我听到楼下传来青山的口哨声。他是在告诉我们必须撤了。我们迅速从房间里退了出来，下了楼。我们以为会在楼道上碰到谁，但是一个人也没有。我们看到青山时，他还是那样倚在那株柳树上，若有所思地抽着烟。

我们来到了街上，进了一家茶楼，在一个叫"群贤阁"的包厢里坐下。"刚才来巡更的了？"马纳锁上了门，疑惑地说。"没有。"青山说。"那是保安？"马纳问说。"也不是。"青山说。"那有业主发现了我们？"马纳问说。"也不是。"青山掏着烟盒子，给我们分了烟,"是我让停下的。"青山点上了烟说。"噢……"马纳似乎明白了什么。

"嗯,我们这只是好玩而已。"水水说。"有时,我们其实不知道自己在做些什么。"我说。"如果我们要过那样的生活,倒还不如那种砍来砍去的日子。"青山说。"那我把这送回去。"马纳说。"这回就算了。真做了贼,也只有被抓的,没有送上门的。"青山说。

"行。"马纳说着取出了那个挎包。他打开拉链,把里面的东西全倒了出来。然后,他就开始扒拉起来。包里没有什么值钱的东西,一张话费充值凭证,几张上虞蒿坝和新昌道口过路费发票,一支护手霜,还有几张肯德基优惠券。

"这有几张门票呢。"水水眼尖,扒出了门票说。"哪儿的旅游景点?"马纳说。"不是旅游景点。浙东新商都上虞大型演唱会,特邀演员有陈慧琳、韩红、棒棒堂、费翔,还有花儿乐队呢。"水水对着门票念了起来。

"过期了没?看看。"我凑过去看。"还没,还有三天。你们去吗?"她说。"你去吗?"我问她说。"去,当然去,有韩红呢。"她说。"大哥去吗?有花儿乐队呢。嘻唰唰嘻唰唰……"马纳说着哼了起来。"嘻唰唰嘻唰唰……"马纳笑着也跟着哼了起来。

演唱会那天,我们整理了行李,每人都背了一个包。我们在客运中心乘上了下午三点的班车。一路上,车子停停靠靠,乘客们上上下下,一个多小时后就到了上虞西站。我们打了一辆出租车,提前半个小时来到了城北体育场。体育场上围了一圈隔离墙,隔离墙外游荡着着一些人影。他们站在稍高的土坡上，踮着脚往里看。如果是带着孩子的，便让孩子骑在自己脖子上看。入口处停着几辆通信保障车和警车，民警列队站在检票口维护秩序。马纳在隔离墙外，以半票的价格，向人们兜售着多余的门票，只一会儿就全都脱手了。

我们排着队，检了票，在经过通道时分到了一根荧光棒和一个鼓掌手拍。舞台搭在体育场中心，两个巨大的架子上装着强光灯和大屏幕。我们按着门票号，找到了各自的座位。座位有点远，除了能看清那块巨大的屏幕，舞台上就只白亮亮的一片了。

在播放了一段宣传片后，灯光聚集到了舞台上。一排排烟花，拖曳着光带，从舞台后方的天空中升起，在夜色中绽放开来。主持人登台，演唱会拉开序幕，观众席上开始躁动起来。当主持人报出登台演出的歌手名字时，观众席里就会响起一片尖叫声。黑压压的观众席上，大家随着音乐挥舞着荧光棒，摇着鼓掌手拍，或者举着手机拍摄照片。轮到韩红上台时，观众们干脆都站了起来。水水想冲到前排去看个清楚，但被工作人员劝了回来。她于是干脆爬到了座位上，冲着舞台大声尖叫着。

大腕歌手谢幕后，台上靠着几个主持人在撑着场面。人群也像海潮一样平静了下来。我们坐回到座位上，看着台上的演员们穿着单薄的衣裙，在散满干冰的舞台上又唱又跳的。尖叫和手拍声稀稀落落的，荧光棒也不再海潮般涌动。没等演唱会结束，我们就离开观众席，按着指示牌走出了出口。

"花儿乐队呢？不是说有花儿乐队么？"马纳说。"鬼知道。"水水说。"演唱会，不就是看个现场吗？"青山说。"是啊，还不如电视上看得清楚呢。到这里来，就是凑个热闹。"我说。

我们离开体育场，来到了曹娥江边，沿着景观带一路行走。在景观带上，我们进了一家酒楼，叫了几瓶啤酒，又叫了几盘点心。青山掏出烟盒子，递给我和马纳。我们点上火，说几句不痛不痒的话，继续以烟下酒。水水坐在窗边，托着腮帮子，默默地看着江面。江面上，远远近近地架着几座桥。最近的，是一座斜拉索桥，装缀着五色的灯光。桥面上，是一片移动的光影。偶尔，桥下也驶过一两艘驳船，缓慢地向下游驶去。

"在水上漂泊，真不错。"水水看着驳船说。"你当船长，我来当水手。"我开玩笑说。"那简直就是超级豪华的水上房车。"她说。青山看了一眼窗外，笑了笑又接着喝酒。

"我看大家喝得差不多了吧，晚上还得想法子回家呢。"马纳说。

"今天？晚上？怎么回去？"水水转过头睁大着眼睛说。

"回家？"青山笑了笑，又开了一瓶酒。大家倒了一杯又一杯，喝了一瓶又一瓶，然后就变了味。"家是什么？"青山扶着桌子，左手端着酒杯，右手伸着食指，往下指了指说，"只要我这双脚还落着地，我到哪儿，哪儿便是家。有个瞎子，给我算过命，说我不离血地，黄泥乌地；离得血地，如龙出水。"

"你喝多了。"马纳伸手去拿酒瓶子，但被青山挡了回去。"我命里该做浪荡子。对，就像水水说的，在水上飘泊，水流到哪里，就漂到哪里。"青山接着说。"大哥，我陪你喝。"马纳劝着劝着，就不劝了。"对，大哥说得对，只要脚还落着地，哪儿都是我们的地盘。"然后，他也红着眼，敞开了喝。

"你们都喝多了，咱们撤吧。"我起身去夺他们的酒瓶。

"让他们喝吧。"这时，水水拦住了我说。我看着青山和马纳仰着脖子，一杯杯往喉咙里倒酒。服务员来收拾了几次，都被他们喝退了。他们嫌啤酒味淡，要了两瓶红酒。喝完了红酒，他又喝白酒。最后，他们各自晃了晃空酒瓶，喘着粗气，醉倒在桌子上。

我把他俩扶到边上的沙发上，然后回到桌子上，看着窗外的江水。我想，他俩终日游走在城市的街道和巷弄之间，他们熟悉发生在阴暗角落的所有事情。他们的日子跟地点无关。多年来，青山和马纳就像是游荡的猎食者，只跟爬行、觅食、窥视、恐吓、追逐、捕捉相关，那就是他们的生活。

我把视线移回到水水身上，看着她。曾经，她更像一只被网住的白蛾。她衣食无忧，生活安闲。她所等待的，只是所有青春的汁水被吮吸干净，然后变成一个空壳。现在，这样的生活已经结束，新的开始却还没来。

"你别这么看着我，怪吓人的。"她说。"你希望过上怎样的生活？"我忽然问。"你指什么？"她笑着说。"你不是说漂泊吗？不管是水上还是路上。"我说。"路有尽头吗？"她问。"你希望流浪的路有尽头，还是希望永无止境？"我问。"在路上有奇遇吗？"她问。"在路上，应有尽有。"我说。"给我支烟行吗？"她问。"你从不抽烟的。"我说。"我也从来没有去漂泊。"她说。

那一夜，我们决定远行。我不知道，那个决定最终将把我们带向何方。然而，在些许的张皇之后，我忽然觉得有一种兴奋和期盼。

等我们回到了景观带，已经是后半夜了。大家都显得困倦，眼皮子也打起架来。青山不停地抽烟，烟雾弥散在他面前，仿佛一张面具，使人捉摸不透他的表情，更无法揣测他的内心。马纳散着酒气，看那走路的姿势像是梦游一般。街道两边，一家家宾馆敞开着大门。门楣上方的霓虹灯一闪一闪的，向所有流浪者眨巴着眼。除了宾馆，散落在城市幽暗处的美容店，也打着猩红的灯笼，向行人们传递着色情的意味。

"住旅馆吗？"水水迷糊地说。

"天都快亮了。"马纳说。

"那咱们住哪？我可不想再走了。我要睡觉。"水水委屈地说。

"到那边大桥下去，再熬熬就天亮。"青山说。

"只要能睡，哪都行！"水水打了一个哈欠说。

大桥上立着几杆路灯，像一群马兜铃，耷拉着脑袋，灯光也显得毫无生气。偶尔，有一辆人力三轮车慢悠悠地驶过，像是浮在波面上的一叶残荷。引桥架在景观带之间，桥洞的地面铺着大理石板，沿阶上铺着草皮。洞口处还有一条白色的休闲长靠椅。马纳在附近捡了一些纸箱，拆开了当作垫子。水水倒头便睡，没一会工夫，就睡得死死的了。马纳也抱着一个旅行包，躺在长靠椅上睡下了。

夜中，一串汽笛的鸣声搅碎了我的梦境。我转了个身，发现一个烟头在黑暗中闪忽着。青山靠在栏杆上，烟雾从黑暗处飘出来，在灯光下弥漫着。

"还没睡？"我支着双手，坐了起来。

"没睡意。"他从烟盒里掏出一根香烟，递给了我。

我们的一半身子隐在黑暗里，一半处在昏黄的灯影里。他抽烟，弹烟灰，吐烟圈，重复着同样的动作。在桥拱的左上方挂着一弯弦月。不过，在城市的上空，它的光泽显得无力，无法穿透地面上的光影。它黯淡无光，无法获得人们的青睐，就像一张破败的蛛网，所有的人都恨不得一把撩了它。

一辆重型车辆从我们头上急驶而过，桥面的缝隙间飘下一些灰尘。水水梦呓着转了个身，腿一叉，又没动静了。长靠椅那边，传来马纳的鼾声。我忽然很想知道，在那条长靠椅上，在微凉的夜风下，他的梦境究竟是一个怎样的世界。也许，是刚才车子经过的声音又把他吵醒了。他转了个身，背朝椅靠，蜷着身子，一条腿落在地上。青山扶着墙站了起来。他提着毛毯，出了桥洞，把马纳的腿扶上了长椅，又把毯子盖到马纳身上，掖了掖之后，又坐回到桥洞里，继续抽烟，聊天。

我们看着月亮像流星一样划过桥洞上方狭窄的天空，又看着启明星从东边升起。路灯悄然灭了，城市的面容逐渐从黑夜里浮现出来。公园里的人越来越多。在公园中心的广场上，老太太们放起了音乐，跳起了扇子舞。一些中年男女在江边的护廊上，练习着倒走。他们脚步轻盈，精神饱满。经过桥洞时，他们都会扭头看看，然后继续倒走。他们的眼睛里丝毫没有惊奇的神色，似乎他们所见的只是石头、木棍，或者别的什么。

这时，栏杆那边跑了一条狮子狗。它像一个球儿似的，贴在地上，这边嗅嗅，那边闻闻，又提着后腿在黄杨木下撒了一泡尿。然后，它抖擞了一下，继续朝我们走来。最后，在马纳的脚跟前停了下来。它咬着马纳的鞋子，使劲地甩着。马纳醒了过来，一脸睡眼惺忪的样子。他把脚提了提，赶开了狮子狗。不过，它却像逮住了好玩的东西似的，又追上去继续咬。马纳站起身，又赶了几脚。它却咬得更欢了。这下把马纳给惹恼了。他抬起腿，狠狠地甩了一腿，把它给踢飞了。狮子狗哀叫着，跑开了。

"你干吗踢它呀？"水水被哀叫声吵醒，对着马纳说。"你咬我呢。"马纳说。"难不成，你跟他一个德行啊。"水水没好气地说。

"我们哪里去洗漱啊？"水水朝我吐了一下舌头，从地上爬了起来。她接着说，"我需要一面落地镜，得有个地方化点妆。"

"你看啊，那里有最明亮的落地镜，最豪华的梳妆台，最气派的盥洗室。"马纳指着不远处的公园洗手间，一脸坏笑地对水水说。"滚，又没跟你说。"水水调皮地说。

这时，青山和马纳已经收拾好铺子，准备离开桥洞。大伙四下检查了一遍，看是否有东西拉下。水水把旅行包的提带往我肩上一挂，跑出了老远。青山从马纳那里分了一个提包，斜挎在身上，把手一挥，沿着护廊走去。

到了街边，青山和马纳忽然想起了什么似的，说让我们先走，过会儿他们再赶上来。我和水水叫了一辆计程车，大包小包塞满了整个后备箱。到了火车站后，我们挂着大包小包，又是拖，又是拽，像极了满世界找活干的乡下打工仔。我们在售票大厅，买了去往南京的火车票，然后朝着候车大厅走去。在候车大厅门口，一位戴眼镜的妇女穿着制服，坐在一条藤椅子上，打着毛衣。一只白色的小喇叭挂在藤椅子的靠背上。它对着空旷的玻璃门，重复着相同的声音："各位旅客，请将您的随行物品放到传送带上接受检查。"我卸下了所有的东西，然后把它们一个接一个地搁到传送带上。它们实在太多了，有褪了颜色的牛仔包，有旅行社配发的旅行包，有土里土气的编织袋，有登山宿营用的背包，有黑色蛇皮制成的挎包，有斜肩包、多功能单肩背包。我简直是个苦力。打毛衣的妇女不由得扶了扶镜架，上上下下地打量着我。

我们穿过检验通道，在检验机出口的传送带下，那些大包小包仿佛一尊尊笑脸弥勒，四下里滚得老远老远的。候车大厅左边是五排塑料椅子，右边也是五排塑料椅子，不同只是左边是红色的，右边是蓝色的。候车大厅里空荡荡的，只是在最左边的角落上聚着三两个人影。他们凑着脑袋，比划着，不时地观望着，看上去不像旅客，倒像是一群密谋者。

门口的妇女又打起了毛衣，椅子上的喇叭不知疲倦地叫唤着。在小卖部的玻璃柜台下，我看到了一个黑色的脑袋以及不时抖动的报纸的一角。大厅中央的巨大钟表里，秒针跳了一格又一格。看来，我没有理由怀疑，正在发生的，以及正要发生的事件是那么真实。

在剩下的时间里，除了等待青山、马纳之外，我们所做的就是把滚得满地皆是的大包小包捡回来，并且把它们整理好。趁着时间还早，我开始检查所有的包裹。这是消遣时间的好法子。旅行包里，塞着扑克牌、耳机、多功能工具刀、地图册、一双锃亮的皮鞋、一套昂贵的西装、一条蓝底缀花的领带以及一把套在塑料软鞘里的匕首。单肩包里大多是小东西，比如象牙烟斗、万能钥匙、九连环套、望远镜、整打的安全套、拉伸式的塑料茶杯、曲别针、折叠伞、感冒和消炎药片之类的。挎包分为内外两层：外层里塞着发圈、水晶发夹、手链之类的饰物，内层里塞着小镜子、小梳子、香水和口红以及润肤霜之类的女士用品。内层还有一个衬里，塞着一本厚厚的册子。

　　青山和马纳在列车到站之前，赶到了候车大厅。我看到马纳的背上多了一个大号的旅行包。"你们带了什么？"我问说。"这里有个伞城，搞了个帐篷来。"马纳笑着说。

　　火车即将到来，通往站台的过道上挤满了人。我们一行四人，穿过护栏，朝站台走去。整个候车大厅渐渐淡去，仿佛水中的影子，不停地晃动、变化、模糊。大厅外，夜色垂布，浅黄色的灯影像一片火焰，从城市的底处浮起。

第六章

　　我们四人上了车，穿过狭窄的过道，对着票子找到了座位。我们的四个座位，正好背靠背。马纳脱了鞋子，站到座位上，把大包小包一个个地塞到行李架上。水水猫着腰，坐到了窗边的座位上。在她对面，一个长着络腮胡子的男子，正打着电话。他似乎喝了不少酒，整个脸红得跟关公似的。在他边上，是一个瘦小个的男子，脚边上还搁着一个编织袋。马纳拿着车票，跟瘦小个换座位。瘦小个憨头憨脑的，好久才明白过来，客气地拎起了编织袋。接着，马纳跟络腮胡子换座位。络腮胡子一边通着电话，一边不解地看着我们。马纳掬着笑脸，说我们四个是一起的，想换个座位。络腮胡子通着电话，点着头，坐到了另一边的座位上，接着打电话。电话那头，听起来像是个女的。

　　我们一坐下，水水就从包里掏出了话梅、薯片和西瓜子。马纳掏出一副扑克牌，玩起了抓小鬼的游戏。在我们座位后背，那位络腮胡子还在打着电话。他一个劲地在电话里解释，说这是在火车上。不过，对方似乎听不大清楚，也许是压根儿不相信。

于是，他又提高了嗓子继续解释着。水水扭过头，不耐烦地瞟了一眼。"一个大男人，真婆妈。"她轻声嘟哝着说。玩了几圈，小鬼总是到她手里。她有点腻烦，一个人嗑起了西瓜子。络腮胡子解释着，终于失去了耐心，说话的口气越来越带火药味了。这时，水水也耐不住了。"你直接跟她说，在这么吵的火车里，有什么好不放心的。"她趴在座位上说。她刚说完，络腮胡子就停了电话。"没电了。"他看着手机说，"你能借我打个电话吗？"他正好接了水水的话头。"那我媳妇，她不放心。"络腮胡子憨笑着说。水水犹豫了一下，把电话借给了他。他道了谢，拨通了号码，又跟那边接上了。水水凑过来，一边嗑着瓜子，一边看我出牌。

不一会儿，络腮胡子把手机递了过来，"她说要跟你说话。"他一脸尴尬地说。我们都停下了牌，一脸惊讶地看着他。"让我媳妇放个心，麻烦解释下。"他说。"还有这茬？"水水说着接过了电话，"喂，我是谁？我不是谁？什么，我叫什么？这跟你有关系吗？"水水不客气地说。"我不是你老公的谁？他手机没电了。什么，他是真没电了。没电了，就是没电了，哪有什么原因。"水水恼火地说。络腮胡子倒是一脸无奈地赔着笑脸。青山和马纳收着扑克牌，在一旁贼贼地笑着。"我再说一次，我不是他的谁。"水水被惹火了，"我跟你说，一个大男人在火车上，你有什么好不放心的？他只是借我手机打了你电话。你爱信不信。"说着，她掐掉了电话。不过，她刚一挂电话，那边又打过来了。水水看了看络腮胡子，叹了口气接了起来。她又把刚才的那番话，又重复了一遍。不过，她越是解释，对方越是揪住不放了。

"我来跟她说。"我说着，从水水手里接过了电话。"喂，你老公现在在火车上，一个人。"我说。"你谁啊？你怎么这么说啊？他们明明两个人，跟个女的在一起，怎么说是一个人呢？"对方说。"刚才跟你通话的不是跟他一起的。"我说。"难不成那女的，跟你一路的？这位兄弟，你也别诓我了，你把手机给他们，我非得问个清楚不可。"对方说。我哭笑不得，哑住了。"来，我来说。"马纳接过了电话。他说了没几句，就开始摇头了。"让我来，"青山接过了电话，他已经把手上的牌扔到了桌子上。"你给我听好了，没人管你相不相信，放不放心。你这么不放心，回头拿跟绳子，把个大老爷们栓着。你再啰唆，我把你男人从火车上给扔下去。"说着，青山摁掉了手机。络腮胡子向我们又是抱歉，又是道谢，然后坐了下去。

火车停停靠靠，旅客们也是上上下下，换了一拨又一拨。车窗外，天色暗落下来，大片的灯火与原野仿佛另一列火车，迎着我们飞驶而过。此时，在我座位下方的铁轨上，火车的连杆飞速地转动着，车轮掠过无数路轨。每一秒，它都把我带到全新的世界。

窗外，明灭的灯火仿佛一群乱舞的萤火虫，散布在广袤的原野和丘陵地带。我看着它们，瞬间扑来，又迅速退去。那些灯影，有的来自城市，有的来自小镇，有的来自零星的村庄。每一盏灯影下，各有着一种生活。在这些灯影前，我充当着什么？没有希望可言，所有的不过是走下去，别停下来。我逃离它们，不想被注视；我迎向它们，不过是为我空虚的躯壳填补一些感觉，以确信自己不在梦里。

车子到无锡站时，有八分钟的停车时间。青山和马纳在桌角上，用扑克牌做着二十四点的游戏。水水说要去接接地气。我和她穿过走道，出了车门。她来到警戒线外，踢着腿，做了几个深蹲。在另一侧的轨道上，停靠着一辆下行火车。旅客们背着沉沉的行李，沿着警戒线奔跑着，寻找自己的车厢。火车停靠时间很短，不一会儿就鸣起了汽笛。

这时，从入口处跑来一位年轻的女子。她右手扶着肩上的一个编织袋，左手拎着一个大旅行包。在她身后，跟着一个小女孩，憋着气拼命地奔跑着。那编织袋几乎压过了她脑袋。她顶着编织袋，盯着火车，穿梭在下车旅客的人流中。在年轻女人进车门的刹那，火车门关上了。小女孩被关在了门外。年轻女人在车厢里，拍着窗门，跟司乘人员哀求着。火车终于启动，缓缓地行驶。小女孩哭喊着，追着那扇车门。年轻女人和司乘人员无助地看着小女孩，消失在了轨道上。

我看到水水忽然朝小女孩跑了过去。她把小女孩抱在怀里，哄着她，让她安静下来。这时，青山和马纳站在车门口喊我们上车。我对水水说："我们得上车了。"水水轻轻地拍着小女孩的背反问说："这行吗？"我说："再不上车，拉下的就是我们了。"水水冷冷地说："我不上，怎么着也得交接给乘警再说。"我对着附近一名女客运员大声呼喊，但是她没听见似的。我跑上去跟她说明情况。我指着水水说："小女孩她妈跑了。"她看着水水皱着眉头，没明白。我着急地说："她妈把她丢下了。"她让我慢点说。这时，我看到我们乘坐的火车也已启动了。我想，我终于可以慢慢地说了。客运员一明白过来，便用对讲机叫了另外几名客运员过来。当水水抱着小女孩跟着客运员离开站台时，我看到了青山和马纳。

在他们边上，大小的行李散了一地。他们夹着香烟，吐着长长的烟气。

我们来到了车务段值班办公室。值班长和客运员去了站长室。小女孩在水水怀里，停下了哭闹，轻轻地抽噎着。不一会儿，车务段站长来到了办公室。他说已经向乘务段进行了联系，也跟小女孩的母亲联系上了。他抱过小女孩，安慰了她几句，把她交给了边上一名年轻的客运员。

"那就没我们什么事儿了。"马纳说。

"我们可有事儿做了。"青山笑着说。

我们告别小女孩，然后随着人流经过地下通道，来到出口。从出口出来，又走下一个长台阶，我们做出了一样的动作，大家不约而同地回头，张望火车站上方的三个赤红的巨大字体：无锡站。

车站不见一辆出租车，倒是一辆辆摩的苍蝇似的围上来。他们瞅着我们，问我们要不要摩的。青山连看也不看，径直往前边走。马纳的行李太多，没与摩的司机们搭上话。水水一身轻松，她的所有包裹都挂到了我肩上。她似乎很愿意与司机们谈谈。她向司机们打听好玩的去处，好吃的风味特产，只是绝口不提坐摩的的事情。司机们觉得无聊，便跑来问我们，但水水还是追着他们问这问那的。

我们背着行李，离开了火车站。马纳精神很好，没完没了地说话，对所见的一切都觉得新鲜。青山依然沉默，一支香烟的火星子在他面前一闪一闪的。走了大约半小时，我们来到一个公交车站。水水建议大家停下来休息，然后就掏起了包里的零食。

公交车站台的屏幕上打着一家真丝内衣的广告。广告里的图片是这样的，一张浅黄色的被褥里，躺着一个魔鬼身材的女人。女人只戴了一副文胸和一条内裤。乳房硕大，滚圆滚圆的，只要稍一用力，文胸就会被绷断似的。她的大腿修长，看上去很光滑。尤其是她的脚趾，婴儿一样的红润娇嫩。

马纳凑在屏幕前，上下左右地摸着图片上的身体。"大哥，人间尤物呢。"他做着一副夸张的表情说。不过，青山并没有理他。他正仰着脖子，看着公交站牌上的一串串地名。

坐了大约十来分钟，公交车一辆也没来，倒是驶来了一辆银灰色的菠萝车。车子打着远灯，强烈的白光，照得我们睁不开眼。大家抬着手肘子，挡着强光。

不过，那道强光并没有移开，却是朝着我们驶来。然后，车子慢下了来，稳稳地停在我们跟前。"要打车不？"司机探头出来说。"这是黑车。"水水说。"比出租车便宜，打不打车随你们。"司机说。水水像一只泥鳅，一下子钻到了车里，然后向我们打招呼，示意我们也上车。我迟疑了一下，然后把大包小包一股脑地塞到了后背箱里，然后坐到了车子的后排上。青山把烟头扔到地上，用脚尖碾了一下，坐到了前排副驾驶的位置。马纳最后一个慢腾腾地过来。在他的身后，依然是光鲜照人的明星海报。不过，我发现海报上多了一个黑影，马纳在那明星的身体上烫出了一个窟窿。

"你们这是去哪里？"司机说。"我们去哪儿？"青山问我。"去哪儿？"我问马纳。"怎么问我，都是水水惹出来的事情，该水水来说。"马纳说。"哪条街热闹就到哪儿吧。"水水说。

"行，那就到中山路，十块钱。"司机说。"远吗？"水水问。

"不远，就两站路。你们刚到无锡吧。"司机笑着说。"来过好多回了。"水水说。

车子在笔直的道路上奔跑。从窗门前掠过的，是护道树、商铺广告牌、卷闸门、公交站台、黑憧憧的高楼、路灯……车子似乎驶入了一个空城，很少见到有行人。

"开黑车，没人抓你吗？"马纳说。"交了份子钱，就没事了。"司机说。"这样挺安全的，干这行挺不错吧？"马纳说。"其实也不很安全，给划了地盘的。要是在风头上，该罚的照罚，交了份子钱也罩不住。"司机说。"钱袋子别在人家腰上。"马纳说。这时，车子前方转过一辆电动三轮车。司机踩了一个急刹，让过了电动三轮车。他探出窗外，对着三轮车骂了一声继续开车。

"是啊，赚点钱不容易。不过，最头疼的倒还不是罚钱。"他接着说，"最担心还是跑远路，尤其是那些一下子给很多钱的顾客。按行情明明只要一百块的，人家偏偏给个一百五，甚至两百的，就得小心了。前几天，刚有一个开黑车的，送几个顾客到上海，结果在半路上就被抓进去了。那几个顾客是贩毒的，那边的民警盯了他们好久了。"

开黑车变成毒贩子，这可真是倒大霉了。马纳说。这还算是好的。去年，有一个司机，接了一笔长途生意，送几个顾客去南京。那是几个常客，专门在无锡和南京之间跑。这一来二去的，大家就混成朋友了。后来，顾客就干脆只是让他帮带东西，而且给得车费一分不少。再后来，他就在南京连人带车被抓了。原本想混口饭吃，结果不知不觉真成了毒贩子。

车子绕着一个匝道口，爬上一座立交桥。车子缓慢上升，逐渐离开地面。那就是中山路了吧，那么多灯火，那么亮堂，真是个不错的城市。水水趴在窗前说。车子下了立交桥，又一头扎入中山路。我们从后背箱里取出了行李。车子亮着尾灯，消失在街道上。

我们沿着中山路，走了没多久，就来到了美食购物街。我们进了一家店铺，盯着墙上的菜单看。马纳喜欢问东问西的，这个菜选用的是哪些食材，是怎么烹饪的，是什么味道。青山看着菜单，倒不问什么，只是不管什么菜，都只说一句话，太贵了。水水更像是有选择恐惧症似的，服务员刚下了一个单子，她又改主意了。服务员脸上的表情也从晴转到多云，多云又一下子转到阴天了。最后，服务员黑着脸，下了单子，一个肉酿面筋，一个糟煎白鱼，一个脆皮银鱼，一个水晶大玉，另外还点了太湖船点和无锡小笼。

从美食街出来，我们一下子有了精神。青山抚摸着肚子，很惬意的样子。马纳咬着一根牙签，打着饱嗝。水水把行李扔给了我，一个人在前面，走走看看。我们夹杂在人流中，穿梭在炫目的玻璃幕墙和霓虹灯之间。在这喧嚣的街道上，也有着我们的喧嚣。我们的存在像是一种点缀，点缀这个城市的繁华，一种与我们毫无关系的繁华。

我们走进了一家商厦，在电梯口查阅商厦的楼层分布，青山和马纳一下子就找到了电玩城的位置，就像是在森林里寻找到了猎物似的。水水拉着我，在女装楼层瞎逛。在一家高档服装店，她试穿了一款衣服，在镜子前左右地照着，然后走到我面前。"好不好看？"她总是这么问。"这衣服很好看，不过穿你身上就丑了。"我开玩笑地说。于是，她就脱下衣服，到下一家去试穿衣服。有时，我也会说衣服很好，很合适。她就跟服务员谈价格。"这价格我接受不了。"她这么说。"那你说个价格吧。"有时，服务员也会追上来做这笔生意。"不要了，我们去别家看。"水水说。然后，我们就离开了商厦。我们在店铺、商厦、街道上行走。对我们来说，它们就像是一种看得见、摸得着的幻象，我们获得邀请，但很少会有馈赠。

当然，偶尔的馈赠也是有的。在中山路一个圆形广场上，我们停了下来。那里搭着一个台子，正做着一些现场促销。经过几个蹩脚的魔术表演和舞蹈之后，就开始了与观众互动的环节。台上摆着一排啤酒瓶子。主持人手里握着一个计时器，向台下的观众说明规则，最先喝完啤酒的前五位观众将获得一些礼品。台下的几位托儿先上了台，主持人继续鼓动观众上台。"你们几个大男人不上，我这小女子就上了。"水水说。"上就上。"马纳说。"不就吹个瓶子嘛！"青山说着也上了台。"有酒喝，有礼品拿，这好事哪里找啊。"水水边说边把我推上了台子。

主持人一鼓掌，台下一起哄，又上来一拨人，很快就满了。工作人员开了瓶盖，主持人握着计时器，一喊开始，我们一溜子人就仰着脖子喝了起来。我看着瓶子里的酒水冒着泡沫，突突地翻动着。酒水刚被吞下，又满到喉里。我听到台下掌声和哄笑一阵阵地响起。我喝完酒时，发现所有人都已经放下了瓶子。青山和马纳已经咧着嘴笑开了。

我来到了台下，水水开心地揶揄着我。主持人给前五位分发了奖品。不过，互动还没结束。主持人又宣布了游戏规则，在十分钟内喝啤酒最多的，可以再次获得价值更高的奖品。台下的喧闹吸引了更多的观众，很快就围满了人。主持人恰到好处地拿捏着气氛，然后宣布计时开始。青山和马纳又吹起了酒瓶子。有两人吹到一半，就趴在事先备好的垃圾桶里吐了起来。在最后的清点中，青山喝了最多的酒。马纳鼓着腮帮子，到了台后没走几步，就撑不住呕吐起来，吐了一地的肉酿面筋和糟煎白鱼，一地的脆皮银鱼和水晶大玉，一地的太湖船点和无锡小笼。

我们休息了会儿，把酒气消了消，然后带着奖品离开了促销现场。我们沿着大街一路前行。"到哪里？这么没完没了的，走到哪算个头啊？"青山说。"谁知道我们在哪里？前面又是什么地方？"马纳说。"咱们再走走！"我说。"看到好的地儿，咱们睡个囫囵觉。"马纳打着酒嗝说。

我们穿过一条又一条的街道，但看上去仿佛在重复同一条街道。我们谁也不知道，正在行走的是什么街道，横在前面的又是什么街道。我们在街道上行走，聊天，哼唱歌曲，以驱除睡意。

我们走走停停，从深夜走到凌晨。街道安静下来，城市沉入了梦乡。我们没有遇到一个行人，只是偶尔遇到街道保安、环卫工人，或者执行巡逻的警察之类的人。

在经过一座扇贝形的建筑物时，马纳跑到一个透明的玻璃屋檐下，查看了一下，兴冲冲地说，正好扎营。但是，他的建议很快就被否决了，因为那里正是一家公司的门廊。我们又继续前行，在街道边发现了一个景区公园。

景区入口是一个三角辊闸道，不过闸道却并不高。马纳和青山跨上闸道，又借着手的力量，翻过了闸道。我和水水把行李一件件地往里送，然后也爬进了公园。我们选了一处草皮，盖上毯子，睡意袭来。当我们闭上眼睛，沉沉睡去之时，这个城市就将醒过来，但与我们无关。

　　我躺在草地上，感到大地在旋转，然后渐渐停息。我仿佛处在海洋的中心，正躺在一块神奇的甲板上，婴儿般地睡眠着。我能感觉到云片掠过太阳所投下的阴影，就像掠过火车车窗的无数山川、树木和建筑。音乐声，仿佛从云端飘落，也随着海波一浪一浪地推着我。我并不知道，它会把我推到哪里？我起身，寻找青山、马纳和水水，可是除了茫茫的海浪之外，再也没有什么。我竭力呼喊，但是喉咙里像被什么东西卡住了。一声炮仗声中，我醒了过来。

　　青山和马纳已经醒来。青山倚在一株紫薇树下。马纳双手支在草地上。两人像是傻了眼一般，张着嘴巴，愣乎乎地仰着脑袋，眼睛一动不动。我扭头一看，看到了两个穿着古装的表演者，一人持着剑，一人把着刀。两人在空中飞来飞去，腾挪跌宕。使剑的身手敏捷，耍刀的气势凌人。我赶紧把水水叫醒。她揉了揉睡眼，一看到两个飞人，"哇"地一声大呼，蹦了起来。穿着古装的飞人，在空中一番格斗后，缓缓下降，消失在琉璃瓦屋脊中。随之，传来一阵热烈的掌声。

　　我们沿着石板路，朝叫好声和掌声传来的方向行走。石板路两边是高大的围墙，以至于我们只能看见两堵围墙之间的狭窄天空。激烈的打斗声、紧张的音乐、兵器相互碰撞的铿铿声，从围墙里面跃出来。可是，我们仿佛进入了一段永远也走不完的围墙。那个围墙里的世界对于我们来说，或许仅仅是一种诱惑而已。

我们继续往前走，经过一座汉白玉双拱桥时，遇到了一群带着红色帽子的人。为首的是一名左手举着导游旗，右手拿着喇叭的导游。他眉毛短，颧骨平整，嘴唇薄，小嘴一抿便形成一道两端向上翘起的线条。他的一笑一颦，像极了小丑的样子。

我们跟了上去，听着他的介绍。他的嘴巴抹过油似的，讲个没完没了。最后，他把我们带到了一排阶梯式的长凳上，自己夹着喇叭和黄色小旗离开了。

在我们周围，人越聚越多。阶梯式的长凳上已经坐满了人，甚至在所有的过道和走廊上也站满了人。一些人试图越过一条红色的绸线，但被胸口带着工作牌的服务人员挡了出来。红色绸线把所有人的分成了两批。一批在绸线内，穿着古代服饰，手持着各种兵器，说着古时的话，做着古时的动作。另一批在绸线外，密密麻麻地像是爬在同一根稻草上的黑蚂蚁，拥挤，喧闹，彼此之间几乎谁也不认识谁。

"嘭！"一声巨响过后，绸线内烟雾和配音骤然响起。一名穿蓝色服饰的刀客，从地面上一跃，直飞上天空。另一名穿红色服饰的剑客，从飞檐上纵身而下，直冲刀客而来。两人在绸线内的空间里，雀起鹊落，刀光剑影。后来，不知从哪个角落里又飞出两名侠客来，为剑客助战，一番大战之后，刀客终于抱伤，落荒而逃。

表演结束。人们像是被风卷走了一般，周围的阶梯式长凳上瞬间空无一人。我们在古式的建筑群中漫步。我们来到一座城池下，城门口上写着三个遒劲的黑色大字：高唐洲。我们进了高唐洲，看到的又是另一个别样的世界。

高唐洲的街道两边，满是铺子。铺子前斜插着黄底绿边的彩旗，旗面上写着隶体大字，有杏花村、武大炊饼、王婆茶庄、高唐三凤桥、宜兴紫砂壶等。所有的铺子一概是木质结构，蕴透着古代的风韵。更不可思议的是，所有在街道上的铺主一律古式装扮。他们有的扎着发髻，穿宽松袍子，有的穿一件黑褂子，腰系黑带，有的穿着黑白道袍，做半仙状。他们见到我们，总会学着古人的样子，朝我们躬身作揖，然后向我们兜售商品，让人不觉好笑。

在一个算命摊前，挂着一张八卦图，上书一联：将军下马问前程，一条明路指君行。坐在八卦图后的半仙，眯着眼睛，打着盹。青山把包往桌子上一搁，大喊了一声："算命！"

半仙要了青山的生辰八字，捏着手指掐了老半天。然后，捋了捋胡须，又拉过青山的左手，像看地图似的，琢磨了好一阵子。半仙慢条斯理地说了老半天，我们谁也没听明白。青山忿忿地扔给半仙几个硬币，走了。

一个下午的时间，转眼即过。我们把一整个下午的时光，都花了在高唐洲的街道与小巷里。在这个实在而又虚拟的城池，我们观看武松打虎的场景再现；在牢房里看各式各样的刑具；在一个泥泞的操场上，观看虎牢关前三英战吕布。城池里的每一块砖，每一片瓦，每一条街道，每一个商铺，长久地浸泡在历史的水流中，既显得真实，又显得虚幻。在真实与虚幻编织的网中，所有人也变得亦真亦幻。当我们走出城池时，城门上方的"高唐洲"三字变成了"三国城"的字样。然而，我们，青山、马纳、水水和我，究竟是离开了一座城池，还是进入了又一座城池？它们究竟是彼此的复制，还是迥然不同的城市？

我们又回到了街上，与我们初次踏上无锡的地面时一样。我们觉得这座城市依然是空荡荡的，尽管看上去一片繁华景象。我们所遇到的人，像空气一样，无处不在，但又无从感觉。我们与昨晚一样：毫无目的地行走，穿过一条又一条街道；到处寻找食物，还有可供美美地睡上一觉的好地方。

在无锡的日子，每到晚上，只要天气晴朗，我们就爬到三国城，水浒城，以及蠡园搭帐篷过夜。遇到晴好的天气，我们就在树阴下、长椅上、草地间枕着臂膀休息。早上醒来时，有灿烂的阳光；晚上睡觉时，有来自太湖的清凉的夜风。公园的石桌、草地、宽阔的台阶、街道上的休闲椅子，都成了我们的临时餐桌。生活，看上去很如意。尤其是水水，一整天笑容满面，没有什么值得她担心，也没有什么需要她担心。马纳也似乎很喜欢这座城市，没多少时间，他就对城市的街道了然于心了。他像孩子一样，喜欢在显眼的地方画上几笔，比如在公交站台广告牌上，在社区的玻璃橱窗上，在沿街的电线杆上，在车子的后窗玻璃上。他像一个孩子，很乐意干这样近于涂鸦的事情。

青山受伤之后，他的内心似乎被硬化，一切热情凝结到了冰点。在旅行中，似乎有另一个人伴随着他。他与那个人交谈，或者争论，但那也仅仅是他一个人的战争，我们对此一无所知。与在临行前一样，他并没有水水和马纳那样的欣喜，甚至没有憧憬什么，就懵懂地踏上了旅途。我与他谈童年的事情。然而，那些停留在我记忆中的事情，在他看来似乎不值一提。

　　曾经，我们在月夜下举着火把赶野猪；我们一起上山砍柴、嚼红杜鹃的花叶、用桐树皮做哨子；我们壮着胆子，到学校的防空洞里寻找传言中的手枪和匕首；我们在大年三十，卖大捆的流星炮，与别家的孩子对射。这些至今依然光鲜的旧事，他总是避而不谈，或者以沉默来应对一切。

　　有一天，我们沿着江北路，没精打采地拖着身子行走。最后，我们在蠡园停了下来。在蠡园，我们似乎都嗅到了故乡的味道。在两千多年前，有一个人，与我们一样，从遥远的越国流浪到这里，从此隐居太湖水畔。可是，那个人无法探触到我们的呼吸与心跳，也无法窥视我们每个人的心灵。

　　我们在蠡园选定了一块草地，扎了一个帐篷。青山和马纳睡在左边，我和水水睡在右边。我们一挨着充气枕头，便沉沉地睡着了。不过，后半夜的一场大雨，把我们的好梦搅碎了。雨点"噼里啪啦"地打在帐篷顶上，我们能感觉到空气中弥漫的水汽。大雨持续了很长一段时间，雨水漫到草地，渗进了垫子。我们不得不进行转移。我们把行李搬到了附近的亭子里，然后靠着柱子，呆呆地望着雨水冲刷着帐篷。

　　青山掏了三支烟，朝我们扔过来。他一只脚踩在亭子的长椅上，一只手支在膝盖上，探着身子，眼睛盯着雨幕中的城市。马纳在地上摆了一张报纸，盘着腿，用雕刻刀剜着什么东西。水水干脆斜躺在长椅上，吐着一个又一个烟圈。

　　"这糟糕的鬼天气。这个时候得在舒软的被窝里，得躺在温热的浴缸里，得有倒满红酒的高脚杯。"马纳说。"那你就许个愿，然后吹了它。"水水在他面前点着打火机说。

"我想想。我希望不用费脑子想什么，漂到哪儿算哪儿。"马纳开玩笑地说。"青山呢？"水水把打火机在青山面前点上了。"我没有。"青山对着水水腼腆地说。"轮到你了。"她又凑到了我面前说。"我要像对待你一样，对待这个城市。我不仅要熟悉她身体的每一寸肌肤，而且还要深入她的生活，去熟悉蜘蛛网一样的街道，丛林一样的高层建筑。去俘虏她的芳心。"我开玩笑地说。"去。"她熄掉了打火机说，"你以为自己是写诗的。"

"我们是得想个法子，就算攒点盘缠。"青山说。

"我带了李喊的万能锁。"马纳说。

"咱们去收购代金券和高档烟酒，再低价出手。"青山说。"现在春节刚过，正是生意最好的时候。"马纳说。

第二天，青山和马纳分头去打探情况。我和水水回到中山路上，等他们的消息。我们进了肯德基，选了临街的一个座位。我排了半小时的队，买了一份大杯可乐和薯条。然后，我把可乐推到了她跟前。不过，她却忽然不喝了。她一边吃着薯条，一边看着窗外。"你不喝吗？"我说。"不喝。"她说。"你真不喝吗？"我说。"我真不喝。"她说。"这味道很不错，喝一口吧。"我说。"你喝吧。"她说。"你就喝吧，就一口。"我转了吸管方向，把杯子递了过去。"我一口也不喝。"她不耐烦地说。"你为什么不喝？"我皱着眉头说。"我就是不喝。"她说。"你要什么小姐脾气？"我说。"我要脾气了吗？"她说。"那你为什么不喝？"我说。"我不喝就是耍脾气了？"她说。"那你到底在想什么？"我说。"我什么也没想。"她说。

"你不乐意？"我说。"我不乐意什么？"她说。"你就是不乐意一起出来。"我说。"你就对自己说话吧。"她说着起身离开了肯德基。

我收拾了薯条和可乐，背上了行李，追了出去。我越追，她就走得越快。我们穿过中山路，拐进了人民中路，向东行走。一直走到古运河边，她才终于停了下来。我看到她眼角含着泪水。我气喘吁吁的，把薯条和可乐递到她面前。"再不吃，就冷了。"我说。"我从没想过别的，只是跟你在一起。"她哽咽着说。"先吃了吧。"我说。"我也不知道为什么，只要跟你在一起，说走就走了。"她说。我把薯条和可乐搁在运河护栏上，听着她继续说。"我不愿意想得太多，我不愿意想已经物是人非的今天，我是怎样的我，你是怎样的你，我们又是怎样的我们？我不愿意想为什么还会走在一起？跟你在一起，就只是跟你在一起。"她说着伤心地哭了起来。我上去抱着她，任她尽情地哭着。过了好一会儿，她的情绪才平复了些。"吃吧。"我说。"我不想吃。我想洗个热水澡，都不知多少天没洗澡了。"她说。"好，去给小脏猫顺顺毛。"我说。

我们在古运河边的一家旅馆开了一个房间。在盥洗室里，我给她调好了水温。"我帮你搓背。"我说。"不用。"她说。"我跟你一起洗。"我说。"我一个人洗。"她说着开始脱起来衣服。我关上盥洗室的拉门，一个人坐在床上，抽烟，听水声，回想以前的事情。

水水扎着浴巾，从浴室里出来。她刚坐上床沿，我就从背后把她拽了上来，熟练地解开了浴巾。我闻到了她身上淡淡的薄荷味，以及一股久违的来自女人身体深处的香味。此时，她像一条刚刚幻化为人形的蛇，一动不动地任我揉搓着她身体的每一寸肌肤。然而，她却使我觉得陌生。她不再像往常那样，在我怀里"咯咯咯"地发笑。她直愣愣地看着我，缺乏热情，一双眼睛仿佛冰冷的灰烬。

我们坐了起来。我们一起抽烟，一起吐烟圈，一起沉默。隔壁的房间同时传来两个女人快乐的呻吟。我不知道她在想些什么，但那呻吟却是我脑海里唯一想着的事情。呻吟，像潮水一样，涨起落下。我想象着别人在绵软的身体上享用不竭的快乐。他们正像无畏的战士，在一轮又一轮的冲锋中，体验着欲死欲仙的感觉。我极力拒绝它们，迫使自己想些别的什么，多给自己提一些必须回答的疑问。然而，我的思维像是短路了，记忆也似乎被抽离。我的脑海一片空白。等我回头看水水时，她已经斜着脑袋，眯缝上了眼睛。

隔壁的呻吟随着两声快慰的吼叫，终于停了下来。我又点上了一支香烟，把台灯按扭旋到最暗。微弱的灯光透过灯罩，映照在墙壁的镜子上。在那面镜子里，我看到了自己。我的头发蓬乱，胡子拉杂，人也憔悴了不少。那眼神，使我觉得陌生。我已经不知道，那眼神里是否含着希望，是否有清晰的路途。我觉得镜子中的人那么遥远，简直像是一团影子，除了轮廓，一切内容都被灰暗的色彩所遮盖了。同样朦胧而难以捉摸的，还有水水那美妙的身体。灯光落在那身体上，一小半沿着曲线滑落下来，一小半蓄在精美的凹陷处，一小半在尖挺的肌肤上闪烁着。然而，这优美的弧线，对我来说不过是一个谜。她蜷曲的身体，就是一个巨大的问号，但是所有的答案，哪怕是一点微妙的暗示，也不曾在看得见的地方停留。

午后，青山来了一个电话，然后没多久就来了旅馆。他们进房间时，拎一个黑色塑料袋子，里面装满了各种牌子的香烟。"这么快就收了这么多条香烟？"水水惊讶地说。"假的。"青山说。"这些假烟是准备掉包用的，看货时动个手脚。"马纳说。"我们找了好几家烟酒专卖行，说定了按六八折给货，烟酒虫草燕窝都行。"青山说。"有一家烟酒行，还借了我们一辆破三轮。当然，我们也可以自己拿去兜售。"马纳说。"我们干脆就在这旅馆里住下，也算有个立脚的地方。"青山说。"这下我们有活干了。我笑着说。"

我们拆了一个纸板箱，撕了一块下来，写上"回收高档烟酒"字样，挂在三轮车上，开始走街穿巷吆喝生意。我们专门寻找一些大户人家，或者高档住宅区，挨家挨户地收烟酒。回收烟酒很顺利。有些人家不知道收受的礼品价格多少，留在家里也是多余，我们随口报了一个价，对方就接受了。也有些人家不在意价格高低，拎出一些高档烟酒收了钱，就急急地叫我们赶紧离开。当然，我们回收来的不止烟酒、燕窝和虫草。除了这些，我们的三轮车上塞满了各种各样的礼盒。

每天九点左右，洒水车唱着生日歌，准时地从旅馆前的街道驶过。这是我们出发的时间。我们趁着人家回家，赶着时间挨家挨户地敲门，谈价格，验货，付款。直到下午两点左右，我们在附近的小饭馆里草草地扒拉几口，抽上几口烟，接着收购烟酒。晚上六点到八点是生意最好的时候，因为人们大多回了家，同时这样的生意，更加适合在黑夜里进行。八点后，我们就把烟酒、燕窝和虫草都倒卖给了烟酒行，剩下的全都带回了旅馆。然后，我们一起到旅馆附近的家菜馆吃炒菜，喝啤酒，再回到旅馆，商讨行动的路线与计划。

没几天下来，我们的房间就成了一个杂货铺子。我们把收购来的东西带回旅馆后，就交给了水水。她就留在房间里，把带回来的东西进行分类，整理。水水在白天里闲着没事干，就带着小件的值钱物品，到三国城、水浒城和灵山大佛向游客兜售。大件的物品，我们就搬回到三轮车上，沿着街道把它们低价卖给小超市和专卖店。

在过了大约半个月之后，生意就淡了下来。我们需要穿过许多的街道、排屋和高档小区，因为那里已经被我们光顾了不知多少次，再也没有东西能够收购下来。有时，为了能收购到烟酒，我们不得不蹬上一两个小时的路程，结果却一样也没捞着。每天早上，我们空着三轮车出门。到了晚上，我们又踩着空三轮车回来。有时，就算能带点东西回来，也是一些不值钱的，或者不容易出手的东西。

"再收购下去，我们就成收破烂的了。"水水在整理东西时说。这样的状况确实让人沮丧。青山开始变得焦躁，一副坐立不安的样子。马纳也蔫巴巴的，没一点精神。水水也不想成为广场大妈，成天地被景区保安和城管们追着跑。

"我们把这些东西抛售了吧。"青山说。"然后呢？"水水说。"接着走。"青山说。"去哪里？"水水说。"哪里好，就去哪里。"青山说。"不是说好了，去看李喊吗？"马纳笑着说。"嗯，去兰州看李喊。"

我说。

　　在离开无锡前，我们向无锡做最后的道别。我们将行李搁在旅馆，从葫芦岛出发，乘汽艇，来到了鼋头渚。我们每人身上都挂着一只旅行包，每只旅行包里都塞着廉价收购来的高档商品。我们夹杂在人群中，听导游小姐讲述老子的故事、修塔的故事和鼋头渚的故事，听游客们面对太湖哼唱起优美的歌曲。同时，我们把伟哥给头发斑白的老汉们看，把珍珠首饰亮给丰腴的女人们看，以最低廉的价格卖给他们。我们绕着鼋头渚转了一圈又一圈，直到天色暗落下来，再回到码头上碰头。

　　我们在一家酒店订了一桌饭，这是我们在这个城市最后的盛宴。我们推杯换盏，一顿猛吃海喝，然后醉醺醺地晃回了旅馆。当开门的一刹那，我们所有的酒都被惊醒了。我们发现房间被盗了，地上还留着几个用安全套吹出来的气球。"居然遇到贼了。"青山狠狠地踩着一个气球说。"这贼是从窗外爬进来的。"马纳趴在窗口说。"这可真算是不错的告别仪式了。"水水苦笑着说。

第七章

那天，我们在无锡玩了一个通宵，直睡到第二天中午才起床。然后，我们打了一辆出租车，沿着运河西路，穿过梁溪大桥，一路向前，经过人民西路，进入五爱北路，然后右拐驶入县前街，下了高墩桥后，在通江大道开了没多少时间，向左拐入锡沪西路，来到了汽车客运站。

我们下了车，一到售票厅外，一个穿着军大衣的老头就凑了上来。他大约六十多岁，秃着额顶，两鬓挂着白发，看上去气色不好。他手里拿着几张硬纸板，纸板上写着几个地名。"去杭州吗？"军大衣把纸板拦在我们跟前说。"不去。"水水说。"上海，南京，厦门的也有。"军大衣说。"不去。"水水不耐烦地说着，就进了售票大厅。

我们一会儿在客运时刻表前，一会儿在电子滚动屏前，查看开往南京的班车信息。这时，军大衣又凑了过来。只不过，他手上的那些牌子没有了。"你们去南京吧？"军大衣说。"谁说去南京了？"马纳说。"呵呵。去南京得买两个多小时后的票了。"军大衣笑了笑接着说。这时马纳和青山从问询处返了回来。"只剩晚班车的票了。"青山说。"呵呵,现在人多。"军大衣笑着说。"你有车票?"马纳说。"没票。"军大衣说。"没票你兜什么?"青山说。"我有车,马上就出发,还比这的票价便宜不少。"军大衣说。"什么车?"马纳问。"私人长途车。"军大衣说。"是你开的?"马纳不解地问。"我给他们兜生意,兜一个给两块。"军大衣说着伸出了两个手指头。"街头乞丐都比你强。"马纳笑着说。

于是,我们跟着军大衣,出了售票大厅,绕过候车大厅,经过车站入口,来到了边上的一个物流站。我们一进车站,边上就上来几名售票的妇女,举着牌子,扯着嗓子向我们兜生意。军大衣把我们带到一辆白色金杯车前。司机穿着一件黑色皮袄,趴在方向盘上朝外瞅着。一位套着绿袖筒的姑娘看到我们就迎了上来。"去南京?"绿袖筒说。"多少钱?"马纳说。"五十,比站内便宜。"绿袖筒说。"再便宜点儿。"马纳说。"没了,就这个价。"绿袖筒干脆地说。"现在就走?"马纳说。"现在就走。"绿袖筒说。

我们付了钱,车子果然启动了,缓缓地驶出了物流站。"这就是传说中的专车吗?"水水笑着说。"这车就我们几个?"青山问绿袖筒。"光你们几个?我们吃啥喝啥去啊,过路费都不够哩!"绿袖筒说。"你们是专门跑这线路的吗?"马纳问。"不全是。我们给一家企业跑配送的,返程赚点油钱回来。"绿袖筒说。

车子沿着通江大道一直往前行驶,到望江立交时拐进了一个停车场。不走了?马纳说。等几个人,很快的。绿袖筒微笑着向我们解释,然后下车打起了手机。青山掏出了烟,大家趴在车窗上,一口口地吐着烟圈。每次看到远处有行人拖着行李箱,我们都以为那就是乘车的人了。不过，直到我们抽完了一根香烟，还是没一个人上车。"还到底走不走了？"青山不耐烦地说。"是啊，不是说好了，立刻就开的吗？"水水附和着。司机没有说话，只是看着趴在车窗上，盯着后视镜看着。"再不开，就把我们送回去。"青山恼火地说。"来了，来了。"这时，绿袖筒说。我们看到立交桥下，一对小青年连拖带扛地拿着行李，朝这边跑来。他们一坐下，绿袖筒把车门一关，车子又出发了。

车子穿过立交桥，朝着高速口驶去。车子一开，大家的情绪似乎又好了些。不过，到了高速道口，车子又停下了。这回，绿袖筒自己举着牌子兜起了生意。"这走走停停的，不是捉弄人吗？"水水说。"到底走还是不走！"青山冲着司机说。不过，司机还是一副见惯不怪的样子，趴在车窗上，盯着后视镜看着。"快了，快了。"绿袖筒时不时地探头过来赔着笑脸。"再不走，把我们送回车站去。"青山黑着脸说。"南京，南京。"绿袖筒举着牌子喊着。过了一会儿，车子又上了几个乘客，把座位都给占满了。"满了，满了。"青山朝绿袖筒说。"南京，南京。"绿袖筒一只脚踩在车门上，一边还是不依不饶地喊着。"再不走，我们下车。"青山吼了起来。"走了，走了。"绿袖筒的另一只脚也上了车。车子抖动着，慢慢地挪着。"南京，南京。"绿袖筒跳下了车。车子倒没停，继续抖动着，缓慢地挪着。"还不如在站里买票了呢。"水水说。"我们下了，不坐这个鸟车。"青山抓着车门正要下车，一个瘦个小伙子挤上了车。"走了，走了，让大家久等了，不好意思。"绿袖筒一边收着瘦小个的钱，一边向大家表示着歉意。

瘦个小伙子拖着编织袋，朝我这边挤了过来。"挤挤，挤挤。"

他眯缝着眼，咧嘴一笑就露出两个酒窝来。"这儿没法坐，本来就两个座儿。"我说。"挤挤呗！"他猫着身子说。"没法挤，再挤我就坐她腿上了。"我指着水水说。"这也行，你让她坐你腿上。"他说。"你怎么说话的？我坐你腿上试试，行不？"我不耐烦地说。"行，你这座儿我坐，你再坐我腿上。"他干脆地说。"说不行就是不行。"我哭笑不得地说。"老板娘，你刚才问你有没有座儿，你说有座儿，怎么到了车上又没座儿了呢？"她拽着猫在过道上的绿袖筒说。"挤挤吧，挤挤吧！"绿袖筒对着我说。"没法儿挤，要挤就挤别处去。"我没好气地说。"这样吧，我舍你十块钱，挤一挤。"绿袖筒说。"这不是钱不钱的问题。"我拗着说。"你把十块钱给我，我就在过道上将就下得了。"小伙子对着绿袖筒说。"那也行。"绿袖筒说着找给了小伙子十块钱。

　　车子上了高速，轰着油门，跑到了一百二十码。窗外的田野和村庄，飞快地向后倒退着。"这会儿，你该不会再兜客了吧。"青山捉弄着绿袖筒说。"这车上了高速，可不会再停了吧。"马纳也跟着开起玩笑来。"大家放宽心，两个小时就到南京。放点音乐来！"绿袖筒坐在车门口的过道上，冲着司机说。司机摁了一下播放器，是刘若英的一首《为爱痴狂》。我看到水水打着节拍，随着音乐轻声哼唱着：

　　"我从春天走来，你在秋天说要分开。说好不为你忧伤，但心情怎会无恙。

　　为何总是这样，在我心中深藏着你。想要问你想不想，陪我到地老天荒。"

　　车子在沪宁公路上飞奔。车上的乘客们仿佛一尊尊塑像，死盯盯地看着电影，就是没一个人笑。这仿佛是一群失去了笑的人群。他们一脸疲倦，眼神呆滞，一路上打着迷糊。瘦个小伙子倒是活跃得很，对我也似乎没有介意座位的事儿。

他说他从江西来，四年前带着两百块钱，跟着老乡到南京混。他读过职业学校，专业是酒店管理，但其实就是个做菜的。不过，他到南京后，上星级的酒店没一个要他，饭馆和快餐店倒是要他，但不是说他手艺不好，就是开的工资太低，他就像打鸟一样，打一枪，换一个地方，没一家能干长的。后来，干脆就在南京方家营，自己搞了个流动夜宵店，专门为住在南京的江西人做家乡菜。他自己介绍说，他厨艺不好，但刀工好，切起菜来呼啦呼啦地生风，人家都叫他二刀。

车子在经过珥陵时，忽然慢了下来。司机换了档位，降下了速度。车子开一段停一段，最后终于塞住了。我们看到前方车队排得长长的，后边的车辆也跟着塞住了。我们坐着等待，司机换了一张光盘，从《做一个真的你》唱到《死了都要爱》，一连唱了好几首，车子还是堵着。司机终于熄了发动机，车上的乘客也坐不住，下车打听塞车的情况去了。

我下了车，看到车道上停满了汽车、集装箱货车、豪华大巴、钩车、工程车、面包车，把狭窄的高速公路塞得水泄不通。不论朝前，还是往后，都是黑压压的车子，望也望不到边。不少司机和乘客下了车，从后边赶上来，打听前方的情况。不过，他们很快就又折回了。一路上，人们一见到前方回来的人，就像躁动的鸭子一样，没完没了地问着话。不过，所有的人回答都是一致的。他们都摇摇头，一问三不知。那些赶急事的旅客，除了干着急，也只能等着。等到实在冒火了，他们才开始咒骂起来。时间一久，咒骂声和烦躁的情绪在人群中传递开来。

"我猜前方撞车了。"马纳说。"你这只乌鸦嘴，说什么来什么。"水水对马纳说。"如果这管用，那我说今晚上我们堵这儿得了。"马纳笑着说。"这车可不知道要堵多久呢。"水水说。"我们也到前面去看看。"我说。"行。我们去前面看看，可别把我们丢下了。"水水对马纳不放心地说。

我和水水沿着硬路肩，经过一辆辆车子，向前方走去。不少乘客在车上闲不住，都来到了车道上。他们守在车门边上，有举着双臂做着伸展动作的，有把腿搁在隔离栏上做着压腿动作的，有干脆取出了球拍打起了羽毛球的，还有牵着宠物狗在车道上溜达的。守在车里的人们，有趴在车窗上巴巴地望着前方的，有听着音乐翻着书的，还有盘着腿坐在座位上做起了瑜伽的。当然，更多的还是像我们这样探问情况的，不断有人从前方返回来，也有人不断从后边赶上来。

"走出很远了，还要往前吗？"水水说。"快了，就到前面的弯道上吧。"我说。一有人从前方返回来，我们就问他们情况。有人说，前方道路上出了车祸，好几辆车追尾了。有人说，有一个路段塌方，封住了道路。有人说，有一辆满载危险化学品的火车侧翻了。不过，当我们打到弯道上时，终于明白不管什么原因，结果都是一样的。从弯道口望去，我们看到了绵长的堵车队伍，一直塞到了高速公路的尽头。"这一段少说也有十里路了吧。"我说。"十里外，还不知道有多长呢。"水水说着，往回走了。

当经过一个紧急停车道时，我看到一群人围着一辆皮卡车，都伸着手闹哄哄地叫嚷着。皮卡车的车斗上站着两个人，似乎在忙着什么。附近车辆的人们，也渐渐向皮卡车聚拢过来，朝黑压压的人群中间挤去。我一打听，才知道这是卖枣子的。

"谁知道这车会堵到什么时候啊？"我听到有人说。我们忽然明白过来，也一头扎进人堆去买枣子。不过，围在车斗边上的，都死死地抓着车斗沿儿，挤不进去。倒是外边的人，吃不到力，总被推来搡去的。"别挤了，别挤了。"我忽然听到有人在耳边说。不过，我还是憋着气儿往里挤，心想着多少也得弄几个枣子来。"别挤了，里边被抢光了。"这会儿，是有人拽着我的肩膀了。我扭头一看，发现二刀捧着满满一大袋枣子，从人缝里钻了出来。"我这有不少了。"他笑着说。我从人群里刚退出来，就看到车斗上的两人站直了身子，冲着大家喊枣子卖完了。我们离开皮卡车往回走。

"这堵车时间一长，一怕渴，二怕饿，三怕冻。"二刀边走边说，"曾经有一回，我乘车从山西回老家过年，暴雪封路，那个真叫世纪大堵车。一车子人，大多数可都是什么吃的都没带，只能眼巴巴地盯着窗外的风雪饿肚子。有几个顺手带了点东西，顶多也只能对付个一两餐，完了也得饿着肚子。那会儿，堵车时间长，车子又不能开空调，大家都缩在座位上熬着。附近村子的人，拎着个热水壶，端几个方便面，就给发了财。三五块钱的东西，都卖到五六十块了。你还不能不要，你不要，人家都抢着要。"

"嗯，不知道这回堵车什么时候能通呢？"我说。"管它呢，手中有粮，心中不慌。你过会儿能不能卖我们一点儿？"我说。"卖？"二刀愣了一下接着说，"不卖。咱们同车同路，得相互照应不是？这枣子，我就是给大伙儿一起给买了的。咱们有缘分，就算是我请你们的。"这时，路上有人凑上来，有问说是哪里买的，也有问说卖不卖的。"这可不成，待会儿我把钱给你。"我接着说。"你要付钱，那你回那皮卡车上去买去。"二刀开玩笑说。

下午四点多时，抱着希望的人依然在打听消息，依然在用手机与外界联系。更多的人，则想着法子打发无聊的时间了。水水回到车上，跟车上的那对小青年聊了起来。

"多少得赌点什么。"青山说。"玩玩就算了。"二刀说。"来点小的。"青山说。"不赌钱。"二刀说。"那就赌那枣子吧，玩着作个数。"青山说。"那枣子，不用赌，我请大家吃。"二刀说。"你放心，就只是作个数，博个输赢。"青山说。"你用枣子，我们用烟。"马纳笑着说。"说好了，不来钱的。"二刀说。我们从二十一点玩到接龙，又从接龙换到砸金花，又从砸金花换到红五。二刀的手气好极了。我们手里拿到二十点的时候，他总有二十一点等着；而当我们拿到二十一点的时候，他又总能奇迹般地拿到双箭和五老虎。大家看了看烟盒里的香烟，全都齐齐地排到了二刀跟前。

五点多的时候，天色暗了下来。有人打电话到公路段，打听到了消息，说是前方汽车连环追尾，有一辆装载着危险化学品的槽罐车侧翻泄漏，相关单位正在全力疏通道路。我们收了牌。"把烟盒给我。"二刀指着我的烟盒说。然后，他把那些香烟一根根地塞进烟盒子里。"这还你们。"他说。"不行。这是你的了。"我说。"我不抽烟。"他憨憨地笑着。"你不抽烟，也赌啊？"青山说。"这不是赌，只是作个数嘛。"他说着，把烟盒塞到了我手里。

这时，水水下了车，趴在我耳朵边说，"内急"。我隔离栏外看了看，四周黑乎乎的。"你得早说啊。"我说。"你不陪，我自己去。"她说。正说着，我听到不远处一阵噼里啪啦的响声。二刀正端着姿势，在边上方便开了。"就那样，随便吧"我开玩笑说。"去。"她说着，翻过了隔离栏。我拉着她的手，顺着路坎往下爬到了一片沙石地上。"这地儿不错。"我说。"再往前一点，就那棵树后边吧。"她指着一株侧柏，说完就走了过去。我看着她走到了侧柏后面，然后点了一根烟，抽了起来。没等我抽上几口，就听到她随着一声尖叫，整个儿人影就摔了下去。

我赶紧跑过去，在侧柏边上抓了一把干草叶，用打火机点着了。借着火光，我发现侧柏另一边正好是一个沙石坡，水水一直滑到坡底下。我爬下沙石坡，把她拉了上来，然后又爬上路坎，回到了车上。到了车上，我们看了她的伤势。好在沙石坡比较平缓，只是挫伤了皮肤，倒是小腿上被划拉出一道口子，不停地渗着血。

"得弄点创可贴。"马纳说。"这里不着村，不着店的，哪有创可贴？"青山说。"我给你们弄创可贴去。"二刀抓了一把枣子，就下了车。"我跟你一起去。"我说着，也下了车。

"这样真能弄到创可贴？"我说。"不知道，试试看，碰碰运气。"二刀说着，敲开一辆小汽车的车门。"有创可贴没？我们那有人受伤了。"二刀问。我们一直沿着车道，敲一辆问一声。不过，我们得到的答复要么是摇头，要么是摇手，有的只是开了一条狭窄的门缝瞅着我们，甚至也有的干脆连门儿都不开。"我们分开问吧，你从快车道，我从慢车道。"二刀说。于是，我们分别从两边车道开始找创可贴。我们一路走了半个多小时，也不知敲了多少个车，都没有结果。正当我准备放弃的时候，二刀忽然朝我喊，说有了。他敲开了一辆商务车。车上的一位姑娘前些天削苹果割了手，正好有备用的。二刀拿了创可贴，然后把那些枣子也送给了姑娘。姑娘推了几回，二刀直接把枣子搁车座上了。

我们回到车上，给水水贴上了创可贴。然后，我们从行李包里整出能吃的、能喝的，就着枣子吃喝起来。司机和绿袖筒什么也没带，有些不好意思。车上的那对小青年还有些腼腆，光看着我们。在高速路上，这些算得上豪华套餐了。二刀笑着把东西递了过去，他们才道着谢接下了。绿袖筒要给二刀付钱，他愣是没收下。"大家同车同路，该照应着。"二刀说。

到了晚上，车外起了风。大家都缩在车子里，天南海北地聊天。我们聊自己的家乡，聊在外讨生活的日子，还有就是走在路上的故事。二刀一说起坐火车就来劲。"乘火车简直就跟坐公交车似的。"他说。"吹牛不交税。"水水说。"不吹牛，我这次乘火车就是这么一路来的。"他说。"不买票，谁让你进那检票口，谁让你进到站台，谁让你上火车？"水水说。"就是上了火车，也得被赶下来。"我接着水水的话头说。

"这可是门学问。"二刀笑了笑，说起了他的逃票经验，"逃票越多，就越能发现漏洞。每次逃票，我会把选择逃票的那车次情况摸得一清二楚，它的发车时间，经过哪些站，每个站之间的路程，以及每个站的大概停靠时间，还有就是各个站点之间的票价。这些东西，得背书似的滚瓜烂熟，然后就买一站最近的车票上车。当然，有些小站检票口清淡时候，也有不检票的。进了检票口，上车就没问题了。"

"车上检票被抓，还不得给扔下来。"青山也转过身来，趴在座位靠背上说。

"到了车上也不是站站检票。当然，车上查票这一关也得过。查票时，洗手间和车厢接缝处不能躲，这可是他们重点关照的地方。他们查票就往后走，如果查了就说票已经检过了。当然，也可以往回走，遇到查票就说在座位上，然后闪人。一般也就这样过了，当然也有较真的，那就得在边上跟人家借一张已经查过票的，对付一下。"

"可是人家不给呢？那还不得露馅儿了？"马纳问。

"当然，检票有检得宽松的，也有检得严的。要是碰上个较真的检票员，那就只能补票了。他们就会问从哪上的车，到哪儿的站，票价是多少。你答得上来他们就会信你，答不上来就算是逃票了。所以，上车前对车次情况一定得烂熟于心。"

"要是你讲的，一个都不管用呢？"青山问。

"那就装呗，装可怜，就说身上没钱，千里寻亲什么的。火车站真扣留了，也不会很久。再不济送到派出所，只要表现诚恳一些，人家也不会太为难你。"二刀笑了笑接着说，"最刺激的一次是从中铁快运通道进的站，一个车次乘了一千多公里，出站时顺利从进站口溜了出来。""我们也可以试试。"青山说。"是啊，乘一千多公里的公交车，一定很刺激。"水水说。

大家你一句我一句地聊着，直到凌晨时候，前方道路上忽然亮起了许多尾灯，红闪闪的一片。从车上下来方便的人们，也都急急地跑回车上去了。前方的车流开始缓慢地移动起来，然后越来越快，越来越快。在经过一片已被清理过的事故现场后，司机又轰着油门，跑到了一百二十码。"这下可不会再堵车了吧。"马纳说。"管好你这张乌鸦嘴。"水水笑着说。

我们在南京中央门公交站下了车。三更半夜的，公交车站早没了车了。"先去方家营吧，那边有些房间，破旧了点，但遮风挡雨倒是可以将就下。"二刀说。"'这样会太麻烦你了。"我说。"同车同路，咱们有缘分呗。"二刀笑着说。"行，那就先去你那儿。"青山笑着说。

我们在大街上边走边拦出租车，最后在一家酒吧附近拦到了一辆车子。司机在南京城里绕来绕去，最后在方家营下了车。我们随着二刀，在巷子里绕来绕去，最后进了一扇生了铁锈的大门。门口堆满了快餐盒之类的垃圾。房子两层楼，每层有五六个房间，看上去很破败。

二刀敲了一个房间门，不一会儿里面亮起了灯，门开了。开门的是二刀的老婆，一个嘴边上长着三八痣的女人。她穿着睡裙，胸前凸着点儿，裙摆直开到大腿根上，露出那猩红色的底裤来。她一见二刀，就挑着眉毛，斥骂二刀半夜里吵醒了她。二刀搁着笑，正要向她介绍我们。"别歪唧了，又是路上领来的。"她说完，就打着哈欠回房间里去了。

等她回卧室了，我们在二刀面前，直夸她爽气不让男人。二刀放好行李，就带我们去看房间。"房间破旧了点，不过这里便宜。城区里的房子太贵，租不起。"二刀边走边说。他带着我们打开了几扇门，拉了灯，看了几个房间。灯光很暗，房间里乌七八黑的，搁着一张上下层的白鸽笼，边上有搁洗脸盆的木架子，墙上还挂着一面没摘走的镜子。"这几个房间，原先是几个来打工的江西老表租的。去年节前，他们就离开了南京，这房间就空着了。"二刀说。"今晚，我们就住这儿？"水水趴在我耳边说。"将就个一晚上吧。"我说。

青山和马纳让一个稍微干燥些的房间，让给了我和水水，还把一块毯子也留给了我们。她蜷在床头上，抱着膝盖，在黑暗中坐着。"睡吧，睡着了，这里的脏、这里的黑就全都没了。"我说。"我睡得下？"她说。"当然，做个美梦，就什么都好了。"我说。"我睡不着。"她说。"你不睡，那我就陪你瞪着。"我说着，坐了起来。

"这南京，比咱乡下还不如呢？"她说。"每个城市都这样吧，总有一两块地没光彩的。咱来这的路上，那不也是高楼大厦的嘛。"我说。"这儿都谁住啊，老鼠窝似的。"她说。"没人叫老鼠窝的，现在时兴叫蚁居。"我刚说完，就听见床板下吱吱的几声，吓得水水躲到了我怀里。我拉了灯，看到一只老鼠正在角落里摇着木架子。不过，它一见动静，又迅速地逃开了。

"别关灯了，就这么熬着吧。"她说。"那你趴我怀里吧。"我说着把她搂到了怀里。"长这么大，还第一次在这样的房间里过夜呢。"她说。"你只这么一个晚上，人家打工的可是常年都住这呢。"我说。"我们跟他们不一样。"她说。"当然不一样。"我说。"哪儿不一样了呢？"她说。"你怎么了？"我说。"没怎么，就是不要睡觉。"她迷迷糊糊地说着，就没了动静，趴在我怀里睡着了。这时，我看到窗外透进一丝亮光。当我们睡去的时候，这个城市似乎正在醒来。

那天，我们从凌晨一直睡到了下午。当我们醒来时，发现二刀正在门前的一块大砧板上切着菜。三八痣正在理着锅碗瓢盆，然后把它们装到改装过的三轮车上。三轮车上边上堆放着帐篷、桌椅和炊具，还有一个广告灯箱，上边写着"夜宴"两个字。三八痣看上去火急火燎的，一边整理着，一边冲着二刀发着火，斥骂他睡过了头。二刀倒也不恼，一边切配，一边揶着笑哄着她。自己他跟我们打了个招呼，接着继续切菜，配菜。

青山和马纳见他们忙不过来，就过去帮着三八痣，把帐篷、桌椅和炊具装到三轮车上。"这些天生意好，这屁屎鬼磨蹭到现在才赶回来。"三八痣继续埋怨着。"现在是生意淡季。"二刀回头笑着说。"淡你个鸟儿，还不认了。"三八痣一声喝，二刀又埋头切菜了。

到了五点左右，二刀配好了菜，三八痣也整好了器具。二刀在前面把着车头，青山和马纳跟在后边，帮着把三轮车推出了大铁门。我们在方家营的巷弄里绕来绕去，最后来到了大街上。这时，道路两边的街灯已渐次亮了开来。我们来到了一个街道转角，转角不远处是一些网吧和洗脚推拿店。小摊小贩占在街道两边上，把道路挤得只剩了一条缝，行人车辆混杂在一起，喧闹声响成一片。

我们给二刀撑起了帐篷，摆上了桌椅。三八痣到边上店铺里接了电，亮起了"夜宴"灯箱。"你们睡了一天，也饿了一天，我给你们做个炒粉。"二刀笑着说。"好，正好尝尝你的手艺。"水水说。"你们先坐会儿，很快的。"三八痣眯笑着，给我们擦了桌子，又给我们倒了杯开水。然后，她就跟二刀忙着去了。二刀下油，她就帮着打蛋。二刀炒蛋，她就帮着抓粉丝。二刀炒粉丝，她就帮着搁盘子。不一会儿，四份炒粉就端了上来。

"嗯，味道不错。"马纳竖着大拇指说。"有劲儿。"青山说。"稍微辣了点儿。"水水张着嘴巴，用手扇着。"你不会吃辣嘛。"我笑着说。"接下去，你们有啥打算？"二刀问。"先看看情况再说。"青山说。"学你，坐火车去。"马纳说。"你们还真可以去试试，挺刺激的。"二刀说。"刺激个头，这回你不是无锡被赶下了车吗？"三八痣在边上没好气地说。"怎么叫赶下车呢，不过就提前一站下车嘛！"二刀摸着脑袋，眯笑着说。

"南京有什么好玩的吗？"水水吃到一半忽然问道。"这可多了，总统府，玄武湖，雨花台，还有大屠杀纪念馆。"三八痣掰着指头说。"这些你们都玩过吗？"水水问。"玩，哪有时间，也舍不得那个钱呢。"三八痣说。"我们最近也就去过莫愁湖。离这倒也不远。"二刀在一边上说。"嗯，过会儿我们去转转。"水水说。

"多少钱？"我们吃完了炒粉，青山问二刀。"这算我请你们的，大家也同车同路过，有缘分了。"二刀腼腆地说。"多少？"青山又问说。"不用。"二刀说。"五块一份。"三八痣在边上利索地说。"真不用。"二刀挡了挡三八痣说。"同车同路，我们也不能白吃你嘛。"青山说着把钱递了过来。"不就几个……"二刀没说完，三八痣就挤到了他跟前。"那就真不好意思了。"她掬着笑收了钱。"还得谢你们呢。"我们说着走了出来。"晚上来吃夜宵啊。"三八痣笑着说。

离开二刀的夜宵摊，我们沿着大桥南路，漫无目的地散起了步。"莫愁湖，这个名字好听。"水水说。"神雕侠侣里有个叫李

莫愁的，谁见谁怕呢。"我说。"谁让你往坏处想了。"水水说。"那
该怎么想？"我开玩笑说。"莫愁，可是个大美女呢。"她笑着说。
"大美女，那咱得看看去。"马纳在边上说。"我们都在这美女边
上了，没道理不去拜访下呢。"青山说。

　　我们拦了两辆人力三轮车。青山和马纳乘了一辆，车夫是一
个中年妇女。我和水水乘了一辆，车夫是一个十八九岁的小伙子。
小伙子脚底生风，一下子就窜到中年妇女的前头去了。不过，中
年妇女似乎不甘落后，铆着劲超了过去。青山和马纳尖叫着，朝
我们做鬼脸。水水可急了，催小伙子蹬得快一些。小伙子像是一
头挨了鞭子的驴子，喘着粗气应了一声，又赶了上去。这回，青
山和马纳也开始对中年妇女嚷起来。中年妇女也像一头蛮牛，奋
力朝前蹬去。两辆车你追我赶。我们看着对方在拥挤的街道上
穿行，刺耳的喇叭声划开了所有的人群，让道的吆喝声使街道成
了我们的赛道。直到车子在莫愁湖公园和平广场上停了下来。小
伙子敞开了肚皮，风吹打着他的衣角。中年妇女也解开了衣襟，
一手把着龙头，一手用毛巾擦着汗水。

　　我们下了车，付了钱，朝着莫愁湖边走去。远远地，我们就
看到湖畔的草坪上，聚着黑压压的一片人群。在人群的前面，是
一个露台。露台上，一个穿着古怪的男子一边弹着吉他，一边声
嘶力竭地唱着那首叫《春天里》的歌曲。露台下，不时有行人
经过，双手抱在胸前，面无表情地看着，然后又面无表情地离开，
没有掌声，也没有欢呼，只是偶尔有人在边上的玻璃罐里扔些钱
下去。

　　我们在露台前停了下来，听那男子弹唱。我看那男子，闭着

眼睛，神情忧伤，唱得很忘我，似乎眼前没人似的。我们听完了一首，水水带头拍起了手。他从音乐中回过身来，抱着吉他，很轻声地向给钱的路人道谢，还特意向水水点了个头。我们扔了几个硬币，就离开了露台。"他弹得可真好听。"水水说。"唱得也不赖。"马纳说。"像他这样挺好，一边流浪，一边弹唱。"水水说。"你也可以卖唱的嘛。"我开玩笑说。

我们沿着莫愁湖，走到了一个水榭。青山在长椅上坐了下来，掏烟，散烟，点火，然后就吐着烟圈，朝着城市上空，远远地张望。马纳蹲在水榭边的草地上，一边抽着烟，一边扒拉着发黄的草叶子。水水也接了一根，来跟我对火。"你又不会真抽，装什么烟鬼。"我说。"你就是头假驴，还到处乱跑呢！"她没好气地说。对完了火，她就独自一个人，倚在一株紫薇树上抽了起来，还时不时地咳出两声来。

除了那个流浪的歌手还在深情地嘶吼着，莫愁湖边静悄悄的。大家忽然没了精神，连说个笑话也提不起兴致来笑。于是，大家又都各自埋头抽烟，吐烟圈。那些欢笑和疯狂似乎一下子跑没了影儿。我忽然觉得，这样的情形总是那么熟悉。

"这个晚上怎么过？我们总不能老在莫愁湖上愁吧？"水水忽然说。"嗯，这是个问题。"我用鞋尖踢了踢马纳说。"对啊，大家合计合计。"马纳转过身对青山说。"我不正在想这事儿嘛！"青山眯着眼睛说。

"李喊那边很近了吧。"马纳说。"那可不近哪。"我说。"不远，地图上也就这么两个指头长。"马纳说。"那就照着二刀的法子，我们去试试看。"青山说。"逃票去？"水水说。"今晚咱们就做些准备工作，先去查查车次情况。"马纳说。"那还在这儿干吗。"
水水说。

我们打出租车回到了方家营，进了一家网吧。我们在网上找
了一个路路通软件，开始查询相关的信息。我们确定了一趟上海
始发，次日经过的列车。马纳弄来了纸笔，把从南京到兰州的发
车时间、沿线的车站、各个站点之间的票价都抄了下来。

"这样管用吗？"水水很怀疑。"是啊，万一都被抓住了，我
们怎么办？"我说。"都抓住了倒好了，问题是如果只是一个被抓了，
我们怎么办？"青山说。"如果你被抓了，我会想你的。"我对水
水开玩笑说。"没门儿，我被抓了，就直接把你们也兜出来。"她
笑着说。"你不会被抓的。"马纳对水水说。"打住不许说，你这
只乌鸦嘴，说什么来什么。"水水说。

我们离开网吧时，又是半夜了。街道的喧闹声已经退去。我
们回到街上，朝二刀的夜宵摊走去。摊上生意清淡，帐篷底下只
有一对小青年，摇头晃脑地哼着歌曲，像是刚从歌吧里出来。二
刀看见我们，咧着嘴就笑开了。他招呼我们坐下，三八痣也拿来
了菜单。"随便点。"三八痣说。大家各自点。"水煮牛柳，我
点好了。"水水干脆地说。我们又点了几个菜。二刀正要去做菜，
我们把他给拽住了。"让嫂子做，我们跟你聊点事儿。"马纳说。"什
么事？"他问。"扒火车。"马纳笑着说。

不一会儿，三八痣就端了一份酱爆螺蛳和肉丝爆蛋。二刀
又拎了几瓶啤酒，用起子开了酒瓶，给大家都满上了。我们一边
吃喝，一边聊着扒火车。"逃票说难不难，漏洞其实不少。不过，
说简单又不简单，没有谁能保证万无一失，遇到个较真的乘警也

是很头疼的事情。"二刀说。"反正就碰运气了。"马纳说。"不过，要保险一些还有一个方法。"二刀说。"什么方法？"我们说。"你们买三张短程票，一站就行，只要能够进站上车。另外，再买一张全程票，上了火车后分开坐。再较真的乘警，一般来说也不会查得那么细致的。"二刀笑着说。

"来，我敬你，给我们出了这么好的主意。"青山端着酒杯，站了起来，向二刀敬酒。我们也端着酒杯，站了起来。"别站着，都坐下。"二刀笑着说。"来，我们干了。"青山说。大家刚仰着脖子喝完酒，摊前就来了几个青年。三八痣黑着脸，说着些什么。二刀一见他们，急忙放下了酒杯，走了过去。"去年还就只有六百块，怎么说涨就涨，一下到八百了呢？"三八痣红着眼说。"是啊，几位兄弟通融下，现在这生意清淡，不容易呢。"二刀哈着腰，赔着笑脸说。

"看样子是来讹钱的。"马纳说。这时，青山早已放下了酒杯，冲了过去。然后，你一句、我一句地就跟那几个小青年对上了。马纳拔了摊边儿绿化带里的两块指示牌，分了一块给我。我们也凑了上去，做着随时动手的样子。这一来，却把二刀给急坏了。他拦在小青年和青山中间，生怕起了冲突，一个劲地向他们道着歉，二话不说就交了钱。那几个小青年看了我们这阵势，收了钱，甩了几句狠话，就离开了。"你也太好欺负了。"青山说。"和气生财嘛，交了就能做安稳生意。"二刀苦笑着说。

第八章

第二天，我们买了三张短程车票，水水买了一张到兰州的车票。晚上七点，我们在南京火车站登上了从上海开往兰州的列车。列车的登车口似乎特别狭窄，黑压压的人群仿佛一绺打结的头发，混乱不堪。每个人在上车之前都必须经受住登车口的挤压，像是一道不可或缺的压制食品的工序。我们分成两组，分别上了不同的车厢。我和水水上了十四号车厢，车厢的空间看起来也同样狭小。无座的旅客挤在过道里，车厢的接缝口处，有的甚至坐在洗手间里。占据车厢空间的不仅有人，还有数不清的大小行李。行李架上塞得满满的，过道上也几乎不见有落脚的缝隙。这些西行的旅客们，一下子塞在了闷罐子里，闹腾个不停。

列车启动，轰隆轰隆地朝前行驶。在车厢轻微的摇晃下，旅客们安静下来。与我们邻座的，是两个男子。一个留着一个大背头，肥头大耳，大腹便便；一个身材瘦小，嘴唇扁平，眼角上布满笑纹，像是刻在上边似的。那个大背头叫他小宋。大背头说起话来拿腔拿调的。车厢显示器上明明写着下一站蚌埠，大背头还向小宋问下一站是哪儿。小宋也很识趣。大背头那太空杯没水了，他就去打开水。大背头看着窗外，指东划西地说着什么。小宋也跟着伸着脖颈子朝窗外看，还时不时地附和几句。

过道上，列车服务员推着垃圾回收车过来时，小宋就赶紧给大背头整理桌子。他把果皮和塑料袋全都扔到了垃圾回收车上，接着，又从包里取出了一些特色小吃。桌子很窄，占了大半个地儿，把水水的话梅给挤到了桌沿上。"你把人家地儿给占了。"大背头不高兴地说。"不好意思。"小宋赔着笑脸，把桌子上的东西整理了下。

"姑娘，你南京人啊？你们到哪儿呀？"大背头笑着对水水说。"嗯，啊，噢。"水水答非所问地哼哈了一下。"我是西安的。"大背头接着说。"这是我们领导……"小宋凑上来接着说。"多嘴。"大背头向小宋使了一个眼色，小宋一脸尴尬地笑着，又靠到了座位上。"我姓王，你贵姓啊。"大背头对水水说。"我叫水水。"水水勉强回了一个笑脸，继续吃着话梅。

"水水小姐，去过西安没？"大背头说。"没去过。"水水说。"听说过西安吗？"大背头说。"听说过，不多。"水水说。"西安可是个天然的大博物馆呢。"小宋又凑上来说。不过，他一看大背头那突然收起的眉头，又没趣地坐了回去。

"西安的秦始皇兵马俑是世界第八大奇迹呢。除了华山、骊山、延安、乾陵这些好去处，还有一个华清池呢。那可是美人洗浴的好地方啊。"大背头说。"我听说西安就是个大农场。"我说。"哟！你们是一起的吧。这位是你……"大背头说。"车站刚认识的。"水水看了我一眼说。"哦，刚认识的。这位兄弟去哪儿发财啊?"大背头对我说。"你哪儿发财啊?"我反问他说。他自顾自笑了笑,又换了个话题。他每说一句,小宋机灵地点着头,时不时地又来搀和几句,给大背头帮几句腔。

接着,大背头邀请我们打扑克牌。我说,我不会玩牌。于是,他们三个就趴在桌子上玩起了牌。水水教他们"王三八二幺"的打法。这种打法还是我教她的。小时候,我和青山就经常玩这种牌。这是一种我们自创的打法,就是打乱原先的规矩,重新安排牌的大小,从大到小按照大鬼,小鬼,三,八,二,尖,其他牌按正常顺序排列。他们简单说明了规则,三个人就开始发牌了。在狭窄的桌子上,水水总能够成为赢家。尽管,他们没赌钱,但这已经足够让水水兴奋得像只夜猫似的,鲜活得很。

列车到蚌埠站时,下了一些旅客,又上来一些旅客。一个胡子拉碴的青年,一手拎着拉杆箱,一手拿着一张车票对着座位。他在走道两边瞅来瞅去,最后把目光落在了我的座位上。"这是我的座儿。"他咧着嘴,一脸轻松地说。我只好站了起来,朝水水使了个眼色走开了。

我来到了九号车厢,发现青山和马纳也离开了座位,挤在九号车厢和十号车厢的接缝口处。青山和马纳把周围的行李整了整,腾出一小片地方,又铺上了几张报纸,叫我坐下。我一屁股坐了下去,只看见身边除了行李,就是一只只穿着各式鞋子的脚。

过道上,不时地有人来回走动。他们越过我们,得踮着脚,小心翼翼地走,跟踩地雷似的。此时,我成了蛰伏在阴影下的旁观者。对我来说,我的世界是脚跟、裤管、皮箱的滑轮、各种各样的鞋子以及不时落下的垃圾。我听到硬座上的旅客在交谈,在打牌，在听音乐，在打电话。那些发生着的事情，虽然近在咫尺，但依然感觉遥远，那些仿佛是发生在另一个世界的事情。在过道上，我得以用最卑微的目光来打量身体上方的世界。它们像许多曾经发生在我身上的事情一样，变得陌生、疏远，恍如隔世。

我们觉得无聊，就猜哪双女鞋的姑娘最好看。于是，我们就盯着这些鞋子，专门找时尚的女式鞋子，然后顺着脚踝往上瞅。当我们把目光移到人家脸上时，总是有那么几双眼睛，早已冷冷地盯着我们了。

"我们还是别在一起扎堆，拎起来一串呢。"马纳忽然说。"我到十四号车厢后边去吧。"我说着站了起来。"我到前边去。"马纳说着也站了起来，朝前面的车厢走去。我穿过几个车厢，在十六号车厢的接缝处找了个站脚的地儿。

我看着车窗外，夜色蒙蒙的。灯光映在窗玻璃上，像一面镜子，映照着我的面容。整个世界都在后退，唯一前进的就是列车。我看见自己的影子，像在黑色的旷野上飞行，迅速地掠过铁路线附近的村庄和城镇。

我看着自己的影子，忽然有一种陌生的感觉。我就像打量着一个陌生人，打量着自己。那些漂泊的日子，像云片一样朝我奔涌而来。它们携着我，陷于记忆的泥潭，并无限幻想。它们聚在一起，包围着我，形成了一个梦的外壳。在梦中，我发现自己生活在一个透明的器皿里。我在器皿的边壁上行走，绕圈，周而复始，重复相同的事情，比如伫立、张望、奔跑、攀爬、匍匐、呼喊……

我回到十四号车厢，站在洗手间门口，隔着几步远，看着水水那边。水水和那两个男人已经收了牌。小宋跟水水换了座位，趴在桌角上睡着了。水水和大背头坐在同一排座位上，正盯着一台笔记本看着一部电影。

　　"这位穿浅黄色长裙的女人可是世界级的明星呢！她叫什么，知道不？她叫苏菲，演过很多大片，比如《芳芳》《心火》。这部《勇敢的心》可是她奥斯卡获奖电影呢。这个苏菲呀，可真是人中尤物，宅男女神。不过，你可半点也没输给她呢。"我看到大背头一边说着，一边把手扶在了水水的腰际上。

　　列车过了商丘站后，也没见有乘警查票。于是，我又往前去找青山和马纳。当我来到九号车厢接缝口时，发现青山已经离开了。我顺着车厢继续往前，终于看到了青山和马纳。他们趴在用餐车厢的桌子上，打着盹儿。马纳倒很警醒，我一坐下就回过神来。

　　"我们都坐了五个多小时，没见一个查票的，难不成这趟车不查票呢？"我对马纳说。"谁没查啊？我们都查了。"这时，青山醒了盹儿说。"出了徐州就查了。"马纳说。"没被查住？"我说。"查住了，我们还能在这趴着呢？"青山说。"说来听听，怎么给混过去的？"我说。"出门在外靠朋友，马纳向两个商丘人给借的。"青山说。"那是一对小青年，是从常州上的车，还是卧铺票。我们刚才分开走时，经过一个软卧车厢，看到他俩在练三张牌。那玩意，我以前在公交车上老玩，骗人家钱。他们手法上嫩了点，就过去跟他们露了一手。他们可崇拜我了。于是，我就跟他们聊了起来。大家一聊还挺对路，就熟悉了。徐州出站后，乘警就查票了。他们很仗义，一查完票就赶在乘警到来之前，把车票借了我。"马纳说。"这没什么难的，他们也不是每个人都查票，也不像二刀说的，接缝口和洗手间是最危险的地方，我就没见过有谁到洗手间里去查过票的。"青山说。

列车到达开封站时，已是深夜。我回到十四号车厢，看到水水回到了自己的座位上，趴在桌子上睡着了。大背头一个人占了两个座儿，靠着车窗半躺着。那位叫小宋的，铺了个毯子躺在桌子底下。车厢过道也空空的，只是时不时地会有睡觉的人们，伸出些腿来。从开封上车的乘客，倒是没一点儿睡意，兴致冲冲地聊着天，玩着手机。

离开开封站没多久，我就看到青山从前面车厢急急地跑了过来。"查票。"青山使了个眼色，叫我赶紧起来。"马纳呢？"我一边跑一边问。"他没事。"青山说。在经过一个洗手间时，我先躲了起来。我隔着门缝，听到外边的动静。"检票了，检票了。"列车员们招呼着，越来越近。我忽然觉得，该做点什么样子来。于是，我就脱了裤子，憋着脸，蹲在蹲坑上，等着他们过去。"检票，检票。"忽然，一个浓眉大眼的列车员推了门说。"在座位上。"我一边回答，一边憋着脸装着方便的样子。不过，没等我说完，他早就拉上门走开了。

我舒了一口气，从蹲坑上站了起来，守在洗手间里。我得等到彻底安全了才出去。不过，没一会儿，车厢里忽然就有人吵了起来。我开了一条门缝，看见几个列车员，正拦着一个穿黄马甲的中年男子要车票。在他们周围，乱哄哄地围着一些看热闹的人。

"警察同志，我这票是真丢了。这上车时还在这旅行包的外袋里呢。"黄马甲解释说。"你没车票，就是逃票行为。"大眼冷冷地说。"逃票是什么？那是偷，那是抢，那是没教养人干的事儿。这种缺德事，我从来不干。"黄马甲中气十足地说。"乘车不买票，编的理由还一套套的。"一撮毛说。"你这位小青年，可把话说明白了。谁不买票了？谁编理由了？你不要睁着眼睛说瞎话。"黄马甲忿忿地说。"你没票，就必须补票。"大眼提高了嗓门说。"我有没有买票，你们可以到购票系统里去查。你们都登记了我的姓名，也要了我的身份证号。你们凭什么说我是逃票，你们这是侮辱我人格。"黄马甲说。"没票就得补，这是规定。"一撮毛说。"我补票，那就是承认我自己逃票，就是承认我干这见不得人的事儿了。这票，我坚决不补。"黄马甲扯着嗓子说。"那就请你跟我走一趟。"一撮毛说。"你们先把话说清楚了，我有没有逃票。你们认定我逃票，那就是侮辱，就是诽谤，就是侵犯我个人名誉。我要求你们向我道歉，还我清誉。"黄马甲情绪激动地说。这时，前方车厢过来几名乘警，把黄马甲带走了。"你们这是侵权，是诽谤，是犯法，我要去告你们。"黄马甲边走边喊着。

趁着人群混乱，青山朝着查票的相反方向躲了过来。"他真的买票了吗？"我问青山。"看那样子，应该买了吧？"他说。我和青山在十四号车厢，找了两个空位坐下。越过几个座位，我看到走道另一边上，水水已经被吵醒了。大背头和小宋也坐了起来。水水取下了衣服，欠着身子，在车厢了扫视了一下，一看到我们就又坐回去了。

不一会儿，马纳也从前面车厢回来了。他从兜里掏出了一张车票来。我看了看，那是一张从开封到兰州的硬座票。"你哪里弄来的？"我说。"捡来的。"他说。"扯吧，你偷的。"青山压着声音说。"那穿黄马甲的吧？"我说。"什么黄马甲，那是个女的，长得跟斯琴高娃似的。"马纳说。"我服了你呢，没技术含量。"青山说。"上了车才知道二刀那套挺悬乎，不这样干，我现在恐怕坐那警务室里了。"马纳说。

列车在郑州站，停了几分钟。我们看到几名两名列车员带着黄马甲下了车。黄马甲带着行李，边走边扯着嗓子怒骂着。我们趁着停车的时间，出了车门。"跺跺脚，咱们就算到过郑州了。"马纳说。我们点了一根香烟，刚抽了半截儿，列车就启动了。郑州站下了不少旅客，上车的旅客也只是零零星星的。车厢里空荡荡，腾出了许多空位。

"开封刚查过票，该不会再查了吧？"我说。"按照规定是四百公里一查，现在应该很安全。"马纳说。"这会儿到下一个站得到天亮了呢。"我说。"你们睡一个囫囵觉，我看着。"我说。"还是我来看着吧，我有车票。"马纳说。于是，我和青山各自占了两个座儿，横着身子躺下了。

我眯着眼睛，听着水水和大背头有说有笑的。"你有男朋友吗？"大背头说。"有啊。"水水说。"噢，很帅气吧？"大背头说。"土包子了。"水水说。"你很喜欢他吧？"大背头说。"没什么喜不喜欢了，我本来是去南京打工的，后来认识了他。小鼻子小眼的南方男人，心眼儿也小得很。跟他在一起，我就可以做个江苏人。"水水说。我摸摸自己的鼻子，听着听着就睡着了。

不知过了多久，我感觉到有人在拽我的衣服。我迷迷糊糊的，看到了一个黑压压的大帽檐。我一下子惊醒过来。"查票。"大帽檐说。"哦。"我说着，上上下下地找起票来。"咦，明明在口袋里的嘛。"我说着，瞥了一眼马纳，只见他歪着脖子，倒在靠背上，正呼呼地打着呼噜。"我想想。"我说。"你哪儿上的车，到哪儿去？"大帽檐说。"刚过的那站叫啥？"我那脑子忽然就锈住了，"噢，我买的是郑州到兰州的。"我说。"去补票。"大帽檐冷冷地说。"我买了啊。"我说。"那请你把票拿出来。"大帽檐说。"我说过，我掉了嘛。"我说。"没票，就得补票。"大帽檐说。"你可以去查呀，你们卖票不是要了我的姓名，我的身份证号吗？"我说着，忽然就想起了黄马甲。"警察同志，我可以作证。这位年轻人，从南京就上了车，刚开始还坐在这儿，过了蚌埠后就东躲西藏的。"这时大背头忽然说。"你不要说瞎话。"我说。"我可以作证。"那个叫小宋的附和着。"警察同志，这位姑娘也可以作证。"大背头指着水水说。"他是从南京上的，有没有买票我不清楚。"水水说。"你不是说从郑州上的吗？走吧，跟我去警务室一趟。"大帽檐冷笑着说。"逃票就是一种偷窃行为，甚至是比一种偷窃更加恶劣的行为。"我跟着大帽檐，听到大背头跟水水义愤地说。我一边走，一边回头看着水水。她瞟了我一眼，又转向大背头掬起了笑脸。

"又抓住一个逃票的。"大帽檐一进乘务室，就对大眼和一撮毛说。"我没逃票，我的包被偷了。"我说。"没钱就老实窝着，天下没有免费的火车。"一撮毛说。"我买了票，谁让火车上贼多。"我说。"你真是贼喊捉贼了。"一撮毛说。"你嘴巴干净点，谁是贼了。"我说。"哈哈，咱又碰到一个硬茬了。"大眼说。"逃票的，我们见多了。你补完票，这事儿就算过去了。"大帽檐说。

"我没逃票，再说包被偷了，没钱，就算有钱也不补。我是受害者，天下哪有这么欺负受害者的？"我咬定了说。"那你就老实晾着吧。"大帽檐说。

火车到达西安站，天色刚好发亮。大帽檐进了乘务室。"你现在补票来得及。"他说。"我包被偷了，哪儿来的钱补票。"我说。"行吧。"他说着，叫了大眼和一撮毛过来。我被带下了车，来到了西安火车站站务室里。我被交给了一个值班民警。"从哪儿逃的票？"他打着哈欠，一副睡眼惺忪的样子。"我没逃票。"我说。"逃票的都这么说。"他说。"我包被偷了。"我说。"我还听过更多的理由，票掉蹲坑里啦，不小心被当垃圾扔掉啦，为哄一个小孩子玩折了纸飞机啦。你这个理由太俗。"他说。"警官，我跟他们不一样，我是真的被偷包了。"我说。这时，他接了一个电话。他一边打电话，一边时不时地看看我。他打完电话，就抓起桌子上一串钥匙，一个对讲机和一个车钥匙。"你老实点儿。"他说着，急急地走出去了。"警官，警官。"我喊了两声，也没见他回头。

我忽然觉得空落落的，看那办公室的墙壁也似乎显得更加白亮。我走到了门口，扶着铁栅栏，看到一道往上的台阶。我顺着台阶，穿过几个门廊，来到了一个堆满了货物的仓库。我出了仓库，走了没多远，就看到火车站前偌大的广场。广场上只有零星的人，出租车亮着尾灯，在等候顾客。我跑到了广场中央，看到候车大厅上两个红色大字"西安"。我一头扎进人堆里，开始庆幸这莫名其妙的好运气。我给水水打了电话。不一会儿，他们就从候车大厅走了出来，一脸惊讶地看着我。

"你交了钱了？"青山说。"他们怎么审的你？"马纳说。"他们就这样把你放了？"水水说。"我都怀疑,这事儿就这么结束了。"我说。"让你撞大运了。"水水说。"我还没找你们算账呢。"我笑着说。

我们离开火车站,穿过顺城北路,沿着解放路行走。在三秦超市门口,我们来到了一个流动早餐摊点。摊主是一名五十多岁的大妈,系着白色大围裙,动作娴熟地做着葱油大饼。我们要了四个葱油大饼。"这位大妈,我问个事儿。"马纳问说。"啥事?"她一边说,一边摊着葱油大饼。"这边哪儿能要零工的?"马纳说。"打零工啊?你们走错地儿了。火车站往东,长缨西路边上,打零工的都在那儿找活。"大妈说。"那儿都有些什么活啊?"青山接着问。"多着呢,油漆、木工、水电、打孔。咦,我看你们也不像找零活的呢。"大妈笑着说。"你怎么知道?"青山问。"哪有你们这样儿的,要行头没行头,要家伙没家伙。"大妈说着,把葱油大饼递给了我们。"嗯,这味道不错。"水水咬了一口说。"来这吃过的人,没一个说不好的。"大妈眯缝着眼自夸着说。

我们拿着葱油大饼,在早餐摊边上的台阶上坐了下来。大家商量着接下来的计划。"吃穿住行,我们两头都发愁呢。"我说。"咱们攒点钱,到兰州再说。"青山说。"我们没工具,没家伙,只能卖力气。"马纳说。"咱先找个便宜点的旅馆。"青山说。"这段时间大家有一觉没一觉,我看大家都困乏了。"马纳说。"我们就在车站附近找,到时乘车也方便些。"水水说。"这样吧,我跟水水先找好旅馆,完了我来找你们。"我说。"你们住旅馆哪用找,这条街一溜子下去全是旅馆。"摊点大妈凑过来热情地说。

于是,我们沿着解放路往南行走。没走多远,我们就看到满大街的旅馆灯箱牌。我们从西苑宾馆，换到商务酒店，都价格太贵。最后来到了一家叫做维纳斯的旅馆。前台接待的是一个胖姑娘，正拿着一把锉刀，扳着脚修着趾甲。

"有便宜点儿的标间吗？"我说。"自己看。"她用锉刀指了指价格表。"有再便宜的吗？"马纳看着价格表说。"有，不带卫生间，没窗儿。"胖姑娘说。"有热水吗？"水水问。"不带卫生间，还有热水吗？"胖姑娘说。"这也行，能再便宜点儿吗？"我说。"没热水怎么行？"水水说。"将就一下，咱又不长住。"我说。"还是带洗手间的。"青山插话说。"没关系的，有公用的嘛。"我说。"带的，带的。"青山使着眼色说。这时，我看到水水已经离开前台，坐边上去了。"那就带卫生间，带热水空调，带窗儿的。"我说。

我们开了两个房间。马纳和青山把行李都放到了我们这里。"行，我跟马纳先去碰碰运气。"青山笑着说。"是啊，嫂子先休息一下。"马纳说着，跟青山一起出了房间。水水打开了电视，靠着床头，看起了电视。她阴着脸，什么话也没说。

"怎么了？"我说。她还是盯着电视看着。"你到底怎么了？"我不耐烦地说。"没什么。"过了好久，她冷冷地说。"我没惹着你吧？"我说。"没有。"她说。"你有话就说出来嘛。"我说。"我没话说。"她没好气地说。"你这是气话。"我恼火地说。"这是你自己觉得。"她说。"不就是带个卫生间吗？现在不是有了嘛。"我说。"你还恩典了？"她皱着眉头说。"你要什么脾气？"我说。"我要什么脾气了？"她说。"你黑着了脸，给谁看呢？"我忿忿地说。"行，我让你看得眼睛疼了。"她说着扔了遥控板，挎起了包，朝门口走去。"你走了，就别回来。"我狠狠地说。

我听到了关门的声音，然后房间里就静了下来。电视上播放着憨豆先生的搞怪动作，可是我一点儿都笑不出来，甚至觉得做作得让人恶心。过了一会儿，我推开了门，来到走廊上。我看到走廊上一片昏暗，散发着一股霉味儿。我又下了楼，来到宾馆门前。大街上车辆穿梭来去，行人也埋着头匆匆地走着。

　　我来到大街上，到处寻找她的身影。我忽然觉得，这一路上，我多少有点忘记她的存在。有时，我甚至觉得，这该是男人的旅途，女人是不该参与进来的。她常使我产生错觉。这个天使般的女人，究竟是什么力量能够让她总是含着美丽的笑靥。自从踏上旅途以来，我很少顾及她的内心，也总是忽略她在旅途中所承受的艰难。不过，她总是很快乐的样子，生活中似乎从不存在忧伤的事情。可是，这一次，却似乎又使我看到了什么。

　　我回到房间，拨了水水的手机。不过，手机那边传来的总是无人应答的提示声。我整理了一下行李，出了门。我沿着西五路，一直走到了莲湖公园。早晨八九点的时候，晨练的人们已经陆续散去，只有几个遛狗逗鸟的，还悠闲地逗留着。在莲湖公园北门口，我从北广济街一路打听。我到饭店里找刷碗的活，到广告公司找贴广告的活，到小商铺里找服务员的活，甚至我们到社区里找打扫公共厕所的活，但是没有一家同意给我们活干。我从北广济街，一直找到西大街，穿过西大街后，又沿着南广济街找活干。可是，依然一无所获。

　　我穿过西安大学，来到含光门，穿过古城墙后，又沿着环城西路碰运气。不知不觉地，我就走到了汽车站附近的一个物流站里。站前，一辆天蓝色货车正在卸货，货车的车门上写着"陕西省西安市子午镇华艺雕塑有限公司"的字样。

在货车边上,一个穿着皮外套的中年男子正猫着腰,从车斗上把一个箱子搁到肩上。那箱子看上去挺沉,体积又大。皮外套背着手,但没托住底儿,只抓着边沿。我看到他吃不住力气,眼看着箱子就要滑落下来。我一个箭步冲了上去,托住了底儿,然后一路帮着搬到了一个仓库里。卸下了货,他掏出了一根香烟,笑着向我道谢。

"这是兵马俑,单位里送去展览的几个精品。"他笑着说。"挺沉的。"我接过烟说。"听口音,你不是本地人。"他说。"刚到西安,找零活干呢。"我说。"打零工,你该到劳务市场那边去,长缨路那边也有不少活。"他说。"嗯,我去碰碰运气。"我笑着说。

"这位兄弟,等一下。我看你两手空空的,没行头,没家伙,就别去那儿了。"我刚要离去,皮外套追上来说。"这儿有现活,工钱一分不少你。"他笑着说。"行。"我掐了烟头说。

子午镇离西安市区不远,跑一趟满打满算也不过一个小时。到了雕塑厂,我听到厂子里的人都管皮外套叫何总。我一打听,才明白他原来是分管后勤的头儿。我所要做的就是到子午镇装货,回物流站卸货,工钱当天付清。一天里,我往返于物流站和子午镇的华艺雕塑厂之间。装卸的货物是大小不一、形状各异的陶制兵马俑。中等或者偏小的兵马俑,以一马四兵为一组。兵俑有站立的,蹲式的,牵马状的,持戈状的。由于重量较轻,一个人就能装上。倘若是大型的兵马俑,则需要几个人一起装卸,一车也就只能装十来座。

在装货时,何总自己也不闲着,和几个工人一起忙碌着。在仓库的一个角落里,我看到堆放着一些兵马俑。"这做得真精致。"我说。"这些是次品,没用了的。"何总说。"我看这些还不错嘛。"我说。"我们的产品宗旨是宁碎不次。"何总说。"废弃了多可惜,没用就送我一些吧。"我腆着脸说。"没问题,随便拿。"何总笑着说。

雕塑厂里的次品不少,每次到厂里装货时,我就去讨一些次品来。我挑了一些个头小,只是略微有些瑕疵的兵马俑,用旧报纸把它们包好。我算着,正好送给大家每人一马四兵的一套。然后,我弄来一个编织袋,小心翼翼地装好。

下午三点多,我卸完了最后一车货,给何总留了电话号码,就提着装满兵马俑次品的编织袋,回到了旅馆里。我闲着没事,就拨了青山的电话,然后沿着顺城北路,来到了长缨西路的一个街角上。在一个花坛边上,聚集着一些人,有的带着电钻,有的带着锯子,有的带着拖车。他们手上都带着一块牌子,写着打墙,油漆,水暖,电工之类的字样。在人群边上,我看到青山和马纳挨着一辆三轮车,抽着香烟,看着过往的车辆和行人。他们也跟别人一样,拿着一块牌子,牌子上写着"打扫卫生"和"搬运"的字样。三轮车头也挂着一张牌子,歪歪扭扭地写着"送货"两个字。

"蹲了一天了,连来问一声的都没有。"青山见了我说。"是啊,这儿最不缺的就是人,就是力气。"马纳说。"这里竞争太激烈了。你看看,这儿打零工的人都排着队呢。"这时,三轮车上的男子凑过来说。"你有个三轮车,我们可是赤手空拳呢。"青山说。"做送货的也不容易,这里都讲个地盘。"对方说,"谁要是进了别人的地盘，放气，扎轮胎，松刹车，卸车轮，什么都干得出来。去年，有个专门在贝斯特这地盘上送货的人，得了一场病，地盘被人抢了。他回来后，就跟人干上了，直接就把人给捅了。抢食，从来都是你死我活呢。"我们一直聊着，香烟屁股又扔了一地。三轮车主等了没多久，见没生意，拖着三轮车走开了。街角的花坛上，那些等待零工的人们也陆续地散去。

青山和马纳收了牌子。我们沿着长缨西路，穿过几条街道，回到了旅馆。

"水水呢？她没在旅馆里待着？"马纳说。"对呀，水水呢？"青山说。"她还没回来吧？"我说。"我们不停地打她手机，但总是联系不上。"青山和马纳出去找了几次，都没有结果。西安那么大，这样漫无目的地瞎找，只是徒劳罢了。我们只得坐在旅馆里干等，即便打不通电话，也不断地拨着她的号码。

我们一直等到天色暗落下来。烟屁股零零散散的，丢了一地。每一个烟屁股上，都聚集着我们的焦急、不安以及不祥的揣测。我们拼命抽烟，借以舒缓我们紧张的神经。我们互相安慰，期盼水水能够平安地回来。

正当大家沮丧着的时候，门外响来一串脚步声。我们看到水水站在门口，手上拎着几只白色的塑料袋子。"你们干吗这么看着我？"她惊讶地说。"你手机呢？"我说。"没电了。"她说。"我们以为你失踪了。"马纳说。"这西安城，我可比你们熟悉多了。"她拎起袋子说。"什么东西？"我说。"地图？"马纳说。"是啊，今天在火车站卖了二十多张地图呢。"她笑着说。"原来这样，还是你俩行啊。"青山说。"这些是什么？"她说着走到床边上，打开了编织袋。"这是送给大家的仿秦兵马俑，一套一马四兵。"我说。"在火车站，我看人家卖得挺贵的。"她说。"这些都是次品，不过看看还行。"我说。"这东西不错啊，我看跟人家没多少差别。"她说。"我们可以卖得便宜一些。"马纳说。"现在，就可以去试试。"水水说。"地图，兵马俑，两个可以一块卖。"马纳说。

我们来到了火车站，在人流经过的街角找了一个位置，用硬纸板写了一个广告，摆开了仿秦兵马俑。水水负责守摊，青山、马纳和我各自拿了一个，到人群中去兜售。我们专门找那些在火车站门口拍照的人，或者行色匆匆的人。摊刚摆出没多久，水水那边就开张了。买主是几个赶着乘车的浙江人，由于赶火车没时间买兵马俑。这会儿看到兵马俑，二话没说就买下了。生意出乎意料的好，六套兵马俑很快就脱手了。"咱们不用去找零工了。"青山笑着说。"对，我们就守在火车站卖地图和兵马俑。"马纳说。

第二天，我按照约定的时间去子午镇。在雕塑厂，我花了一些钱，在次品堆里挑来拣去，又弄了二三十套。青山和马纳在物流站，接走兵马俑，到火车站去兜售去了。

白天，我在物流站卸完货，就跟来自各地的司机们一起打牌，有时赌香烟，有时赌点小钱。打完牌，我们偶尔也聚在一起闲聊。有一个来自天水的司机，我们都叫他"响炮"，因为他说话跟放炮似的，嗓门儿老高。他称自己是生活在车轮上的人。我开玩笑说，他是总在旅游赏风景的人，随处一捡就是一片好风光。他说，天水到西安之间的公路上，捡得最多的不是别的，而是来往的人。我说，多几个不多，少几个不少，正好捎上我们。他笑着说，搭车没问题，但车上没座儿。我说，我们捱得住。

几天后，我们搭上了响炮的大货车。大货车里装满了实木板和家具，由青布幔子盖着。在车尾的挡板处，留着一些空处。水水把多余下来的西安地图，展开了铺在车上当垫子。马纳盘着腿，坐在一捆小椽木上，双手向后抱着脑袋，迷糊着眼。青山靠在后挡板上，刁着烟，不停地敲打着后挡板。我与青山对面坐着，双手扶在档板的边沿上，同时把下巴搁在手背上。车子在西安的街道转来转去，绕出了城区。城市被渐渐地抛下，两边的建筑越来越少，田野越来越旷阔。这一段时间里，我们保持着沉默。我们所能做的事情就是抽烟、打盹、叹息、拍打后挡板，还有就是静静地张望，与这个城市道别。

第九章

　　货车上了三一零国道线后，速度越来越快。风从车后卷进来，青布幔子扑打着我们。车过周至后，我们已不再张望那些快速后退的风景。那些从未见过的风景，大家一开始还挺新鲜，但没多久就又变得司空见惯了。

　　车子穿过槐芽，到达眉县时，下起了雨。雨幕模糊了附近的村庄、矮丘、镇子、小城，只依稀见得道路上溅起的水花，以及在雨中摇曳不止的行道树。青布幔子被吹开了一个大角。我们和响炮把青布幔子重新盖好，车子又继续前进。我们挤在一起，掖了幔子，遮在头上，听着雨点落在幔子上的声音，但是雨水很快就积满了幔子。雨水从后挡板溜进来，尽管盖着幔子，但我们还是淋湿了不少。

　　到宝鸡县时，雨势渐小。出宝鸡后，只见零星雨点。经胡店时，天已一片晴朗，地面上丝毫没有下过雨的痕迹。出了胡店，国道附近的村庄逐渐稀少，到处是光秃秃的石头山和赤裸的黄泥山。山涧之间的河流，浑黄、污浊，仿佛泥浆在涌动。

青山站了起来，举着双手，朝着赤贫的山地喊了起来。迎面而来的风，吹乱他的长发，车后卷起的尘土舔着他。马纳也哼起了歌，摇着脑袋，两只脚一抖一抖地打着节拍。我们看到了村庄，看到了脏孩子，看到了贫瘠的田野，看到了浮尘蒙蔽下的天水。

在天水服务区，马纳看到了一辆开往兰州的大巴。大巴上乘客稀稀落落的，没几个人。我们跟售票员谈了价格，然后跟响炮道别。"到兰州还有不少路呢，祝你们一路顺风。"响炮扯着嗓子说。

大巴的半自动门已经破旧不堪，油漆已经剥落，显着斑驳的样子。车窗的钢化玻璃也已碎了许多，由塑料胶带粘着。车子一启动，整个车厢就丁零咣啷地响个不停，所有的零件似乎都在等待机会，造大巴的反。

大巴出了天水，经过武山、陇西，在渭源停了车。司机从工具箱里取了千斤顶、扳手、起子、锤子，在车底下鼓捣了一个多小时后，继续前行。不过，开车的毕竟不是修车的，车子经过临洮后又坏了。我们等了两个多小时，司机还是钻在大巴底下鼓捣着。车上旅客全都下了车。"这车坏得真是时候，都快开到家门口就坏了。"人们埋怨着说。

这时，一辆东风牌机动三轮车从后面驶来。我们向三轮车招了招手，车子在我们跟前停下。开车的是个小伙子。他的脸又黑又红，仿佛大步迈向八月的石榴果。他的笑又憨又傻，像赤裸的大山一样充满了热情。

"去兰州吗？"我们问他。"不去。"他说。"这里到兰州还有多少路？"我们问他。"要说路程，一百里不到。"他说。"我们可以搭你的车走一段路程吗？"我们问他。"我只到太石镇，你们要乘就上车。"他说。

我们爬上了车，他像鸟儿一样怪叫一声，踩下了油门。车子一会儿爬坡，一会儿下坡，一会儿转弯。我们记不清楚过了多少座桥，多少隧道。最后，小伙子停了车。他把我们叫下了车，带着我们来到一块交通牌前，交通牌前写着两个字——太石镇。这大约是他能带我们到达的最远的地方了。我们向他表示感谢，并挥手告别。我们正要拔腿离去，他追到了前头，一脸的不高兴。我们正纳闷怎么回事，他已经把手伸到了我们面前。

我们付了钱，沿着212国道线碰运气。不过，公路上车太少了，人也少得可怜。走了大半天，才终于遇到一个中年妇女。中年妇女告诉我们，不拐弯，一直往前，就是兰州了。

在公路上，我们看到一群孩子追着一辆拖拉机，在即将追上的时候，孩子们一跃挂到了后挡板上，随着拖拉机远去了。我们也学着孩子们的样子，扒上了一辆装满水果的货车。货车过了中铺镇后，在路边上的一个村子停了下来。在离村子不远的地方，一条浑黄的河流闪烁着刺目的波光，从太阳下山的方向奔来。

我们朝着前方，又走了半个多小时。眼看着天色渐渐暗落下来，整个路上没村没店的，大家开始着急起来。马纳拿出手机打李喊电话，但是山里山弯里弯的，没有一点儿信号。没办法，大家硬着头皮继续往前赶路。

在快到西果园镇时，手机终于有了信号。李喊借了一辆桑塔纳来接我们。他剃了流行的平顶，穿着一件红底龙纹的皮夹克，胸袋上挂着一副墨镜。他刚下车，马纳和李喊相互碰了一下拳头，又相互拥抱了一下，这是属于他们的仪式。在李喊边上，还有一位穿天蓝色羽绒的姑娘，皮肤白皙，一脸秀气。"她叫麦玉音，我女朋友。"他搂着她的肩介绍说。"妹妹好漂亮呢。"水水在边上说。"你们叫我小麦就好了。外边冷，大家坐车上再聊吧。"她腼腆地笑着说。

我们把行李放到了后备箱里，然后上了车。青山坐到了副驾驶上，水水和小麦挤到了一起。我挨着水水，坐在了后排中间。马纳坐在后排窗边上。我递了一支香烟给李喊。李喊接了过去，但并没有抽，而是别在耳朵上继续开车。我正要点烟，水水一口吹灭了打火机的火苗子。"你想呛死人呢。"水水说。

"大家看，前面这条河就是黄河了。黄河边上的城市，就是兰州。你们看到那座铁桥没？那就是黄河第一桥，清朝末年修建的，已经有一百多年了。"小麦向我们介绍说。

"兰州好玩的地方多着呢，接下去好好让你们转转。今晚上，我们先好好喝上一顿再说。"李喊说。说完，踩了油门，车子飞快地跑了起来。车子经过东岗东路，东岗西路，又拐过平凉路，开上了滨江东路。然后，车子沿着黄河一路往西。在我们身后，黄河一路倒退，兰州城的建筑扑面而来。

我们在一家羊肉馆前下了车，进了一个包厢。李喊和我们坐了下来，小麦在包厢里走进走出的，跟服务员们交代着什么。包厢连着一个阳台。阳台正对着黄河。从阳台上，可以看到黄河上的铁桥，以及黄河北岸的大片新兴建筑。李喊朝黄河西北角指了指说，他的家就安在黄河北岸的安宁区。那里华灯初上，正笼罩在一片灯影与尘雾之中。

"八点了。要是在南方，天早已黑了。"我说。"是呀，要是在老家，咱们的夜生活早已开始了。"马纳说。"这里的夜晚来得迟，天也亮得迟。现在，正是兰州人吃晚饭的时候。"李喊说。

正说着，一个带着白色毡帽的服务员托着酒菜进了包厢。李喊说，他是一位穆斯林。这位穆斯林小伙看上去二十没出头，举手投足还显得几分腼腆。他在每人的餐盘上放了三个小酒杯，然后斟上了白酒。

"这是穆斯林的风俗，敬酒时须满斟三杯。"李喊说。"咱不来这套，咱不是穆斯林，咱也不用小酒杯。小伙子，上大杯。"青山说着叫穆斯林小伙子换上了大杯。"对，大杯。"马纳说。"李喊酒量小呢。"小麦笑着说。"没事儿。这小子以前常跟我们混，他的酒量或许你还没见过呢。"马纳笑着说。不一会儿，服务员抬了一只全羊上来。李喊持刀，将羊肉划拉开来，放到了我们面前。然后，他斟了一杯酒，平端着站了起来。

"这一杯，是接风酒。兰州离老家几千公里，一路上仆仆风尘，辛苦各位兄弟了！"李喊说完，一饮而尽。他抹了抹嘴唇上的酒水，又倒了一杯酒。"这一杯，是罚酒。原本以为你们会乘火车来的，没想到从这那条破路来，罚迎驾来迟。"李喊哈哈笑着，仰着脖子，喉结一骨碌，又一杯下肚。他刚放下杯，穆斯林小伙子就从他身后把酒杯倒满了。"这一杯，还是敬酒。敬咱们以前的那些日子……"李喊说着，正要喝酒，麦玉音拽了拽他的衣角示意他别再猛喝。李喊甩开了她的手，一口闷灌了下去。

我们几个人对付一只全羊，花去了两个小时和一盘大蒜。酒瓶子在地上滚来滚去的。穆斯林小伙子还是保持着有些稚气又略显腼腆的笑容，随时准备为我们开瓶倒酒。马纳端着酒杯，正想站起来敬酒，双腿一软，直落落地坐到了地上。青山朝着马纳直笑，起身去扶马纳，却也腿脚不稳，被马纳一把拽倒在地上。李喊光顾着说话。我只记得他滔滔不绝地讲，絮絮叨叨地讲，啰啰嗦嗦地讲，直讲得满嘴口水，唾沫乱飞。他又是笑，又是哭，又是骂，又是唱，像是在唱戏，引得羊肉馆的服务员吃吃地笑个不停。不过，他到底在讲些什么，我是一个字也没听进去。或许，当时听进去了，但是酒醒之后就什么都不记得了。

从包厢出来后，小麦和水水把我们一个个抬出了包厢，下了楼，出了羊肉馆，把我们塞进了车子。小麦驾着车子，在城市间绕来绕去。我没听到青山和马纳的声音，倒是李喊还依然喋喋不休地讲着。只是，他的声音越来越低，越来越含糊，直到我再也听不到。

后半夜，我从口渴中醒来。我看到灯光从一个浅兰色直筒式灯罩间洒落下来，将房间照得透亮透亮的。大厅的地面铺着实木地板，西侧墙壁上挂着梅兰菊竹四副玉雕画，与玉雕画相对应的是一幅巨大的挂毯。南边是一扇敞开的雕花玻璃门。北面的墙壁上挂着小麦的大幅艺术照。艺术照下，摆着两条墨绿色的沙发和一张钢化玻璃茶几。青山仰面睡在沙发上，一条腿挂在沙发靠背上，另一条腿落在马纳肚皮上。马纳和李喊四仰八叉地躺在地板上。

我听到了水水和小麦的谈话。

"其实，我也不是兰州人。我父母是从杭州支边到兰州的。

我父亲是杭州人，母亲是萧山人。我小时候就住在绍兴的外婆家，就在兰亭镇上。本来，我外婆以为支边完了，就能回到杭州。起先，父亲申请过几回，但都因为各种原因耽搁了。后来，到政策明朗了，他却放弃了。他觉得，现在的单位离不开他，就算回去了，一时也找不到对路的单位。而且，他在这里已经生活了几十年，早就习惯了。我小学毕业后，父母就把我接到了兰州。自从外婆过世后，那边就没人了。除了偶尔清明回去几趟，就很少回去了。我父亲对自己倒是无怨无悔，只是对我有些愧疚。几乎我说什么，他都会答应。只是，交朋友这事儿上死板得很。他曾经给我立过三个交男友的规矩。他说，他未来的女婿必须是浙江人。年龄得比我长三岁，多一岁、少一岁都不行。最后，还得是上门女婿，因为我是独女。你想啊，我父母，二十刚出头就来到兰州，干了一辈子。他是觉得自己这辈子在兰州了，可不能再把女儿拖在这里了。"小麦说。

"你跟李喊认识没多久吧？"水水问说。

"我父亲跟他表亲认识。他表亲是来兰州做生意的。他在一个商贸大厦里做皮革生意，也是我父亲的多年老朋友了。在李喊来这儿之前，他表亲提过好多回他的名字。不过，那个商贸大厦刚在春节结束前出了点事儿。那会儿，我和李喊正好去了青海湖游玩。他刚到兰州，喜欢到处跑，对什么都很新鲜。我带着他，就开着那辆桑塔纳，从兰青线一直开到青海湖。我们在路上接到了他表亲的电话，说那边出事了。当回到兰州时，我们消防队刚救了商贸大厦的火，商厦上空还冒着一些黑烟，整个商贸大厦烧得面目全非。他表亲的货物只抢出了一小部分，更糟糕的是所有佘在外头的帐目被烧成了灰烬。客户资料也没有了。一切得从头开始。此后，表亲一边继续卖皮革。李喊就负责守在电话机旁等待那些失去联系方式的客户主动联系。"小麦说。

"那损失可不小了。"水水说。"是啊，不过他表亲做事挺仗义，外边的欠账除了一小部分，大多都收回来了。你呢？你们这次准备往哪里去？"小麦说。"这倒没想过。我们这一路，也是随兴来的。"水水说。"你是因为他吧？"小麦提到了我，我侧着耳朵继续听着。"差不多吧，也没想那么多，大家说来就来了。"水水说。"你俩快成家了吧？"小麦说。"你们呢，定下了吧。"水水说。"嗯，定了，不过没领证儿。"小麦说。"挺快的呀。"水水说。"我们这叫闪婚。他人挺幽默。"小麦吃吃地笑着说。"这叫缘分，千里姻缘一线牵。"水水说。"女人一成家，那就算是落了地，生了根了。"小麦说。两个女人轻声聊着，不时地传来轻微的笑声。

我跨过他们，进了杂乱的厨房间，满屋子地找水喝。厨房里看上去一尘不染，不过没什么吃的。我打开冰箱，发现里面存放的东西却不少，有薯片、可乐、鸡翅，面包，大瓶的矿泉水和金黄河啤酒。

我抱了一大瓶矿泉水，回到了沙发上，仰着脖子咕咚咕咚地灌了大半瓶。我一动，肚子里的水就哐当哐当地摇晃起来。没一会儿，我就觉得肚子里空荡荡的。我拿出了薯片，"嘎吱嘎吱"地吃了起来。这时，我看到青山欠了个身子，正好把腿蹬到了马纳身上。这一蹬，就把马纳给弄醒了。马纳一醒过来，看见胸口上搁着只脚丫，一用力给甩开了。这一甩，青山也醒了过来。

"你甩我干吗？"青山说。"你蹬我先的。"马纳说。两个人正睡眼惺忪地说着，李喊也起了身。"渴死我了。"他坐起身就说。"对啊，渴死了。"青山说。"给我也一杯水。"马纳说。"自己弄去。"青山笑着站了起来。"厨房冰箱里有水。"我说。

　　他们到冰箱里取了一大瓶矿泉水，暴饮起来，然后又取了些零食，在大厅里摆了满满一茶几。我们边喝饮料，边填充早已呕吐一空的肚子。

　　"小子，有出息了。"青山说。

　　"我刚到兰州的时候，只有我一个表亲。我的表亲是温州人，在安宁区商贸大厦开了一家皮鞋批发店，生意一直不错。我只做他副手，整天里没有一丁点儿事情。其实，我来兰州，也是父母的意思。你们知道，我是个闲不住的人。于是，我趁着机会开溜。我到处转悠，找乐子。小麦是表亲介绍的，我表亲说她父母也是浙江人。在兰州，浙江人碰到一起，那就是老乡了。我们经常一块游公园，唱歌，到迪厅里蹦迪，谈得很投机。"李喊笑着说。

　　"你一个人跑这么远的地方潇洒来了。"马纳说。"我就是个打杂的，只会哄女孩子开心呢。"李喊说。"你们都醒啦。"小麦听到动静就走了出来。"你们也还醒着呢！"李喊说。"我给大家做点宵夜吧。"小麦客气地说。"不用，我们聊会儿就休息了。"我们一齐说。

　　小麦到卧室搬了几条被子出来。我们回到次卧，青山和李喊打了地铺，我和马纳上了一张小床。大家关灯睡觉。黑暗中，谁的一句话，又拉扯出一些话题来。谈到兴致处，我们又打开电灯，继续聊天、抽烟，吃东西，直到睡意再次袭来。就这样，我们醒醒睡睡，吃吃聊聊，一直折腾到阳光探着脚从窗外爬进来。我们再也挡不住全身的疲累和睡意，终于沉沉地进入了梦乡。

第二天中午，水水叫醒了我们。我们听到厨房里传来炒菜的声音。小麦正在餐厅那边忙乎着。她替我们做了一桌子南方炒菜，只是没有酒，全用大瓶的橙汁代替了。除此之外，她还为我们准备了一条兰州牌香烟。还没等我们开饭，她就带着歉意向我们道别，说得去公司里处理一些急事。临行前，她把李喊拉出了门口，大约是交代了些什么事情。

饭后，李喊带我们下了楼。楼下，停着那辆银黑色的桑塔纳。我们出了安宁区，在黄河北岸沿着金城路一路往东，然后驶过铁桥，经中山路、白银路、民主路，然后穿过铁路道口，沿着一条狭窄的道路，朝皋兰山奔去。

一路上，道路两边草木葱翠，与那些光秃秃的矮丘和泥山截然不同。快到山顶时，李喊把车子停到了一个草坪上。然后，我们沿着台阶，到了碑林。李喊把碑林当作一道待客的好菜，无奈我们压根儿没那细胞，更装不来假斯文，转悠了一圈就早早地离开了。

离开碑林后，我们沿着山间小道，一口气爬上了山顶。山顶上，搭着几排遮阳伞。每把伞下，摆着一张桌子。客人并不多，只坐满了几张桌子。李喊找了一处可以鸟瞰兰州全城的桌子，叫了炒货、水果以及一种名叫三泡台的茶。

青山、李喊和我在桌子旁坐了下来。马纳却早早地上了亭子，登高望远了。不一会儿，他就亭子上朝我们挥起了手，大声喊着叫我们也上去。我们上了楼，新兴的兰州城以及贯城而过的黄河，尽收眼底。

马纳却把我们的目光引向了兰山的北坡。与兰山南坡相比，那是一个迥异的世界。山坡上，只见赤裸的山石和赭黄的泥土，它们在阳光的映照下，一直绵延到天边。

"这或许就叫作天壤之别了吧！"青山说。

"你们可别小瞧这兰山公园。这南坡的草木呀，可都是黄河水呀！喏，那边，一个个的喷头，那些水都是从黄河里打上来的！"李喊说。

"这工程可不小啊。"我说。

"咱到那边打麻将去吧。"李喊笑笑说。

"好，让你这小子放放血。"青山说着下了亭子。马纳和李喊在随着下了亭子，来到了一处棋牌休闲室。我们打了一下午麻将。天色暗落时，小麦打来了电话，告诉我们晚餐订在黄河里的一艘画舫上，包厢就叫做"黄河之水天上来"。不过，当我们到达包厢时，迎接我们的只是一位女服务员。

当我们从画舫出来时，所有喝过的酒水、咽下的饭菜又全都吐进了黄河。我们互相搀着，沿着雕塑后侧的石阶路，朝黄河走去。在黄河边上，搭着一个水阁。我们上了水阁，晃着脚，坐在阁板上。黄河水一波波地，舔着我们的脚踝子。我们躺倒在水阁上，数起了星星。一颗，两颗，三颗……

此后，我们每天晚上喝酒、跳舞，吃羊肉和猪手，直到所有的街道安静下来，兰州城在黄河的水声中进入梦想，我们在安宁区的安乐窝里，睡觉，喝饮料，吃零食，看兰州的电视，抽兰州的烟。

对我们来说，兰州就是皋兰山、五泉山、白塔山，就是羊肉、拉面、三泡台，就是金黄河啤酒、兰州香烟，就是日起日落都要推迟些时间，就是风干得让人鼻孔充血。

兰州，这个处在西北的城市，看上去更像是黄河上游的一个巨大漩涡。江苏人、浙江人、广东人、河南人，仿佛一片片无意落下的叶子，在这个漩涡里打一辈子的转转。它终究不是我们的地盘，也不是李喊的地盘。它甚至不是谁的地盘。然后，我们就要告别兰州了。它在我们的旅途中，不过是一个小站，而不是最终的目的。最终的目的是否存在？要是存在，它又在哪里？这些问题，没有人问起。我们所做的，只是打起行装，继续行走。只要行走，路就不会有尽头，就不必担心有朝一日会走完。

李喊说，在道别之前，要带我们去甘南转一转。

出发前的晚上，我们和李喊作最后的聚会。不过，小麦依然没有出现。李喊也好几天没开那辆黑色的桑塔纳了。后半夜，一个电话又把他叫走了。临行前，他告诉我们，让我们一定在车站等他。因为，他约好了小麦一起为我们送行。

次日早晨，我们到达汽车南站时，李喊和小麦早已等着我们了。他戴着一顶黑色的遮阳帽，胸前挂着一副墨镜，右手的之间摇着几张车票，朝我们打招呼。"车票是兰州至夏河的。"李喊说，"这是他为我们送行的最后的一段路程。兰州那么远，分别容易见面难，所以说什么也得再送上一程。"

我们乘了一辆旧豪客从南站出发。李喊一个人坐到了后座。他开着窗门，朝车后张望了几眼，坐回到座位上，闭上眼睛睡了起来。车子沿着 213 国道行驶，中途又陆续上了一些乘客。他们满脸枣红，布满皱纹，说着我们听不懂的话语。车子经过东乡，到达临夏市时，天下起了雨。整车子的人们喧闹起来，很多人从窗口探出身子，去接受雨水的淋浴。他们的欢笑声也像雨丝一样洒了一路。

李喊说，那里的雨一年才下几回，却让我们碰上了，那真是好运当头啊。过了十六道梁，雨又停了。车子继续在贫瘠的山间穿行。半个多小时里，不见一个村庄和加油站。不过，出临夏后，国道两边的绿色越来越多，那种赤贫的黄色正在渐渐消退。车子拐过夏河公路后，我们看到了命名与县城一样的河流：夏河。

在李喊的带领下，我们来到了拉卜楞寺。一众人绕着朱红颜色的寺庙院墙到处转悠。那些备受尊崇的佛祖，端坐在各自的神龛里，将目光洒向这片僻静的土地。钟鼓和诵经声汩汩地漫溢出来，充满寺院的每一个角落。我看到穿着红色袈裟的喇嘛从身边经过，竟然像云片一样轻盈，悄然无声。

我们离开了拉卜楞寺，然后花了十五块钱来到了桑科草原。这是我们第一次见到草原。尽管，桑科草原并非一望无际，但已足够使我们兴奋不已了。我们租了一个帐篷，把行李存放在帐篷里。然后，我们又租了四匹好马。

马主人怕我们从马上摔下来，牵着缰绳，一路走着。不过，我们并不想象遛狗一样来遛马。他们听不懂普通话。于是，我们用手指和表情来传达彼此的意思。当我们告诉马主人们要让马跑起来时，他们一跃上了手，然后手把手开始教我们拉缰绳、踩马镫、鞭策马屁股、停止前进。当他们从马背上跳下去时，我们俨然成了四名骑马好手。

我们用腿肚子打着马身，马儿们"笃笃笃笃"地跑了起来。

当我们回头看时，马主人"咿呀咿呀"地喊着，并做着手势，大约是不能跑太远，或者得沿着他们所指的方向跑。

青山仿佛一名天生的骑士，他伏着身子，挥舞着马鞭子，一会儿工夫就跑出了老远。李喊也不甘落后，大声吆喝着，追了上去。我不是最差的，至少还赶在马纳前头。马纳在后边，牵着马绳子直打转。

我挥着马鞭子，狠狠地抽了几鞭子。马儿腾起身来，撒开蹄子，朝前奔去。它像一片轻盈的白云，掠过小山包和弯道，掠过低矮的栅栏，掠过青绿的草叶，向天边奔去。

渐渐地，我追过了李喊，追过了青山，跑到了前头。他们见状，也吆喝起来，鼓着劲儿，又冲到了我前头。三匹马像三支离弦的箭，向着前方飞行。

大约二十分钟后，我们在一个山包上停了下来。我们把马系到了栅栏上。青山躺倒在草地上，衔着一枚苜蓿花，望着湛蓝的天空以及低矮的云朵。李喊则抱着膝盖，望着兰州的方向。远处，小麦和水水还是慢悠悠地在远处溜达着。看上去，仿佛两个蹩脚的骑手对付着一头不听话的驴子。

"往后，你们有什么打算？"李喊说。"费脑筋的事儿，没想过。"青山说。"先往南边走。"我说。"走一步，看一步，哪儿合适就落哪儿去。"马纳笑着说。"真想念我们以前一起混的日子，有了钱就吃光光喝光光，没了钱大家就啃方便面喝白开水，什么都不想，就图个自在。"李喊感叹说。"那种日子可不长久，有句话不是这么说的吗，出来混总是要还的。"青山说。"李喊，你小子才多少时间，难不成现在不自在了？"马纳说。"小麦人不错，可别嫌她管。"青山说。"小麦她不管，也管不了我。"李喊笑着说。

"你们在说什么？"这时，小麦和水水从坡下牵着马儿走了上来。"李喊正夸你呢，说你贤惠温柔，善解人意。"马纳说。"你瞎说吧，李喊脑袋里可没这些词儿。"小麦说。"我可是个实诚人呢。"马纳说。"刚才水水姐讲你们哥们儿几个的事儿，数你最会说话，鬼点子最多。"小麦吃吃地笑着说。"你们两口子什么时候办事儿呢？"青山说。"什么事儿？"小麦瞪着眼问。"当然是喜事喽。"马纳笑着说。"我不知道，你问他。"小麦说着，红了脸，跟水水一块儿采花去了。

我们在草坡上抽了几支烟，看着天色渐晚，骑着马又跑了一阵，然后一路溜达着，回到了帐篷。小麦在草场上的一个饭庄里，订了一桌子饭菜。饭庄里生意清淡，老板娘显得特别热情，还送了我们几瓶金黄河啤酒。

草原上的夜晚说来就来，天色很快就黑了下来。不一会儿，附近的饭庄上空升起了几柱烟花。烟花在夜空中绽放开来，照亮了周围的草场。"那边挺热闹的。"水水看着窗外说。"篝火晚会开始了吧。"小麦说。"那边，没多少客人的，待会儿我们烧一个更旺的篝火。"这时，饭庄老板娘端了一盘菜说。"这草场上，没有比我们这里更热闹的了。你们在这边烧篝火，我给你们打对折。"老板娘做着手势说。"篝火烧得好，就能把别家饭庄的客人抢过来。人越多，火越旺，生意也就越好。"李喊说。"我还真觉得她挺热情的，原来是在抢客人。"水水说。"过会儿去看看，谁家的篝火人多，我们去看看。"小麦说。"没事儿，我们不凑热闹。"青山说。

吃完饭，我们来到饭庄前的一块空地里。饭庄的一个小伙子放了一个二十四响的烟花，然后点起了篝火。火借着风势，呼啦啦地燃烧着。火苗子舔着夜空，时不时地崩出一些火星子来。老板娘张罗着，把饭庄里的顾客都请了出来。不一会儿，附近饭庄的顾客也零零星星地凑了过来。不过，整个火堆边上的人们，还是显得稀稀拉拉的。篝火的气氛显得很低落。顾客们大都只是盘着腿，坐在篝火边上，捉对儿聊着。这时，老板娘带着饭庄里的厨师和服务员也参与了进来。

"大伙们，现在先给大家来表演一下，我们草原上的摔跤比赛。"老板娘说完，两个肥壮的男子就来到了空地中央，俯着身子，把手抓到了对方的肩胛上，扭在一起摔了起来。很快，两个人就决出了胜负，大伙都鼓掌喝彩起来。"在座的有谁来挑战的？赢了的，免篝火费。"老板娘说。大伙们听了都相互鼓动起来。"好。我来。"这时，人群中站了一人出来。那人一上去，全无章法，见着人就搂腰掰腿的，结果让人脚下一绊，倒在了地上。那人揣着手，笑着回到了自己的位置上。"我来试试。"那人刚下来，青山就站起来，走到了空地中央。篝火旁，一圈子人都喊着给青山加油。青山一上去，就躲来闪去的，不让对方黏着自己。对方抓了几次，都被青山给逃脱了，渐渐地显得疲乏了。就在这时，青山瞅准了时机，顶着对方的腹部，猛地往后冲去。那人脚步一乱，失去了重心，趔趔趄趄地被拱倒在了地上。大伙儿一阵欢呼，纷纷地叫着好。

篝火烧得越来越旺，摔跤比赛也一场场的精彩纷呈，周围聚集过来的顾客也越来越多。饭庄里的人都撤了下去，只留下一个服务员，在火堆旁为大家调节着气氛。大家从摔跤玩到唱歌，从唱歌玩到击鼓传花，篝火晚会越来越热闹。最后，大家手拉着手，围着一个圈儿，绕着篝火跳起了舞。直到深夜时分，草原上的风越来越冷。旅客们陆续地散去，只剩下了我们几个人。小麦向饭庄里要了一些啤酒和羊肉，凑近了篝火，一边吃喝，一边聊了起来。水水闻不惯那股羊膻味，一个人拔了一些野草，编着白天刚采回的花儿。

在夜幕下，篝火的火苗子越来越小，木柴也变成了通红的炭火。大家的话茬也像篝火一样，渐渐地冷了下去。附近的饭庄也安静下来。草原上除了风吹过帐篷的声音，就是一片寂静了。

"我提议，今晚上，我们就把小麦和李喊的事儿办了。"这时，水水站了起来，把刚扎好的花冠戴到了小麦头上。"这个提议好，两口子先把天地拜了。"马纳说着把李喊推到小麦边上。"熊抱一个，再亲一个。"我说。小麦躲在李喊边上，满脸含羞地笑着。李喊大大方方地抱着小麦，亲了起来。"再喝个交杯酒。"我说着，拎了两个酒瓶给李喊和小麦。"吹瓶子吗？"李喊摇了摇酒瓶说。"感情深，一口闷，你看着办吧。"马纳说。"行。"李喊说着，跟小麦手挽手，喝了起来。小麦喝了几口，就呛了起来。"行了，行了，可别让新娘给呛着了。"水水在边上说。小两口喝完了，我们又挨个儿地给他们敬酒。我们没有什么礼物，只有啤酒和祝福，还有就是希望他俩早生贵子。

我们沉默着回到帐篷，沉默着睡下，在黑暗中沉默着抽烟。夜半时，气温骤然下降，我被冻醒了。我想到行李包里找点什么衣服之类的盖上，却发现青山和李喊的床铺上空荡荡的。我出了帐篷，看到了夜下的草地上，两个灰暗的身影，两枚忽明忽暗的火星子。

　　第二天，我们早早地醒来。草原上，蒙着雾气，冷风一阵阵地使我们直打寒颤。我们整理好行李，与这个名叫桑科的草原道别。我们沿着贯着草原而过的水泥马路，朝夏河县走去。

第十章

　　那天清晨，出了夏河，回到 213 国道后，李喊和小麦为我们买了汽车票。从草原出来，到乘上南行的汽车，我们谁也没有说话。沉默，是我们唯一的方式。汽车启动，我们探出身子，向李喊和小麦挥手道别。

　　车子一路向南，经过阿木去乎、碌曲、尕秀，西蜀大地的气息正朝我们扑面而来。一路上，我们在揣测，李喊应该离开夏河了，大约到达临夏了，或许过了东乡了，也许已经回到兰州了。他朝北，我们往南。在往后的日子里，他像一枚种子，在干燥而荒凉的西北大地，生根、发芽，然后开出花朵。我们还过漂萍一样的生活，没有梦想，不计较方向，不在乎远近和坎坷。我们的脚步将与心跳一致。心跳在何时停止，脚步就在何时结束。

　　车子离开尕海，穿过郎木寺，进入了四川境内。从合作市到郎木寺，道路坑坑洼洼，行车像摇船。所有的旅客被晃得散了骨架似的，脖子也像被抽了骨头，蔫儿吧唧的。到若尔盖后，车子在加油站停靠了五六分钟。旅客们纷纷下车，沾地气，上厕所，伸展筋骨。

　　经过短暂的休息后，车子继续南行。车过漳腊后，路况见好。在马达声和轻微的摇晃下，旅客们眯缝起眼睛，打起了盹。马纳来到后座，干脆躺了下来。马纳也横着身子，把脚搁到了窗沿上。从松潘到较场，道路两边绝少村庄和市镇，一路是险峻的青山与湍急的河流。有时，水声压过车声，雾气和凉风一齐灌入车内。人也显得兴奋起来。青山和马纳探着身子，大口呼吸迎面而来的雾气和凉风。清秀的山与水，一下子冲刷掉了兰州的黄尘以及旅途的疲累。车轮踏着风，乘着云，一路飞奔起来。黑色的柏油马路和交通符号快速地后退，群山和河流缓慢转身，展示着她们的美丽姿容。

　　经过茂县后，国道两边的村镇又繁密起来。穿过都江堰，经过郫县后，我们到达了成都。我们出了客运中心，穿过二环路北二段，进入了成都市区。说成都是一个休闲城市，此话恐怕不假。我们沿着北站西二路、西体路、西大街、长顺街，金河路行走。我们看到了长嘴壶，看到了娴熟的茶功，看到了成都人喝茶聊天的悠闲。我们三个潦倒的汉子，仿佛没头没脑地撞进了一个生意红火的大茶馆里。

　　我们在文化公园里，听穿袍子的艺人说评书。在南大街，观看满大街的艺术墙。除此之外，我们也凑在人堆里一起喝茶，听评弹，说唱，听茶水里的故事。这是一个懒神仙群居的城市。不过，对我们三人来说，这依然是一个十分艰难的城市。我们日复一日地闲逛，口袋一日日地干瘪下去。我们忽然憎恨起这个城市来。我们憎恨长嘴茶壶，憎恨茶馆，憎恨别人吞云吐雾般的轻闲日子，憎恨这个休闲的城市。这个城市，像是在石臼里存放了千年之久的死水，既不蒸发，也不漫溢。那些茶桌，以及茶桌边上的人们，仿佛一株株古老的树，千百年来没挪移过一步。

我们来到望江楼，看成都的夜景，抽仅剩的香烟。那是我们待在成都的最后一个晚上，一个沉默的夜晚。漫长的旅途吞噬了我们之间所有的话语、热情和计划。我们仿佛一枚果实，汁水已经被榨干，种子也已经干枯，而安放种子的土壤却一直没有找到。或许，即便找到了土壤，这些种子再也无法生根发芽了。或许，即便生根发芽了，也与死去了一般。

"我们得找到工作！我们不是受上天眷顾的人，不会掉馅儿饼给我们吃，不会掉香烟给我们抽。"马纳说。"白天，我在招聘广告墙下，看到有人在招揽小工。他是雅安人，一个工头，在奉节揽了一些活。这次，他回雅安是去找小工的，人手紧缺着。"青山说。"什么活？"马纳说。"大约是拆迁老城区之类的活。"青山说。"拆迁这可是男人的活儿。"水水说。"说好何时动身了吗？"我说。"他会联络我们。"青山说。

两天后，那个工头来了个电话，大家谈了工钱。很快，他雇了一辆破旧的面包车，招呼我们上车。车上还坐着十来个雅安人。雅安人挺健谈。其中，有一个尖耳猴腮的小伙子，下巴上养着一小撮胡子，两只眼睛闪闪有光，同行的都叫他"瘦猴"。他刚在半个月前回家，现在又出门打工去了。一年，大约有三百天是在外头过的。我们跟他说起上海，他立马就提南京路和外滩；我们一说起陕西，他立马就扳着指头跟我们讲兵马俑、华山、延安和宝塔山。他说，他到过江西井冈山，在锯木厂待过一段时间。

他说井冈山的树木四五个人还围不过来，砍树时那口子有一人多高，树里的汁水简直就像泉水一样汩汩地流淌不歇。

"格老子！你们是哪里人？"他说。"浙江人。"我回答说。这三个字，使得边上的雅安人都不约而同地转过头来，怔怔地盯着我们。"浙江人，格老子。你们也去奉节讨生活？"他夹着雅安腔说。"混饭吃。"我说。"格老子，这倒奇怪了。人家都说，浙江人开门七件事，可没一件是卖苦力哟。"他说。"娘希屁，浙江人就不吃饭啦。"马纳说。"哎哟！格老子！跟蒋介石一路的！哈哈哈哈哈……"他笑着说。

车子离开成都，沿着319国道，经过简阳、乐至，拐向318国道，经遂宁、高坪、渠县、大竹，进入重庆，在梁平的一家饭店里吃了中饭，然后在万州区转向故陵，到达奉节县时已经是下午六点。

天色已经暗落下来，我们随着工头在破败的屋子间转来转去，最后在一个高坡上的招待所住了下来。说是招待所，只是在墙壁上还挂着兴隆招待所的广告牌子。其实，它的半边墙壁已经拆毁，只留着几根架子还没拆下来。招待所的另一半，墙壁上还贴着马赛克，走廊是用雕花水泥板砌的。阳台上边，稀稀疏疏地悬着几根电线，几只鸟儿正停在线头上梳理着羽毛。

工头推了门，打开了电灯。雅安人提着大小的行李，挨个儿朝屋里挤着。屋子倒很宽敞，只是除了一盏电灯，空空荡荡的，什么也没有。地面湿漉漉的，墙壁上还渗着水，满屋子弥漫着一股霉烂的味道。

我们顺着楼梯，上了二楼。不过，二楼的情况也好不到哪里去。走廊上的窗门被卸走了，只有墙壁上还留着几张流行的明星画。一些人，放下行李，瞅着干一些的地方，打下了地铺。落后的一些人，面对着剩下的几块地方，显得不满，但又无可奈何。

我们一没有席子，二没有塑料布，三也找不到纸板箱。我们来到走廊前，发现有一架梯子搁在三楼的水泥板上。水水顺着梯子爬了上去，看到了一个狭窄但干燥的阁楼。阁楼连着阳台，可以看到不远处的江水。水水满心地欢喜地收拾起来。

我们刚折腾开，瘦猴也爬了上来。"格老子！找到好地方了。"他说着，就要朝阁楼蹭。"这是我们的地盘了。"水水把腿往阁楼门上一横，挡住了他。"格老子！咱们出门在外，同是天涯沦落人，四海一家嘛！"他笑着说。"娘的！再嚷，我把你从楼上扔下去！"水水说。"吃火药喽！格老子！"他说。"你别计较！她一个女人家不方便嘛，是不？"我笑着说。"算喽！我看这边棚子也不错嘛！"他说。"哎！行，那谢你啦！"我探着身子说。"格老子！格老子！格老子……"瘦猴絮叨着，在阁楼底下忙开了。

第二天，我从来自江面的汽笛声中醒来。我钻出阁楼，来到阳台上。阳台上没有护栏，水泥板上滋生着厚厚的一层青苔。晨光正从对面的山坳间爬上来。雾气飘来散去，充斥在江面上，缭绕着山群。江面上，一艘游轮正从下游驶来。离南岸不远的江面上，漂着一只黑色的小篷船，像一枚叶子，随着水流浮动，打转。

长江边上，一片狼藉。奉节城到处是断壁残垣，满目瓦砾，仿佛刚刚经历了一场大战似的。炊烟正从瓦砾堆里冒出来，顺着山坡弥漫而来，与雾气混到了一起。

吃了早饭，我们就随着雅安人出工去了。在巷子间转来转去，一路上，我看到了居住在奉节城的人们。他们目光呆滞，脸上还蒙着睡意。我们经过他们面前，他们只管自己吃饭，聊天，仿佛我们根本就不存在似的。沿路的许多房子空了，连窗框也卸掉了，有的连瓷砖也被剥了下来。凡是轻便而又值点小钱的东西，都被搬掉了。所剩下的，只是一个空壳。

下了坡，我们在一片废墟前停了下来。这是一堆死气沉沉的建筑。地面上堆放着断砖头、生了锈的钢筋、瓦片、烂木头、瓷片、破水缸、碎玻璃，以及已经老化的塑料残片。它们静静地躺着，没有一丝曾经生活的气息，所有的炊烟都已经消散。旧式的马头墙，拱形的建筑穹顶，现代化的高层建筑，孤零零地立在残砖断瓦之中，仿佛战场上残存的斗士，坚毅而悲壮地挺立着。

不过，它们终究是要倒下的。我们所要做的，就是把这个空荡荡的城市夷为平地。在远处，一个个矫捷的身影出现在黎明的晨光中。他们像一群蚂蚁，聚集在马头墙上、穹顶上、高层建筑上，啃啮着这个即将消失的城市。

我、瘦猴和五个雅安人被分配到了六号工地，负责的是一幢四层高民宅的拆毁工作。青山、马纳和其余的雅安人都被分配到了七号工地，那是一幢上下八层的写字楼。

我从工头处领了一个八磅头，随着雅安人上了楼顶。雅安人一到楼顶，选了个地方，坐了下来，抽起了烟。一个雅安人分了我一支香烟，我接了过来。

"浙江人，耍几下子，看看是不是好把式！"一人说。

"耍什么？"我说。

"当然是八磅头喽哟！"那人说。

"这有什么难的！"我选准了水泥板，举着八磅头，刚过头顶，正要砸，那人连忙叫住了我。

"兄弟！看你这手势，就知道还是个新手！水泥板跟八磅头可不是冤家！咱这八磅头只管砸墙砸砖，哪能跟水泥板叫劲哟！哈哈哈……"那人说完，大家一起哄笑了起来。

一支烟过后，雅安人陆续地提起了八磅头。他们砸开了沿阶的砖墙，再用凿子凿开了水泥板之间的砖条和水泥，把水泥板松了开来。然后，四个人一组，用粗大的绳索把水泥板从四楼缒了下去。他们动作娴熟，很快就掀掉了一个平顶，只剩下四面耸立的砖墙。

他们站在墙头上，借着横梁，抡着八磅头，将一块块红砖砸落下来。我站在墙头上，双脚直哆嗦。只要稍不留神，人就会像草把子一样摔到地上。这时，我才感觉到八磅头原来是那么沉，那么重。

"别看下面，你得把眼睛瞅着墙头！哎！格老子！还是算了，你到三楼等着去！等咱们把墙头削低了，你再站在水泥板上砸！挣不了钱是小事，出了人命可就是不得了的事情喽！"瘦猴立在墙头说。

"你看！得顺着竹柄子的力道耍力气！锤子要砸得正，要是不正，这竹柄子就要被折断了！要是砸正了，竹柄子的力道和你手臂的力道就一块吃上了力，砸起来就省事多了！"瘦猴像个教员似的地说。

"砸，还得砸在砖块间的缝合口子上！要是砸在砖块中央头，砖块就被你砸碎了，就没得用喽哟！要是砸在缝合口子上，砖块容易脱落，而且还完好无损，可以重复利用嘛！"瘦猴不厌其烦地说。

尽管有瘦猴的指点，但是一天下来，我依然砸坏了三把锤子柄，砸下来的砖头很多都是碎的。而且，我所做的工作连别人的一半都没有。

青山和马纳的情况也比我好不了多少。青山砸坏了两把锤子，不过效率比我高了许多。马纳上过八楼，可转眼又下了楼，因为他有恐高症。于是，他只好待在楼下，把砸下来的砖头装到拖拉机上。

傍晚时，我们坐在阳台前，聊起了天。马纳掏出一盒烟，正要给大伙散烟，却发现烟盒里只剩了最后一根香烟。他把香烟递给了青山，把烟盒捏了捏，揉了揉，扔出了老远。"我去买个烟。"他说着，顺着梯子下了楼。我看到他出了楼，穿过门庭，朝房前的一家小店铺走去。

"那谁啊，到了这个点儿，就出现了。"水水说。我看到马纳在铺子里，跟店老板说着什么。在铺子边上，一个女人穿着一条低胸的碎花裙子，倚在小店铺的墙角上。在她边上，一个小女孩怀里抱着一个布熊，蹲坐在巷口的石阶上。"她在那儿已经守了好多天了，咱们一到这儿，这对母女就在那巷口守着了。"瘦猴说。

这时，一个男子拎着一个酒瓶子，左摇右晃地也朝着店铺走去，看上去醉得还不轻。在那女人边上，那醉酒男子停住了。他伸出手，摸了一把女人的脸。那女人却不惊不恼，冷冷地面对着醉酒男子。醉酒男子笑笑，又抓着酒瓶子，灌了几口，然后扔掉了瓶子，把手伸向了小女孩。那女人猛地打开了醉酒男子的手，然后就站到了小女孩跟前。醉酒男子似乎是扛上了，推倒了女人，去抓小女孩。那女人没叫没喊，站起身来，朝醉酒男子扇了过去。不过，醉酒男子一把就抓住了她的手，只轻轻一拽，就扼住了她的脖子。那女人也不服软，对着那手臂就咬了一口，醉酒男子疼得松开了手，然后就抡起了拳头。

马纳正好从店铺里走出来。他冲了上去，把醉酒男子推到了路边，扭打了起来。这时，楼下的人们听到动静，都围了过去。我们一看情况不妙，担心马纳吃亏，也赶了过去。我们到巷口时，醉酒男子已经被马纳摁倒在地上，没半点还手的力气，只顾着喘气了。周围的人站在边上，团着手，笑着看热闹。我们过去把两人劝开了。这时，工头也赶了过来。"这家伙又犯酒疯了。"工头叫了几个人，把醉酒男子扶走了。"这家伙，酒疯子一个。"工头说着，递了马纳一根香烟。"我这有，我这有。"马纳说着掏出了新烟，撕了开来。

人们嘲笑着醉酒男子，纷纷地散开，忙各自的事儿去了。青山和瘦猴一头扎到雅安人堆里，与他们一起掷骰子。不过，当我回头去找马纳时，发现不见了他的踪影。

楼下传来掷骰子的声音以及人们的喧闹声。可是，他们的声音，很快就被来自江中的水声给带走了。长江两岸，灯光渐次亮起。轮船的汽笛声，在黑暗中长响着。江面上，闪烁着一缕微弱的灯光，仿佛漂在水面上的一粒浮子。

半个月后，天气转凉了。我和青山都快成拆房专家了。六号工地和七号工地的建筑全都拆除完毕。我所在的工程小组接手了九号工地，而青山所在的工程小组接手了十一号工地。九号工地原先是一个养老院。我和瘦猴负责拆养老院的围墙。拆了一堵墙，我赢了一包软中华。我与瘦猴约定，我从院门东侧，他从院门西侧，两人同时拆，谁先拆到中线，谁就赢一包软中华。

自从在瘦猴的指点下，掌握了耍八磅头的诀窍之后，我就喜欢上了这个行当。抡起八磅头，竹柄子呼啦一弯，奋力一甩，手腕子顺势一压，铁锤子砸在墙上，准保一砸一个准，一砸一个窟窿。我先把院墙从上往下砸，砸成了孤立的若干段。然后，用木棍子支着断墙，朝着每一段的墙脚砸。

砖块的碎末在锤子的击打下四处飞散，粉末在空中弥漫。竹柄子吱嘎吱嘎地响着，汗水在阳光下熠熠闪闪的。我不停地砸，憋着气砸，狠狠地砸，直砸得胳膊发酸，手腕疼痛，手心起血泡，虎口渗着血丝。锤子仿佛在我手上生了根，仿佛成了我的一部分。它连着我的双手，连着我的臂膀，连着我的腰身，连着我的大腿，连着我的所有的肌肉，连着我的所有的骨骼，连着我的所有的细胞和神经。我感到它们从未有过的欢欣和喜悦。我觉得，我的双手变得有力，肌肉变得强壮，骨骼显得坚硬，身体显得矫健。我需要，砸出一个全新的自我，砸出一条全新的道路，砸出一个自信满满的梦想。

我喜欢和瘦猴打赌。我们砸梁子、砸天沟、砸沿阶、砸楼梯、砸门窗、砸连廊，同时也赌香烟、赌喝酒、赌钱。他是个一根筋，输了老想翻本，赢了老想再赢。

当我们在奉节连续做了二十二个小工后，天下起了雨。我们不得不整天待在阁楼里，睡觉，打牌，有一搭没一搭地闲聊。

楼下，雅安人又在掷骰子了。骰子落在大碗里的清脆响声，以及人们的喧闹声，仿佛一群耐不住寂寞的鸟儿，扑拉拉地飞向死寂的废墟，飞向沉静的河流。午后，雨没有要歇下的意思。雅安人也停了骰子，睡起了午觉。瘦猴从二楼爬上来，在棚子里鼓捣着。不一会儿，他抱着一条毛毯来到了门口。他的棚子进水了，没法住。青山和马纳客气地让他进来。好在他身子骨小，四个人挤在阁楼也没觉得多拥挤。

"你小子把我赶过喽！"他说。"看你这颗粒，太小喽，哪比得上我兄弟哟！"马纳支着身子，学起了雅安腔。"不服气！不服气！"他挠了挠脑袋说。"哈哈！不服气，咱再赌！"我说。"再赌！谁怕谁哟！"他说。

"那个女人又来了。"忽然，瘦猴指着店铺说。我们都欠起身子，朝那边张望。只见那个穿碎花裙子的女人，又站到了小店墙角上，她那碎花裙子松松垮垮的，襟口落得很低。她撑着一顶雨伞，小女孩蹲在伞下，用一根棒子，玩着地上的小水坑。路过小店铺的人，都会在经过她时，瞅上一眼，然后就走开去。

"趁着下雨天，做生意来了。"瘦猴说。"什么生意？"马纳忽然阴起了脸。"哪还有什么生意？这里的人都知道，有几个人还尝了口鲜。"瘦猴贼贼地笑着说。"这么说女人家，可不怎么好。"马纳说。"你要不信下楼自个问去。那可是个无底洞啊，多少个钱都塞不满呢。"瘦猴说。"你可别说瞎话。"马纳说。"谁说瞎话了。"瘦猴说。

这时，一个男人朝那巷口跑了过去。在小店铺墙角，两人对了几句话，就退到巷子里去了。"你们看，我就说是那么回事嘛。"

瘦猴指着那顶雨伞说。"我看到，那天蓝色的伞出了巷子，下了一道石阶，朝着江边的那艘小船走去了。我说得没错吧。你们看到江上的那只小船没有？那里可藏着一只美凤凰哟！你知道不？夜晚头，那船里的灯，那个摇啊晃啊的，你还以为是江水在打转转哟？"瘦猴得意地对大家说。"你不嚷嚷，没人当你哑巴。"马纳恼火地说，然后一个人回到床铺上，抽起了烟。

青山和瘦猴到了二楼，与雅安人坐在草席上，围着一口瓷碗，一把把地掷着骰子。我和水水闲着没事，抓了一柄雨伞，到江边散步。奉节，这个残砖断瓦间的城市，在江水还没有将它灭顶之前，它已早早地沉寂了下来。那些灯火，不管是来自南岸的，还是来自北岸的，或者来自江面的，都显得那么微弱。它们仿佛一个个黑暗中的气泡，随时都可能迸裂。

我们穿过十二号工地。白天，这里进行了一次大规模的爆破。在剧烈的爆炸声中，一排排老式住宅齐声倒下。灰尘扬起足足有几十米高，整个奉节城都在爆炸声中不住地颤抖、抽搐，然后逐渐安静，仅剩下流水的声响。

现在，我踏着瓦砾，穿过废墟。那些将倒而未倒的建筑物，像沙场上不倒的刀戈剑戟，像征途上残存的归卒，像颓废者的身影。他们已经放弃了一切言语的权利，只等着最后的一阵轰响。它，就是最后的终结地。在时间的枝桠上生长的历史，在空间的身体里滋蔓的草木，最终将在一片茫无际涯的江水中消失。

第二天，雨停了。不过，天上依然浮着大团铅云。奉节城，仿佛一幅黑白版画，所有的线条显得粗犷、硬朗、遒劲，即便是氤氲在空谷间的雾气和炊烟，也像是扯在空中的铁皮一样。工程队一如往常，在伙房里吃了早饭，就扛起工具朝工地走去。我们在残存的房子和巷道间行走。我看到了他们的背脊上，似乎扛着一片暗影，似烟非烟，似雾非雾。

乌云像是被粘结在一起，没有一丝风。偶尔，天上掉几颗雨，但很快就止住了。这样的天气，一直持续到了上午九点多钟。爆破声，以及建筑的倒塌声，也同样持续到了九点多钟。

午近时分，我在一幢住宅楼的六层拆一处边墙。一阵轰响从十一号工地传来。那轰响声，夹杂着一丝不宁的感觉。轰响过后，整个奉节城静默了。空气仿佛凝结了，江流的声响也忽然之间消失了。我起身，朝十一号工地张望，灰尘正从废墟间扬起，我看到了人们躁动的身影，他们从断墙上爬下来，从狼藉的建筑堆里钻出来，从四面八方朝着灰尘扬起的十一号工地涌去。接着，我听到了喊叫声、呼救声。瘦猴只身一跃，下了楼去，朝十一号工地奔去。其余的雅安人也急急地朝十一号工地奔去。几乎所有人都朝着十一号工地奔跑。

在那些呼叫声中，我听到了青山叫着马纳的名字。然而，我不愿意相信。我随着人群，朝十一号工地奔去。一路奔跑，心里茫茫然的。我拨开人群，看到了青山。他发疯了似的，一边喊着，一边扒着杂乱的瓦砾堆。他的双手渗满了血，头发和泪水沾在一起，贴在额前。

事故突如其来。因为雨水的浸润，造成了墙脚的松软以及墙体的坍塌。事发时，马纳和三名雅安人正在墙脚整理砖头和钢筋。不一会儿，工程车来了。所有的拆建工人也都来到了十一号工地。

断砖被一块块地挖出来,钢筋也被一根根地梳理出来。挖掘工作,进展得很不顺利。

我看到死者被人们从瓦砾堆里拽出来。它们有的血肉模糊,皮肤发紫,全身上下沾满了灰尘,有的被砸得面目全非,有的全身扎满了生锈的钢筋。在没有发现马纳之前,至少还保持着那一丝微渺的希望。然而,当一具具尸体被人们从瓦砾堆里拽出来之后。青山再也控制不住了。他歇斯底里地喊叫,没头没脑地揪别人的衣襟,指着别人的鼻子咒骂。

废墟逐渐被清理完毕,当人们不再抱有任何希望的时候,瓦砾缝里传来了马纳的呼救声。人们欢欣地叫起来,跑到瓦砾堆里。你一砖,我一瓦,继续清理起来。挖掘的结果有悲有喜。悲的是,三个生命将永远地停留这里,在这个即将被埋于水底的城市里。喜的是,毕竟有一人从阎王爷那里逃了回来——马纳是这次事故的唯一幸存者。他只受了腿伤,一条刚卸下来的梁子支起了一个三角缝隙,这保了他一命。不过,在接下来的日子,他只能待在床上,等待腿伤痊愈。

大伙为了方便马纳养伤,在二楼给他腾出了一个空位。青山在工地上捡了一根木棍子,用刀子削了削,给马纳当拐杖用。我们出工的时候,马纳就拄着拐杖,在二楼窗前看着我们奔向工地。

受伤后,他总是一个人在奉节的老巷子里转悠。为了给马纳解闷,我和青山花了一百块钱,买了一台陈旧的黑白电视机。不过,他并不乐意于此。到了晚上,在电视机前,总是那些雅安人围着电视机,拿着天线摇来摇去。他似乎对什么都不感兴趣。那一堵高墙,没有坏了他的性命,却仿佛把他的魂儿给砸没了。

他的腿伤久不见好。他按照卫生院里医生的吩咐，每天吃消炎药，换绷带，但情况依然不见好。伤口化了脓，腿肚子肿得老大。我和青山商量着，到重庆的医院去看看。不过，都被马纳拒绝了。

一天，我从工地上回来，水水就远远地跑过来。"那个女人来了。"她喘着气说。"哪个女人？"我说。"那个，穿碎花裙的。"她说。"这又不是稀罕事，看你这模样。"我说。"不是，她到咱那楼里了，为马纳来的。"她说。

我们回到了工棚。马纳看着我们，憨憨地笑着。在他床边上，我看到了一个铝制饭盒。饭盒搁着一只刚煮的乌鸡。"人呢？"我看边上连个人影也没有。"是啊，刚刚还在这儿呢。"水水说。"谁啊？"马纳说。"那穿碎花裙的女人。"我说。"谁说的？"马纳愣着眼说。"你就老实交代吧。"水水笑着说。

那以后，我们早上出门去工地上干活，回来时总能在马纳的床头上，看到一些东西。除了补身子的，还有长骨头的三七片，接骨七厘片之类的药材。马纳似乎又鲜活了。他常常拄着拐杖，为我们送茶送水。有时，他就一个人沿着江边溜达。每逢黄昏，我们收工的时候，他就拄着拐杖一瘸一瘸地从江岸边走来。

一天中午，青山早早就离开了工地。他与工头吵了一架。要是没有工友们的阻拦，还不知道会惹出什么事情来。中饭过后，雅安人继续掷骰子。马纳在二楼阳台上，提着一只烤鸡和两瓶烧酒，叫着我和青山。我们出了阁楼，看到马纳丢了拐杖，一手抓在梯子上。

"拉我上去！"马纳说。"小心腿！别蹭着！"我和青山一人拉着马纳的一只手，把他拽了上来。我们搬了几条凳子，坐在阳台上，看着江两岸的风景。江面上，有一两只鸟儿掠着水波飞过，一艘小船正在水中无依无着地停泊着。

"咱哥们儿好好聊聊。"马纳说。"今天，你怪怪的，可别揣着什么坏消息？"水水笑着说。"来，抽烟。"青山分着烟说。"嗯，抽烟。我们这一圈，也走了不少路了。"马纳接过烟，点上了。"现在只打了个弯，一个圈还没圆呢？"我说。"要是这个圈圆了呢？"马纳抽了一口说。"咱走自己的路，管它圆的方的。"青山说。"你到底想说什么，别掖着嘛。"水水说。"兜圈子，像锅沿上的蚂蚁，路永远也没有尽头！"马纳说。"不管有尽头、没尽头，蚂蚁永远是蚂蚁，路永远是路。"青山说。

"我先跟你们讲个故事吧。"马纳说看着江面，抽了一口烟说，"几年前，一个奉节小伙子外出打工，带回来一个大肚子女人。她不仅面容清秀，靓得没法说，而且贤惠贤淑，待人接物大方有礼。不过，那女人却不受小伙子家人待见，因为那肚子里的孩子是别人的。在快足月时，她被小伙子家人赶了出来。小伙子也跟家里人闹翻了，跟着女人离开了家。那时候，两个人就住到了船上，小孩子也船上生了下来。小孩刚生下来，少不了一些吃用的，小伙子就在岸上挣钱养家。后来，正巧遇上三峡蓄水，一期水位线以下的所有建筑必须拆毁。小伙子就去做了拆建工人。在一次爆破中，小伙子不幸遭了难。"

"你说的是那个姑娘吧？"青山说。"她叫阿凤，是一个好女人。"马纳喝了一口酒说。"难怪你这些天这么滋润。"我笑着说。"有个话，憋了很多天，现在得跟你们说了。"马纳又喝了一口酒说。"你跟她好了？"青山笑着说。"我就这出息，不过我真心喜欢她。"马纳埋着头说。"你不说，我们也知道。水水早跟我们说了。"我说。"总得跟我们来打个照面，认识一下。"青山说。"那当然。"马纳憨笑着。

傍晚，马纳在江边一个小饭馆订了一桌酒菜。我们到小饭馆时，那个叫做阿凤的女人，已经候在门边儿上了。她换了一身淡红色的袄子，剪了一个齐耳的短发，看上去像是换个人似的。在她身后，躲着一个四岁左右的小女孩。

"舟舟，叫伯伯，阿姨。"阿凤对着小女孩说。小女孩躲在她身后，拽着她的衣角，怯怯地看着我们。"她叫叶舟，小名阿舟。"马纳向我们介绍着小女孩。"舟舟，长得真漂亮。"水水蹲下身去跟小女孩打招呼，或许是怕生的缘故，小女孩一下又躲到了阿凤身后。不过，一到马纳身边，小女孩又放开胆子，变得活泼起来。

不一会儿，饭馆里就上起了酒菜。阿凤忙着一会儿搁烟缸，一会儿起酒盖倒酒，一会儿又跟厨房交代口味清淡些。她像个服务员似的，不停地忙着。我们喊她一起坐下来。她笑着坐了下来，把小女孩搂在怀里，让她别太调皮。我们端着杯子，向马纳和阿凤敬酒。阿凤跟着马纳喝酒，回敬，那笑容浅浅的，什么话都让马纳一个人给说尽了。

"等这里完了，咱们一起走。"青山说。"是啊，这一路咱们可又多了不少热闹。"水水附和着说。然而，马纳却并没有说话，只是憨憨地傻笑着。笑着笑着，他就停住了，只一个人埋着头。阿凤见了，招呼着我们吃菜。"来，咱们杯中见真情，我再敬大伙儿。"马纳红着眼，斟了满满一杯酒说。

那晚上，我们喝了不少酒，回到工棚时已是深夜。我们说着酒话，枕着来自长江的凉风，沉沉地睡去。那晚的酒，是我喝过的唯一带着咸味的酒，也是最辣烈的酒。

第二天，我和水水在游船的汽笛中醒来。我出了阁楼，在阳台上看到了青山亲手所削的拐杖。到了二楼，发现马纳的床铺已经整理一空。在边上，青山睡得很沉，脸上挂着微笑，大约是正做着什么好梦。我叫醒了他，一起下了楼。我们向工友们打听马纳的情况。不过，所有人都摇摇头，说是没有看到马纳，并不知道马纳去了哪里。

我们出了工棚，沿着巷子，顺着小路，来到了江边的一个矮坡上。我站在坡上，听到了青山的叫唤声。他的声音在江畔盘旋，弥散，像一只嘶哑的鸟儿，徒劳地鸣叫着。在这个即将消失的城市一侧，江水隆隆作响，仿佛一列永不停歇的火车。江面上一片水花，除此再也没有什么了。

"这臭小子，又不是逃命，有必要一声不吭地走吗？"我说。

"难不成还要放鞭炮送人哪。"水水望着江面说。

离开奉节时，我们一路都在谈论那个叫做阿凤的女人。那是一个怎样的女人？我不知道，马纳在她的生活中是否只是过客？但是，这并没有什么关系。让人欢欣的是，马纳又踏上了新的旅途，那个女人大约也可以暂时结束在江水中打转转的日子。当然，事实或许并不完全如此，或许还要糟糕千百倍。不过，开始和结束，这两件事儿，总有一件是好的。

第十一章

第二天，我们一大早就起了床，空着肚子，乘了两辆摩的，来到了奉节客运中心。我们进了车站边上的一家早餐店，在靠着窗边的一张桌子旁坐了下来。我们点了三碗面、一笼九园包子和几个面饼。老板娘掬着笑，写了单子就进厨房忙去了。不一会儿，店门口停了一出租车，下来一老一少两个人。年纪大的头发灰白，酒糟鼻，戴一副眼镜儿，一笑起来憨憨的。年轻人一头又短又黄的卷毛，穿着一身马甲，背着一只相机。快点啊。司机熄了火，趴在车窗上对两人说。他俩一进门，就跟老板娘要了两碗面。

"要快点儿，有车等着呢。"酒糟鼻对老板娘说。"没事儿，咱这可是包车。"卷毛说。"恩施那边人家等着我们呢。"酒糟鼻说。"到恩施也就四个多小时，赶得上。"卷毛说。

"你们是去恩施吗？"水水一听他俩的对话，转过身说。"是的。"酒糟鼻说。"那正好，搭个车吧。"水水说。"你们三个人？"卷毛说。"是的。"水水说。"那按人头算，包车两百五，咱五个人每人五十。"卷毛说。"搭个顺丰车嘛，又不是拼车。"水水说。"算个一百吧，也不算吃亏。不过，你们三个人会不挤了点？"酒糟鼻说。"不挤。"水水笑着说。

我们吃完早餐，都上了出租车。出了奉节县城，我们沿着盘山公路绕来绕去。卷毛的手机时不时地响起，每接一次电话，他就问司机到哪儿了，到恩施还得多少时间。然后，他就把这些告诉对方，让对方耐心等着。车子开了一个多小时后，前方的车辆逐渐放慢了速度。没多久，前方的车辆就塞住了。这时，卷毛的手机又响了。"师傅，我们到哪儿了？"年轻接着电话问司机说。"花柳坪。"司机说。"花柳坪，堵车了。"卷毛对着电话说。

"这个时候，看天坑的车多，这一路都是盘山路，而且只有两个车道，老堵车。"司机趴在方向盘上说。"看那阵势，不知道会堵多久啊。我看到前方的公路上，塞满了各式的汽车。摩托车在车辆和人群的缝隙间钻来钻去。有人爬到公路边的矮坡上，拿着相机拍着照片。"

"听口音，你们是从浙江来的吧？"卷毛闲着没事，就跟我们聊开了。"嗯，是的。"水水说。"你们到恩施做什么去啊？也是来旅游的吧。"卷毛说。"是的，旅游。"水水看了下我说。"不跟团走啊？"卷毛说。"是啊，跟团不自在。"青山也笑着说。"是啊，不跟团好啊。跟了团，就是坐车睡觉，停车尿尿，到景点拍照。这还不算，今天早上我们一醒来，发现旅游车已经开走了，连个打招呼的人也没有。"卷毛说。"原来是这样啊。"水水说。"现在可好了，堵车了。"卷毛沮丧地说。"没事，旅行嘛，一步一个景，我看着周围也不错嘛。"酒糟鼻说着下了车，到路坎边上抽烟去了。

大约一个小时左右，我看到矮坡上拍照的人，朝着公路跑了下来。然后，公路两边的人们也陆续地上了车。前方车辆开始动了起来。司机发动了车子，跟在一辆比亚迪车子后边，停停开开，慢慢地挪着。渐渐地，前方的车辆越来越快，经过一个事故路段后，车子又开始在 201 省道上奔跑起来。车子过了白奉公路后，进入 209 国道，穿过白杨坪后，沿着白杨大道，朝恩施驶去。不过，卷毛的手机在花柳坪堵车后，就再也没有响起了。快到恩施时，卷毛打了个电话。对方告诉他说，旅行团等不住，已经出发去大峡谷了。

　　我们在恩施一下车，就凑上来一个拉客的司机。他问我们是不是去大峡谷。酒糟鼻一听是去大峡谷，连声说着是，接着跟司机谈起了价钱。"司机说，他是有人包车从大峡谷来恩施的，回程挣点油钱，只要一百元。不去大峡谷，恩施就白来了。"卷毛怂恿着我们说。"一起去吧，一百元五个人头，也就二十块钱。"酒糟鼻说。"是啊，班车也就这个价格，直达车呢，送你们到景区门口。"司机笑着说。我们几个商量了一下，决定同车去大峡谷。随即大伙儿上了车，朝着大峡谷方向开去。

　　车子在景区附近停下来，我们下了车，一眼就看到门口的长队，一直排到了公路上。酒糟鼻和卷毛到景区时，旅行团队已经乘坐景区车到了山上。"你们跟着我们，就说是采风团的人。"酒糟鼻笑着说。卷毛打了一个电话。不一会儿里边出来一个工作人员，在人群里瞅了几眼，来到我们跟前。"你们是采风团的吧？"工作人员说。"是的，我们摄影家采风团，今早上落单了。"酒糟鼻笑着说。"热烈欢迎，欢迎采风，为我们广做宣传哪。"工作人员说着在前方引了路。酒糟鼻使了一个眼色，叫我们跟上。我们随着工作人员，乘了景区接送车，上了山。我们一路上忙着给酒糟鼻递烟点火，直到他们在绝壁长廊上赶上了采风团。在跟酒糟鼻分开时，他忽然转过身来，"如果再给我一次年轻的机会，也像你们这样光脚走天下。"他笑着说，然后跟上了采风团。

我们随着人群，沿着峭壁长廊一路行走。到了山上，下起了小雨，游人们在小亭子里避雨。水水像是玩疯似的，在雨中跑着跳着，对着山底下迷离的雾霭欢呼，又对着神奇的一炷香惊叫。青山倒是一路都很沉默，自从马纳离开后，青山像是失去了魂儿似的，一路上只是埋头抽烟。

下午，我们离开七星寨，换乘了一辆景区车，出了游客中心。然后，我们来到公路上拦从沐抚到恩施的班车。雨下的越来越大，水水的一头长发被淋得透湿。青山叼着一根香烟，朝着左边的公路看着。雨水落在香烟上，打下了一截子烟灰，露出烟头的火星子来。他抽了一口，然后长长地吐了出来。烟雾在雨中弥漫着，一下子就散尽了。"到恩施后，你们有什么打算？"他忽然说。"没打算，就这么跑吧，脚踩西瓜皮，滑到哪算到哪儿。"水水理了一下头发说。"你有什么打算？"我问青山道。"我独个儿没事。"他笑了笑接着说，"往东吧，到杭州去。"

这时，雨幕中驶来一辆从沐抚到恩施的公交车。我们向车子招了手，车子停了下来。我们上了车，四下里瞅着车上的空座儿，青山在车门边上坐了下来。我扶着水水，穿过走道，坐到了后排。水水拿出了巾纸，擦着脸上的雨水。我看到青山刚点了烟，就被售票员笑着劝住了。车上坐着不少苗族姑娘，有说有唱的。边上的几位，还时不时地凑过来，跟水水说上几句。

在恩施长途客运站下车后，我们去客运站火车票代售点，询问到杭州的列车。一位姑娘坐在售票窗口前，嗲嗲地通着电话。"我们问了好多次，她都顾自跟对方打情骂俏似的聊着。"青山耐不住了，使劲地敲着售票窗。这时，姑娘才扭过头来，看着我们。"到杭州火车票，几点的？"青山低着脑袋，趴在窗前问。"今天没了。"姑娘一说完，就跟对方聊上了。"那明天的票呢？"青山接着问。姑娘推出键盘，在电脑上查了起来。"明天中午十一点，硬座票。"姑娘说。青山从售票窗口退了出来，"大家看吧，走还是不走？"说着在代售点前蹲了下来，点上一根烟，抽了起来。"你们看着办吧。"水水一脸无所谓地说。"我们先去找个旅馆住下吧，今晚总得过夜，这一身湿也得找个地方洗洗了。"我说。

我们出了客运站，穿过一条街后，进了一家叫做"梦园"的旅馆，订了两个房间。旅馆里，卫生间、毛巾、肥皂、沐浴露、洗发精、一次性纸鞋、柔软的地毯、电视机、电话机一应俱全。自从离开兰州，我们似乎已经忘记了热水澡的味道。此刻，我的怀里又将沾满水水的香气，我的嘴唇又将落下温软的亲吻，我的手指又将带着火焰在丰腴的身体上滑行……我和水水脱得赤条精光的，进了淋浴室里。沐浴室墙上的瓷砖已经发黄、脱落，墙角的水泥地面蒙着厚厚的灰尘。不过，在水柱子洒到的地面却光亮得如镜子一般。温热的水从喷头洒落下来，扬起一团水汽。水流洒在身上，又四下反弹开来。这让人痛快不已。

透过水帘，我看到水水的秀美额头、丰满乳房和冰雪肌肤；看到那些围绕着她的发黄的逝水流年；看到那些喧嚣的城市和夜晚，在她的睫毛下，在她的黑亮的眸子里，像花朵一样开放和凋谢。我用毛巾替她擦背，挠胳肢窝。她咯咯地笑着，滑溜得像一条山鳗。她的笑声让我觉得陌生，那是一种抓不实，抱不稳，叼不住的笑声。

我们在旅馆休息了片刻，就出了旅馆，来到恩施广场的夜市，进了一家叫做"夜来香"的饭馆。原汁原味，土家风味。服务员笑着递上了菜单。青山翻了几页，推给我来点。"你点吧。"我说着，直接把菜单给了水水。水水翻着点菜单，一口气点了土家辣蹄火锅，家常土豆片，手撕包菜，凉拌折耳根，土家香肠。"你们这里有什么酒？"青山问服务员。"我们这有稻花香、枝江大曲、包谷酒、竹筒酒、杨桃酒、刺梨酒、瓦罐酒。"服务员一口气说了好几种酒来。"上竹筒酒。"青山说。

不一会儿，服务员就提了一筒竹筒酒上来。我们看到酒水像清泉一样，从竹筒里洒出来，盛在竹筒做成的杯子里。青山端起竹酒杯，闻了闻，叫了声好便啜饮起来。"我们很久没猜拳了吧。"他对我说。"以前每逢过年，大家都是聚在一起猜拳呢。"我说。"咱来两拳。"他说。"好，来两拳。"我说着开始亮拳。我和青山一来二去的，几杯白酒下肚，很快醉意就上了脸。"光你们俩猜拳，我也来。"我和青山猜了几个回合，水水忽然说。"三个人，怎么猜？"我说。"三个人，猜黑白。"水水说。"行，猜黑白，落单的喝酒。"青山笑着说。我们喝完了一筒，青山敲着桌子，叫服务员再上一筒。不过，猜了没几轮，上来的一筒白酒，又很快喝完了。

没过多久，大家都喝得脸红脖子粗的，喘起了粗气。三个人付了钱，相互搭着肩膀，出了恩施广场，脚步蹒跚地晃到凤凰桥上。上了桥头没多远，水水倚着桥栏，坐到了地上。青山扶在桥栏上，喘着粗气。在桥下，我们看到江边的圆形广场上打着几盏小太阳。圆形广场中央人们排着队，跳着广场舞。广场边上，孩子们溜着旱冰鞋，相互追逐嬉闹着。老人们聚在灯光下，围着一张棋盘，观看着棋局。广场边上，是一幢幢密集的住宅楼，灯光像繁星一样缀在夜幕中。

我们的身子一半隐在黑暗里，一半处在昏黄的灯影里。青山抽着烟，弹烟灰，吹烟雾，摁灭半截香烟，然后接着又点燃另一支香烟，重复着同样的动作。

"表哥，今天阴历该是廿一二了吧？"青山忽然说。"不知道，怎么想起这个日子？"我说。"你看，东边的镰刀月，大约就是这个日子吧。"他指着夜空说。我看到，在桥拱的左上方挂着一弯弦月。不过，在城市的上空，它的光泽显得无力，无法穿透地面上的光影。它黯淡无光，无法获得人们的青睐。自己不过，对于我和青山来说，它却仿佛一个记忆的入口。

"山里的月亮，比这亮得多。"他说。"你还记得赶野猪的事么？"我说。"记得！呵呵！那年老家受野猪糟蹋，为看护庄稼，总是趁着后半夜的镰刀月去赶野猪的。我还记得，你拿的是一个铝罐，我拿的是一个铁盆。你用罐盖当镲打，我用勺子当槌子敲。回到家一看，铝罐瘪得没了形状，铁盆的底也被敲穿了。不仅赶野猪，咱还趁着月亮半夜捉螃蟹呢！"他笑笑说。

"那些蟹呆子，电灯光一照，它们就发愣。可惜，电池不经用，没捉到多少。"我说。"哈哈，这样的事情多着呢！化雪天，打雪仗不过瘾，吃了晚饭接着打，直打到月亮爬上坡，爬上半天，玩得一身汗水呢。"他说。

"还有，大约是暑假。咱们上山砍柴，因为扎不起来，没法挑，一直捣鼓着。那次，月亮简直就是个气球，眨眼间就搁到了林间的树梢上。最后，还是大人们打着手电寻了出来，满山都是叫唤我们的声音。"我说。

我们聊了没多少时间，发现水水靠着桥栏没了动静。我摇了摇她的肩膀，发现她已经睡着了。我脱了衣服给她披上，和青山一起架着她，回到了旅馆。"我想了很久，明天我们就买车票回杭州。"在回房间时，他忽然说。

第二天，我醒来时，看到水水正倚坐在床头，一边抽着烟，一边拿遥控板翻着电视频道。电视屏幕的光亮，忽明忽暗地映在她的脸上。烟雾弥散在她面前，升腾变化着。我回想着记忆中的那个熟悉的身影，还有那些爽朗的欢笑，却越发地对眼前的她觉得难以捉摸。"你醒了？"她回过头来看见了我。"你的胡子该刮了，在想什么呢？"她抚弄着我的胡子说。"没想什么。"我说。"你不说就算了。"她回头抽了一口烟，继续看着电视。

我坐了起来，摘下了她嘴上的香烟，抽了一口，含在嘴里，然后慢慢地吐出来。我感到那些烟味贴着舌苔，顺着腔道，溶入身体，安抚着每一个细胞。"这两天，青山有点怪怪的。"水水说。"怎么怪了？"我说。"你没看出来吗？好像总在想着什么事儿，但总是不说出来。"她说。"他本来就是这个样子。"我说。"我们今天就走吗？"她说着起了床，拉开了窗帘。我眯缝着眼，看到一大片阳光从窗台上奔泻下来，落在地板上。"今天是个好日子。"

我说。

　　我们起了床，打了青山的房间电话。不过，电话没人接。"他下楼了吧。"水水说。我拨通了他的手机，他说正在从客运站火车票代售点回来的路上。我们整理了一下，就下了楼，出旅馆大门时正好看到青山从街对面横穿过来。他来到我们跟前，从口袋里掏出了三张火车票。"上午十一点的车次，一天就能到杭州。"他说。"还真回了呀？"水水说。"当然回。"青山笑着说。

　　我们在恩施广场的一家面馆填了肚子，又到附近超市备了一些泡面、饼干、饮料和零食，然后退了房，打了一辆出租车，上了凤凰桥，穿过凤凰山隧道，过了土桥大道后，沿着金桂大道来到了恩施火车站。

　　我们在转盘口下了车，穿过站前广场，朝安检口走去。这个时间，旅客似乎比较少，安检口冷冷清清的，只有一两名男子窝着身子，守在安检通道边上。这时，在我们身后赶上来一名皮肤黝黑的年轻男子。在安检口，他把旅行包往传送带上一搁，就径直走了进去。忽然，窝在安检通道边上的一名男子，顺手拎起那个包，拔腿就跑开了。"站住！"我看到青山把行李往地上一卸，朝那名男子追了过去。紧接着，那名丢了包的男子也从安检口跑出来。"抓贼啦，抓贼啦。"他高声喊着朝着两人的方向追了上去。"你别愣着了。"水水朝我递了个眼色，我也卸了行李包，追了过去。

　　拎包贼逃出了广场，在转盘口上，拐了个弯，朝着车站附近的一个荒山坡上跑去。青山一路追到了坡下。在上坡时，拎包贼忽然一个趔趄，滑到在地上。青山趁机扑了上去，抢下了旅行包。就在这时，拎包贼转了一个身，持着一把小刀朝青山挥来。丢包男子顺手捡了一块石头，追了上去，远远就朝着拎包贼掷了过去。拎包贼一闪身，躲了开去。拎包贼见我们都迎了上去，持着刀子，朝我们划拉了几下逃走了。

　　丢包男子又朝拎包贼扔了几块石头，远远地骂了几句。他回过身来正想道谢，却看见青山正皱着眉头捂着左侧的肩膀。他的左手袖子被划开了一道口子。"哎哟，出血了。"丢包男子着急地说。"没事儿。"青山笑着把旅行包还给了丢包男子。我们回到车站，到医务室里做了简单的包扎，然后来到了候车大厅。一路上，丢包男子对青山的受伤觉得有些愧疚，不停地向我们说着谢谢。

　　"要不是你们，我可就没法儿走了。我这车票、钱包、身份证的都在这包里。"他说。"现在，拎包贼不少，得多个心眼儿。"青山笑着说。"你叫啥？去哪儿啊？"丢包男说。这时，大家才忽然想起，忘了介绍自己。"我是宣恩来的，叫应成江。人家都叫我'老鹰'。今天一早，我就从老家赶了出来，为的就是赶到杭州的这趟车。"丢包男笑着说。"你是去杭州啊？我们也是到杭州呢。"水水说。"我们赶同一趟车了。"丢包男说着从旅行包里，摸出了一张火车票。我们对了票，正好是同一班次的列车，只是车厢差了好几号。

　　快到十一点时，站内广播开始检票。我们进了站台，来到了各自的车厢位等候。随着火车汽笛声从远处响来，候车的人群开始躁动起来。站务人员拿着小红旗，吹着口哨，提醒人们在警示线内等候上车。

　　我们上了九号车厢，对着车票，找到了车厢尾部的三个硬座。座位正好两两相对，其中一个靠窗的坐着一名男子。他戴着一顶休闲帽，怀里抱着一个浣熊布娃。我让水水坐到了窗边的座位，然后跟她坐到了一起。青山挨着浣熊，坐在过道边上的座位上。水水一落座，浣熊跟她面对面地搭讪起来。你是哪儿的人啊？到哪个站下啊？到恩施公差还是旅游啊？从事什么工作啊？双休还是单休啊？年休有多少天啊？工资有多少啊？是哪个大学毕业的啊？学的是什么专业啊？浣熊没玩没了地问着。

水水倒是很有耐心，把自己编了又编，逗着浣熊玩儿。就这样，两个人一直聊了两个多小时。列车出了武汉站时，浣熊总算是停了下来，再也问不出什么话来。不过，浣熊只安静了一小会儿。列车开出武汉站没多久，他又跟水水聊了起来。"这你男朋友吧？"他看了我一眼对水水说。他看上去简直无聊得沮丧起来。"不是，我们刚认识，聊了这么多，还没你熟呢。"水水笑着说。"那你男朋友没陪你一起来啊？"浣熊一听，似乎又来了精神。两人又开始对上了。"你男朋友哪儿的啊？在哪儿发财啊？在私企还是国企啊？做什么岗位啊？专业对不对口啊？"

火车到了荆门站，浣熊下了车。一批乘客下车了，又有一批乘客喧嚷着冲上来。一个戴军帽的老头子，从过道上走了过来。他一边走一边拿车票对着座位号，最后在青山边上坐了下来。老头子穿着一身绿色的旧军装，胸口上挂满了勋章，红光满面的，气色很好。

老军人刚坐定，两个姑娘拎着行李箱进了车厢。她们一个扎着马尾辫，一个梳着梨花头，拖着行李从走道挤过来。她俩还没走近，我就闻到了一股香水味。她们正好跟我们邻座，背靠背。"这位大哥，帮忙搁下行李啦。"梨花头冲我笑着说。"行。"

我说着起了身，把她们的行李搁到了行李架上。"谢谢哦。"梨花头妩媚地说。"一点小事儿。"我嗅了嗅鼻子笑着说。

车上的乘客越来越多，直到列车启动，不少乘客还忙着找座位，搁行李，只买了站票的旅客挤在过道上、车厢的衔接口和洗手间旁。

"这位大爷，你这些勋章，不会是哪个地摊上淘的吧？"水水笑着说。"你这姑娘，怎么说话呢？"老军人瞪着眼说。"这么多勋章，官儿不小吧？"青山说。"什么官不官的，捡回条命就算不错啦。"老军人说。"打过不少仗吧？"青山看着老军人的勋章说。"1952年去过朝鲜打过美国佬，后来又打过越南自卫战。"老军人说。"见过不少死人吧？"青山说。"哪有打仗不死人的？"老军人说。"你这些都是什么奖章啊？"水水指着那些勋章问。"这是朝鲜军功章，这是中朝友谊纪念章，这是抗美援朝和平万岁纪念章，这是自卫反击战奖章。"老军人挨个儿亮出勋章说。"你厉害。"青山竖着大拇指说。"反正我觉着不像。"水水嘟着嘴说。

这时，列车服务员推着餐车，拖着腔调，叫卖着饮料和午餐。"一个盒饭多少钱？"老军人问列车服务员说。"十五块。"乘务人员回答说。"太贵，这到火车上就独家杀了。"老军人不满地说。列车服务员推车餐车走了。不一会儿，老军人就取出了一只装满鸡蛋的塑料袋子。他摸了一个出来，在桌子上敲了敲，剥起了蛋壳。

我靠着座位，听到后排的两位姑娘坐定后也聊了起来。马尾辫的嗓门有点粗。梨花头的倒是又细又柔，很有女人味儿。她俩的每一句话，和着浓郁的香水味道，一齐从后座飘散过来。

"你说嘛，你觉得他怎么样？"梨花头说。"哪个他啊？"马尾辫说。"刚站里送我们的，他挺帅气的吧？"梨花头说。"帅又不能当饭吃，长相普通点好，看着顺眼就行了。"马尾辫说。

这时，老军人一口气吃了三个鸡蛋。他咂巴着嘴，讲起了他在年轻时的战斗故事。他说，他1958年打美国佬，在鸭绿江边等待了一个多月。后来，他随部队去换防一个前沿高地。不过，他在那个高地上待了没多久，仗就打停了。撤下来后，他就胜利回国了。

"不过，他个子还是矮了点。"我听到梨花头沮丧地说。"没听说过，浓缩的是精华吗？"马尾辫说。"除非是拿破仑、孙中山、鲁迅、邓小平之类的再世，否则一米八以下不考虑。"梨花头说。"你以为谈对象，还选美比赛了呢。"马尾辫笑着说。

"那你没放一枪，就算打赢了？"水水笑着说。"打败美帝，可是了不起啊。"老军人说着又剥开了一个鸡蛋。"我就见过有个雨水积起的水塘，那真是血流成河啊。我有个战友，回乡后好多年睡不踏实，精神恍惚，后来还是好端端地寻死了。"他一边吃，一边接着说。

"谈对象，当然就是选美了。你看'非诚勿扰'，那不就是选美嘛。你会选什么样的男人啊？"梨花头问。"这还得靠缘分。"马尾辫说。"要是我，一定得找精明、有生意头脑，会赚钱的事业男和开朗、幽默的男人。当然，还得有个好脾气，温柔体贴是必备项。"梨花头说。"你以为天底下的好男人都排队等着你选呢？"马尾辫笑着说。"我可是宁缺毋滥的。"梨花头说。

"你这回出门，又是参加什么纪念活动去的吧？"青山说。

"什么纪念活动？自古坐了江山的，有几个是念着打江山的？"老军人又咬了一个鸡蛋，接着说，"我这回可是去找上级部门去的。这帮人当我死了似的。"

"你这是笋里挑花，越挑越花。"马尾辫说。"这是第二次投胎，一定得看准了。我最看不起的，就是没钱穷开心的男人。"梨花头。"没钱还不让人开心，你让人愁死去呀。"马尾辫说。"是啊，尤其是这样一种男人，兜里半个子儿没有，蹭吃蹭喝蹭床蹭车，一到路上没个东西南北，什么玩意儿呀。"梨花头说。

"还吃啊，你给你数着数儿，这可已经是第十二个鸡蛋了。"水水指着老军人手上的鸡蛋说。"坚决要把敌人消灭干净。"老军人笑着说，然后又把一个蛋放到嘴边上吃了起来。

"小心你成剩女呢。"马尾辫开玩笑说。"剩女好啊，那我就跟定你了。"我听到梨花头轻声地说着，然后响起一记响亮的亲吻声。

我起了身，探着身子去取行李架上的牛仔包。我看到梨花头靠在马尾辫的肩膀上，扯着皮筋做着游戏。我从牛仔包里取了一包压缩饼干和几瓶矿泉水。"晚饭时间到了。"我说着把饼干和矿泉水分给了青山和水水。

黄昏时分，火车到了京山站，我们帮老军人拿了行李，然后跟他道了别。后排的两位姑娘也跟着下了车，两人挤在过道上，还在聊着什么才是好男人的话头。在应城站，上来一个中年妇女，穿着一身羽绒服，脖子上亮闪闪的，挂着一条钻石项链。她一上车就把羽绒服脱掉了，露出一款网格型的浅紫色线衣来。她的胸脯丰满，把线衣托出一个偌大的半圆来。跟着一个是鹰钩鼻老鼠眼的壮年男子，他们看上去像是夫妻，又像是同事，叽叽歪歪地说着话。我连一句也没听懂。我沉默着，看窗外的风景。田野，村庄，雾气，大片大片地飞逝而去。此时，夜色已渐渐地降临大地。

这时，老鹰挎着旅行包，捧着几个盒饭，从后边车厢，走了上来。"我给你们搞了几个盒饭，红烧猪蹄的。"他说着把盒饭搁了下来。"你这太客气了。"青山说着让了让，叫老鹰坐下。"你的心意我们领了，但这盒饭钱你得收下。"水水掏出了钱塞给老鹰。"你们这就太见外了。你们给钱，那是看不起我了。"老鹰推辞着说。"那行，我们就不客气了。"青山说着挑了一盒，撕开了塑封纸。"我给你们泡紫菜汤去。"水水说着，拿起一次性汤碗朝开水处走去。

"伤口怎么样了？"老鹰问青山说。"不碍事。"青山说着，握着拳头在空中活动了几下。"这饭合口吧？"老鹰显得无聊找着话说。"合口合口，你这回到杭州做什么的？"青山边吃边说。"不瞒你们，我在杭州原来是带路的。"老鹰笑着说。"带路？"青山睁开了眼，看着他说。"对，带路，给进城的车子带路。"老鹰说。"这个好，我怎么没想到呢？"青山笑着说。"你真会开玩笑，只有走投无路了，才会去带路。"老鹰无奈地笑着说。

"走投无路？谁走投无路？"这时，水水从过道端着一次性纸杯走了过来。"在说老鹰的事儿呢。"我说。"唉，我家处在宣恩山村里，地方偏远，泥地里也刨不出值钱的东西。这年头，什么事儿都离不开钱。我家里有三个儿子，小儿子念书很好，当年在县里考了文科第七名，进了大学，学费加日常开销要花不少钱，一个月五百块还不够他用。大儿子要娶媳妇，要生儿子，可是没钱了。老二早几年前就辍学了，出门后就再也没回过家。"老鹰叹着气，一脸的哀伤。

"带路生意还不错吧。"青山说。"外行人不知道，其实带路也是个苦活，实在没法子才去做那行。在我刚做带路生意时，在匝道口一站就是一天，除了一嘴泥，一个生意也没做成。我们带路最怕两种人，一种是混子，有时带了客户到城区里，下了车就翻脸不认账，结果一分钱没赚，还得赔上搭公交车的钱。所以，在带路的时候，我会先打量打量，看着踏实的就带上，看着心里没底儿的就给指指路放掉了。另一种是条子，因为他们穿着便衣，那真是一抓一个准，逃也逃不掉。"

"看来一行有一行的难处呢。"水水说着，把快餐盒全都整到一个塑料袋里，放到了地上，等着服务员来收垃圾。"不过，带路这行有一个好，就是不需要什么技术。"青山说。

"你这又外行了。"老鹰笑了笑接着说，"带路看起来好像不是技术活，但其实也有不少窍门。杭州，这么大一个城市，有多少条街道，多少条巷子，如果不是了如指掌的话，就带不了路。当然，光知道街道和巷子也不行，你还得知道街道上有哪些店铺、企业、酒店、政府单位、商场，因为很多司机只知道去哪个单位，不知道在哪条街上。"

"有门道，看来也不简单。"青山说。

"是啊，光这些东西，不下个几个月的苦功夫，就上不了路。当然，光知道蜘蛛网一样的街道还不够。"老鹰接着说，"除了知道方位，还得学会计算线路。线路还得分最短线路和最快线路，所以你得了解每条道路的高峰时段。还有，不少刚入城的司机不知道道路限行情况，所以还得掌握城市道路的单行、限行情况，否则违反了交规，司机就会把怨气撒到带路人身上。”

"真是不听不知道，一听吓一跳。"水水惊讶地说。

"带路人还有个独门诀窍，你们可还没见过呢。"老鹰笑着说。这时，前方过道上服务员推着垃圾车走了过来。水水把东西整理了，我接了过来扔到了垃圾车里。

"什么独门诀窍，让我们见识见识。"水水掸着手说。

"我跟你换一下座儿。"老鹰说着跟青山换了座位，然后打开了旅行包，从旅行包里抽出一张纸，摊在桌子上。接着，他又取出了一支中性笔，在纸上画了起来。在他的笔尖下，从客运专线、铁路线，到高架路，一级街道，二级街道，一条条道路显现在纸面上。在纵横交错、错综复杂的线条里面，他又标注上了沿街标识和住宅小区的名称。一会儿功夫，一副地图就跃然纸上了。

"这是江干区。你们比对一下。"老鹰说着又从旅行包里取出了杭州城区图。水水接过了杭州城区图，把江干区地图摊在一边。接着，我们沿着钱塘江岸比对了起来。"你真是太牛了。"水水也一脸惊讶地说。"你厉害。"青山又对老鹰竖起了大拇指说。

"这对带路人来说，没什么好惊奇的，几乎每个带路人都会这一手。做带路这行的人，大多会花上一个多月徒步走城区，这也是很累人的活。"老鹰说。"徒步走一个多月，那得多少里路啊。"水水说。"带路是个辛苦活。前几年，我一直带路，现在做得少了，慢慢地转向旅馆中介。只是，在旅馆中介生意清淡的时候，才到匝道口去碰碰运气。"老鹰说。

"你收我做徒弟吧。"水水开玩笑说。

"我可是把带路的活儿全都传授给你了。"老鹰也笑着说。

"到杭州，我们得找个落脚点。你不正好是旅馆中介的吗？"青山说。

"你们跟我走吧，我给你们找个好点儿的。"他笑着说。

我们在火车上说说笑笑，在鹰潭站乘上南昌至杭州的快速列车，在浙赣线上狂奔了一个下午到达杭州。出了车厢，我就闻到了南方特有的湿润的空气。

第十二章

　　我们在杭州火车站下车，跟着老鹰，坐了双层公交车。我坐在二层，底下正是赤着胳膊的女司机。车子爬得很慢，每次遇到红灯，就像是一次漫长的堵车。街道上的车子，像是一只只耐性极强的乌龟，趴在地上，缓慢地爬行着。我趴在前排肮脏的塑料椅子上，想到自己也像是一只乌龟。我奔跑，但是生活还是老样子。

　　我们下了公交车，沿着街道走了一段路，然后来到南落马营路的一片老房子里。我们在老房子里沿着巷弄转来转去，最后来到了一个旅馆。门面是一扇玻璃移门，移门上贴着"房屋中介"四个字。我们刚进门，一个涂着脂粉的女人就迎了上来。"老鹰，你这开工头一天，就拉了这么多客人。"她笑着说。"老板娘，这些可不是一般的客人。这位兄弟，在火车站为我抓偷儿，还被划伤了。你可得找个敞亮又便宜点儿的，我的佣金也折里面去。"老鹰说。

　　我们看到用一块黑板写成的信息板。房子都很便宜，专门针对外地来的打工人员。我们租了一个两室一厅的老房子。这房子的外墙上，画着一个巨大的拆字。楼道上，已经没人打理，楼道的护栏已经锈迹斑斑，台阶上也落满了灰尘。进了房间，客厅里摆放着一条旧沙发，一个褪了漆的茶几，几把塑料椅子。东首的房间只有一个窗，地上还留着房客遗弃的一张席子。西首的房间是一个主卧，有一个朝西的小窗，还连着阳台。

阳台上摆着一张折叠式桌子和两把靠椅，角落上还铺着一张席子。阳台下面，是一片瓦房和新楼混杂的居民小区。这里是外地民工聚集的地方，那些管事的叫它马营路"棚户区"。还不到晚上十点，小区就已是一片寂静。偶尔，在蛛网一样的电线底下，有人蹬着三轮车，出了狭窄的巷子，到排满了夜宵摊的街上去兜夜里的生意。

小区和新城区之间是一片广阔的未开垦地带。出了小区南门，有一条四车道的公路。公路两旁，是一片荒废的田地和水塘，老远就能听到嘈杂的蛙叫声。再往前，便是江岸。江面上，不时有机动拖船驶过，船上还可以看到赤膊的船工们喝酒打牌。

于是，我们就在马营路上安顿了下来。水水就待在房间里，打扫卫生。我和青山来到人才市场上去碰运气。我们来到了人才市场。门口支着几顶帐篷，帐篷里坐着两个姑娘。桌子上写着招聘单位的名称：创美广告公司。

"你们这有什么活吗？"我问。"一个广告公司要人，你可以考虑一下。"姑娘说。"您说得具体点儿？"我问。"我只负责招人。具体做什么，你拿着这个条子，去找招聘接口人。"姑娘说。"行。不过，我们俩是一起的。"我说。"只有一个名额，你可以去跟招聘接口人说说。"姑娘说。我们按着纸条上的地址，找到了那家公司。不过，那不是创美广告公司，而是一家电信运营商。我们上了三楼，进了一个玻璃幕墙隔成的办公室，找到了一个姓夏的招聘接口人。她看了纸条，又看了我们一眼，把我们带到一个姓王的经理办公室。王经理瞅着我们看了两眼，就像检验产品似的，简单问了几个问题。"小夏，就让他试试。"王经理指着我说。"我们是一起的，行不行我们俩一起做？"我说。"这当然没问题，反正是计件，一天贴三十幢楼五十元。明天，准时到这里来。"我们出了创美广告公司。在路上，青山在一个报刊亭前停了下来。"贴广告，你一个人去吧。我带路去。"他说。当天晚上，青山在房间里挂起了地图，床头挂了一张，大厅挂了一张，然后开始用白纸画了起来。他按照杭州城区，从上城区、江干区，到西湖区，圈定了区域，把一级街道和二级街道标注了出来。

第二天，当我醒来时，青山已经走了，桌子上的地图和本子也都不见了。我下了楼，在街边给水水买了几个包子和一袋豆奶，带回了房间。"你们都走了，我可怎么办？"她说。"一起贴广告去。"我说。"这事儿我不干，丢人。"她说。

我拎着一个包，来到创美广告公司。小夏交给我一叠不干胶广告纸。然后，她把我带到了一张地图前，指定了几个要张贴的小区。交待完任务后，带着我上了一辆车子，朝目标小区驶去。

"贴单页的时候机灵点儿，看到物业躲远点儿。什么时候贴完了，打我电话，我会来验收的。"小夏说着，把我在西牌楼小区放下了车。我拎着包，走进了小区大门。门卫处，一名保安两只脚搁在桌子上，惬意地躺在一条藤椅上打着盹儿。在大门附近的楼道口上，几个老人围在一张小桌子上，打着扑克牌。我给小区划了块，从大门左侧的楼道开始张贴。为了避开人们的视线，我绕开了大门一侧的楼道，来到了第二排楼宇。这是一个开放式小区，楼道单元口没有铁皮门，也没有门禁设备。楼道内，贴满了各式的不干胶，以及被撕扯和清洗后留下的痕迹。我上了六楼，取出不干胶，挨着每一层的楼层标志牌，贴了起来。

贴完一个单元口，我来到下一个单元口。我在楼道里爬上爬下。我的出现，对于小区里的业主来说，就像是一个不速之客。在楼道里遇到有人下楼，我就赶紧把不干胶收起来，装成是来串门的客人。不过，在他们看来，我更像是一个危险分子。每次跟业主们擦肩而过的一瞬间，空气就像是凝结住了似的，然后随着脚步声一步步地又消融开来。有时，在楼层里弄出点动静，就会引出房间里的人们。"你干什么的？"他们总是这么冷冷地说。

两个单元口之间的路只有几步，不过就这几步觉着却很漫长。上了年纪的老人们，总喜欢坐在单元口，下棋、打牌、聊天、烧开水，或者做点轻便活。遇到了他们，我就现了形似的。"你是贴小广告的吧？"人家一眼就给看穿了。"这里不许贴，好好的楼道搞得乱七八糟的。"有人只是这么抱怨着，倒也没有什么阻止的动作。要是遇上几个认死理的，那就头疼了。"谁许你贴的？你给我撕下来。不撕，我就报警了。"有的说。不过，业主们总是容易对付的，大多只是抱怨和责骂两句，广告单照样贴着。最坏的结果，也就是当着业主的面，说几句软化，讨好几下，给足了人家面子，这事儿也就混过去了。最担心的，其实还是被物业保安给瞅着了。要是给保安杠上了，那就直接被赶出小区了。

不过，好在陆家河头和西牌楼小区的保安管得松一些，我花了两个多小时就贴完了。然后，我就穿过望江路，来到了对街的响水坝小区。贴完了响水坝小区后，我忽然觉得腿脚发沉，爬起来越来越吃力，速度也慢了下来。直到午后，我终于贴完了三个小区。中午，我在平丰面馆吃了一碗青菜肉丝面。放下面碗，就赶着时间，来到了金狮苑。

　　下午三点多时，我看着最后剩下的几幢楼宇，给小夏打了个电话，让她来验收。我在金狮苑贴完了单页，便去望江路口等她领钱。不一会儿，她就坐着一辆面包车来了。她下了车，掏出了五十块钱。"说好了是六十块，怎么只给五十呢？"我说。"其他还可以，不过响水坝，有几幢漏了。"她说。"可我明明贴了呀。"我说。"你可以自己去看看。不过，如果你今天要是补上了，明天，这钱一齐补给你。"她说完，就走了。

　　我回到响水坝小区，上了几个楼道，刚贴的那些单页果然没了。在一个楼道下，我看到了那些单页在一辆小三轮上。我翻了翻，发现除了单页，还有不少楼道牌、楼宇牌和一些横幅。

　　我坐在小三轮上等着。不一会儿，楼道口就出来一个老头子。"你是干什么的？"我说。"你是干什么的？怎么坐我车上呢？"他说。"这些广告纸，你撕的吧。"我说。"我是捡垃圾的。"他说。"你看你手上，这是垃圾吗？你手上的，就是我刚贴的广告。"我说。

　　"你干吗揭我广告？"我问。"睁只眼闭只眼吧，还你不就行了。"他说。"你得赔我十块钱。"我说。"不赔，我就一个捡破烂的。"他无赖地说。"你捡这破烂儿有用么？"我说。"有用，不瞒你说，我这其实是卖给一个人的，撕一条不干胶给一毛钱，外墙面的广告牌，泡沫板的一块，铁皮的两块，要是横幅广告五块一条。"他笑着说。

我回到房间，看到水水堆了一脸的笑容。我说是不是捡到金子了？她说，让我猜。我没那心思，走开了。最后，她还是自己憋不住了。她说，她通过一则报花招聘信息，做了一家公司的文员。我问她，做些什么活儿。她说，每天早上，她得提前到公司，从传达室里取出报纸和邮件。到办公室后，她就给水果店的老板打电话。打完电话，她把报纸和邮件按办公室号整理好。然后，她走到各个会议室，检查白板笔是否有水、笔筒里有否少笔、话筒的电池有否用完。检查完后，水果店派送员就到了。她到盥洗室洗好水果，装在果盘里，与报纸邮件一起挨个儿送到领导办公室，然后把旧报纸和杂志拿出来。

她说，她顶头上司的办公桌上设着一个电子遥控铃。叮咚，一声短，泡茶；叮……咚……一声长，送药；叮咚叮咚，两声短，有急事交办。她取出了一个小本子，上边写了不少刚交代的规矩，比如哪个领导对颜色有偏好；哪个领导喜欢抽哪种牌子的烟；哪个领导对茶很苛刻，冬时喝什么茶，夏天喝什么茶，春秋两季又换什么茶。"这个工作很有挑战性。"她说。"挑战什么？不就是做个丫鬟么。"我说。"现在，我至少也算一个劳力了。"她笑着说。

第二天，我去单位领不干胶，把单页被撕的情况跟小夏说了。小夏又带着我，到了王经理办公室。他一听就火了。"人不犯我我不犯人。我们也不是好惹的，一样的价格也揭他们的。"王经理说。"好的。"小夏说。"等等，做事机灵点儿手法隐蔽点，别被逮住了。"王经理说。

于是，我又回到响水坝，去看竞争对手的广告单。不过，那不干胶实在太难撕了。我离开楼道，在小区里找楼宇牌。我看到每幢楼宇的外墙面上都钉着广告牌，不过钉得太高，根本够不着。晚上，我准备了衣叉、勾刀，趁着夜色进了小区。我一口气撬了二十多块铁皮楼宇牌，割了十多块横幅。第二天，我把宣传品交给了小夏。"收获挺多啊。"她笑笑说。"你数数，二十五块铁皮，十四条横幅，总共一百二十块。对吧。"她说。"对对对，没错儿。"我说。"我们头儿说了，不管哪里的，都可以，多多益善。"她说。

　　第二天，我干脆不去贴不干胶了，一门子心思撬起人家的广告牌来。我觉得自己就像一只过街的老鼠，时不时地就得接受人们打量的目光。我是搞城管的。我是你们物业雇来的。我想着法儿诓着人家。一天晚上，我衣叉子撬弯了，那铁皮又钉得死死的。这时，从我身后忽然射来几道强光。"站住。"我听到后边有人喊，撒开腿立马想跑，结果却被边上的围住了。我看到有人在拍照。"就是他。"我听到有人说。我用手挡着灯光，看到了捡破烂的老头儿，正得意地朝我笑着。

　　我被带到了派出所，关在一个屋子里。"你这叫蓄意破坏，破坏经济秩序。"民警黑着脸说。"我是人家雇的。"我跟民警说。"谁雇的？"民警问。我当着民警的面儿，给小夏打电话，还开了扬声器。不过，小夏在电话里说，她根本不认识我，也没有雇佣过我，单位也根本没有我这个人，就算有也会坚决清理出队伍。我在里边蹲了一个晚上，在接受批评教育后，被放了出来。

　　出了派出所，我径直来到了单位里。"不捞人，还往死里踩，你们还真狠得起来。"我质问小夏。"那是领导的意思。"小夏说。

于是，我来到了王经理的办公室，又质问起来。"那是领导的意思。"王经理说起来跟小夏一个调儿。"我看这单位就是个足球队，你们都是踢球的，就你们董事长是个守门员。"我说。"做什么事儿，都是有风险的。"王经理说。"没错，尤其是你们这样的单位里，自己人算计自己人。"我忿忿地说着，出了办公室，下了楼，然后把不干胶连着袋子扔进了垃圾桶里。

一个礼拜后，青山就开始带路了。第一天，他就做了一单生意，挣了五十块。后来的那几天，生意一直不错，每天都有一两百块的收入。那天，我跟着他，来到了彭埠高速路口。匝道口上，几乎每隔十多米就站着一个带路人。"怎么不去收费站口，那边的位置好啊。"我说。"谁不知道那里生意好？不过，这带路的有山头，有地盘，我们现在争不过的。"他说着坐到了匝道护栏上等起了生意。我掏了香烟，递给青山，然后点上火抽了起来。

"今天，这天气不错，艳阳高照呢。"我说。"带路的可从没什么好天气，雨天一身湿，晴天一嘴泥。"他正说着，一辆货车卷着灰尘从我们跟前驶了过去。我看得戴个口罩。我眯着眼，捂着脸，等着灰尘过去。"人家一看口罩，就不会让你带路了。"青山说。

我们抽着烟，看着车子一辆辆地从跟前驶过。匝道口前方的带路人，陆续地接了生意走了。"你看到没有，那速度慢的，车头晃来晃去的，十有八九就是不认路的。"青山说。我看到前方的一个带路人拦下了一辆汽车，趴在窗口聊了几句就上了车。

"这车可真多啊，一直没断过呢。"我说。"听说单杭州就有一两百万辆，要是连起来能从中国最北边排到最南边。"青山说。
"真是有钱人多。"我说。"你记得小时候马路边上数车吧，一天
都没几辆。"他说。"那是村旮儿，就算现在也还是那几台拖拉车
和几辆班车。"我说。

这时，前方有一辆汽车，在下匝道时忽然缓了下来。青山欠
着身子，朝车头晃起了牌子。司机看到了他，朝辅道开了过来。
车子一停下，青山就凑了上去。车门摇了下来，里面探出一个年
轻女子来。"去哪儿？要带路吗？"青山说。"请问武林广场怎么
走啊？"年轻女子说。"我给你带路吧。"青山说。"你给我指个
路就行。"年轻女子说。"带个路吧，不贵。"青山说。"多少？"
年轻女子说。"五十。"青山说。"太贵。"年轻女子说。"那便宜
点儿，四十。"青山说。"算了，算了，自己找找。"这时，车上的
男子不耐烦地说。"你个路痴能找着，就不用在这磨叽了。"年轻
女子也恼火了起来。"算了，我还是给你指个路吧，沿着前面的
艮山西路一直往前开，过两个立交桥就到了。"青山说着回到了
护栏边上。"谢谢你啦。"年轻女子道了谢，摇上车门走了。"一
个生意跑了。"我沮丧地说。"等了这么点儿时间，有来问路的就
已经是个好兆头了。"青山笑着说。

"我们等了两个多小时，除了几个问路的，还是一笔生意都
没成。真是耗人啊！"我下了护栏，蹲在辅道上说。"做带路这
个活，就得有这个耐性，这就像猫儿等老鼠出洞，等鱼儿上钩。"
青山换了一手摇着带路牌，招徕着生意。

这时，匝道前方的几个带路人匆匆地朝这边跑了过来。"快
跑。"青山拽了我一下，拔腿就跑开了。我还没弄清楚怎么回事，

就跟着青山跑了开去。我们下了匝道，翻过护栏，在桥下的一片小树丛里藏了起来。顺着匝道，我看到一辆警车闪着警灯，正从匝道上驶来。不过，警车并没有在匝道上停下来。下了匝道，它就沿着艮山西路开走了。我们走出了小树丛，回到了匝道上。刚刚四散逃开的带路人，也一个个从四下里钻出来，重新回到了匝道上。

"看来老鹰说得没错，这碗饭还真不好吃。"我说。"这样挺自在。他"抽了一口烟，又仰着头，慢慢地吐了出来。"在这个城市里，可没人待见咱们。"我说。"这个城市里谁也不待见谁。"他说。"你有没有想过，往后该怎么办？"我说。"现在这样就挺不错。"他说。"没考虑过回老家吗？"我说。"谈起这事，我倒想起了你俩。我看水水是个不错的姑娘，还是回去把事儿办了，这日子该怎么过还怎么过。"他说。"我说的是你！"我说。"我跟你不一样，我是一个人，一人饱全家饱，一人暖全家暖。"他说。

这时，匝道前方驶来一辆大众波罗，后排上坐着一个姑娘和两个孩子。"带到杭州动物园多少钱？"司机摇下车窗问说。"五十块。"青山说。"前面带路的只要四十五块。"司机说。"那就四十五块。"青山说。"要是一样价钱，我就让前面的带了。四十，去不？"司机做了个手势说。"行吧，就四十。"我们谈妥了价钱上了车。青山坐在了前排，给司机指着路，提醒着车道和限行标志。到了目的地后，我们收了钱，跟他们道了别。我们在动物园公交车站，乘上一辆公交车，开始往回赶。

到傍晚时，我们接了五六个生意。"今天撞大运了。"我笑着说。"回去好好儿吃一顿，祝贺下。"青山说。看着天色渐晚，我们沿着艮山西路往回走。在路上，我接了一个电话。电话是水水打过来的。她在电话里说，单位有饭局，就不回来吃了。我和青山在艮山西路边上，进了一家楼里的炒菜馆，点了几个菜，又要了几瓶黄酒。我们一边喝着酒，一边聊着往后的打算，直到有了些醉意，才出了炒菜馆。

青山心情好，喝了不少，一回到房间里就倒头睡下了。我泡了一杯茶，来到阳台上，看着远处的城市夜景。那些林立的建筑，到了晚上就像钻石一样光芒四射。阳台底下，是一片寂静的瓦房。江畔的广大荒地上，停着几台巨型挖机。工地上立起了一些刚刚起建的楼宇，矗立在夜色中，像是裹在黑绒布里的珍珠，在未来的某一天闪亮登场。

我看着月亮从江岸那边升起，顺着高楼爬上了城市的尖顶，又踩着云层，滑到了天空上。阳台上，烟蒂散了一地。不过，水水还是没有回来。我拨了电话，也一直没人接听。我穿过阳台，离开房间，出了小区，一个人来到了月光下。与初来城市时一样，我踩着自己的影子，在街道上游荡。路灯又高，又暗，很像我的影子。不知不觉地，我就走上了通往江边的一条巷子。巷子有点长，两旁的行道树很茂密，枝叶探在巷子上，形成一道拱形的墙。我沿着街灯，漫无目的地行走着，一直走到了江畔。我在江边，看江面上银亮的波影。我觉得自己的生活，就像这月下的波光，闪闪烁烁，很容易消失。

当我丢下最后一个烟蒂时，发现烟盒子空了。我像是忽然丢了什么似的，心里茫茫的。我离开江畔，顺着原路回到了房间里。当我满怀期待地打开房门时，却只听到了青山的打鼾声。

我又来到了阳台上，还没坐下，就看到了一束灯光从街面上扫掠过来。不一会儿，车子就在楼下停住了。在两个男人的搀扶下，水水从车上爬了下来。我下了楼，把她扶到了房间里。她喝得七五八六的，全身散发着浓烈的白酒味道。她一醉，嘴里就像装了永动机，停不住地叨咕着，抱怨着，斥骂着。在这些日子里，她为了讨顶头上司的欢心，费尽了心思。即便这样，她的日子还是混得灰头土脸的。顶头上司高兴的时候，她也能领受几缕阳光；不高兴的时候，她就逃不了狂风暴雨。她的工作，从此跟顶头上司的心情联系在了一起，似乎成了别人的一个影子。

　　我给她换了一件睡衣，敷了热毛巾，安顿她睡下。我看着她，想起了曾经的我们。在那些岁月里，她们的笑容比苜蓿花还要烂漫，她的身影比新竹还要秀美。水水说了几句梦话，转个身又睡着了。我熄了灯，月光从窗外洒进来，整个房间隐约地亮开来。我坐在黑影里，看着月光映在床上，映在那美丽的曲线上。有片刻的时间，我竟然恍恍惚惚地，不敢确认那身影究竟是一种真实，还是一种虚幻？

　　第二天，当我醒来时，我发现枕边上空空的，只散落着一缕秀发。我发现她带走了她的行李。我跑出去，找了一圈，沮丧地回到房间。然后，我开始不停地打电话，发短信。尽管所有电话都联系不上，所有短信都如石沉大海，但我仍然不停地拨打着，发送着。

　　傍晚，青山从匝道口回到了房间。我告诉他，水水走了。他有些惊讶，觉得我是在开玩笑。直到发现她的行李和衣服都被带走，才终于相信她是真的离开了。"没事儿，她兴许只是不开心，很快又会回来的。我请你喝酒去。"他安慰说。"你去吧，我一个人待会儿。"我说。

水水走后的那几天，我总是看到她在我眼前晃悠。每到晚上，我一睁开眼睛，黑暗中就看到了水水的模样。她朝着我笑，朝着我眨巴眼，朝着我做鬼脸。即使我闭上眼睛，关于她的一幕幕场景也像幻灯一样，一张接一张，永远没个头。半夜里，我也时常从睡梦中醒来。因为，她不仅在我醒着时无处不在，在我睡梦中也一样如影随形。

青山跟往常一样，天刚擦亮就出了门，直到夜色依稀时，又一个人拎着快餐盒回来。生意好的时候，他也拎几瓶啤酒回来。两个人光着膀子，在阳台上喝酒、抽烟，看着江畔的工地上，那些建筑慢慢地生长。

直到有一天，他遇到钓鱼执法，被交警给抓住了。我赶过去探视，他还是那样乐呵呵地。"我还会回来的。"他笑着说。我一个人回到房间里，翻起了留在桌子上的市区图，还有他自己在纸上画出来的城市地图。

第十三章

我挎了一个牛仔包，拿着青山的带路牌，来到了高速公路匝道口上。尽管，针对带路人妨碍交通的整治才结束没几天，不过匝道上依然守着不少带路人。在匝道上，我看到老鹰也举着一张写有旅馆住宿的牌子，拦着过往的车辆。"这几天，怎么没见你那位兄弟啊？"老鹰说着递了一根烟过来。"前几天，他被钓鱼了。"我说。"进去几天了？"他问。"五六天，快一个星期了。"我说。"快了，估计这两天就该放出来了。"他说。"这可摸不准。"我说。"没事儿，带路的没谁不被钓过鱼。我就被抓过几回，一般关上一个星期就放了。当然，如果有什么特殊的情况就难说。我有一回被关过一个月，那时杭州正开一个国际性重要会议，查得严。"

我们正聊着，前方停下了一辆面包车。"你们有没有要住旅馆的？价钱很实惠。"老鹰迎了上去说。"我们不住旅馆，到汽车站怎么走？"司机探着头问老鹰。"这路可说不好，给你们带个路吧。"老鹰说。"多少钱？"司机说。"三十。"老鹰伸着三个指头说。"便宜点儿，二十。"司机说。"这个生意你来接吧，我做旅馆生意。"老鹰转过身对我说。"行，二十就二十。"我说着上了车。

面包车后座上塞满了席子和编织袋，车子里挤满了人。一路上，我们聊了起来。"你们这是去哪儿啊？"我说。"长兴。"一个瘦削的男子说，他是这车里的把宕师傅。"干什么去啊？"我说。"干活，卖力气，做马路。"把宕师傅说。"你这么带路，能挣多少钱啊？"把宕师傅问我。"不瞒你们，这还是我第一单生意。带路，就跟摸奖票似的，有一搭没一搭的。像我这样的，一天最多也挣不下五十。"我说。"那你还不如跟我们去呢，一天六十块，包吃包住。"把宕师傅说。"我还没带啥东西呢。"我说。"只要带着力气就行啦。"把宕师傅说。"那行，路费先给你付着，到时工钱里扣你。"把宕师傅说。"这样好。"我说。

到了汽车站，我们买了到长兴的车票。到了长兴车站后，我们又乘上了一辆中巴车。二十多分钟后，车子行驶到一个叫做夹浦的镇子。我们在一个小型的加油站下了车。我去加油站的厕所解手，看到厕所里的每一扇小门上都写着"打洞"字样，边上还写着一串手机号码，简直龙飞凤舞。在小便槽的上头，我还读到了一首诗：夹浦是个大工厂，家家都有小作坊。夹浦是个大花园，夜夜都养小蜜郎。

我跟着他们，穿过一个村子和一大片田畈。田畈上亮着一口口水塘，水塘边上搭着一间间低矮的稻草屋。这是鱼塘主人的草屋。在一口鱼塘后，有一片雷竹林。林子掩映着一栋双层的老房子。我们被带到了楼上，去见一个男人。不过，当我们来到房门前时，里面传来一个声音说，让我们等着。我们在走廊上等了十来分钟，才见到了他。他是包工头，土得掉渣，但却肥头大耳，养得挺不错。在他边上，一个妖艳的女人正理着散乱的头发。她的吊带衫松松垮垮的，可以看到纹在肩胛上的一只绿蜻蜓。

不久，我就成了他的小工，给一个石匠当下手。我们一大早就被叫了起来，在伙房里吃了早饭，然后就操着家伙，来到了工地上。在我身后，推土机傻头傻脑地拱着地面，挖土机也怪模怪样地张牙舞爪着。震动机在泥浆里嘶鸣，切割机在刚干燥不久的水泥路面上喷着火星。在我的前方，是荒芜的田野。草地间插着标杆，它指定着我工作的范围。标杆附近堆着数不清的水泥涵管，像一个个巨大的号子，奋力叫嚣着什么。不过，我什么都没听见。我的工作很简单，除了拔草，就是掘坑以便安放水泥涵管。用不了多久，这片荒芜的田野就会出现一条通向南方的高速公路。

工程队里的工友，有的来自嵊州，有的来自上虞，也有来自新昌的。听着熟悉的乡音，我觉得自己离家乡近了许多。它就在跟前，一眼便能看到。我俯着身子拔草，或者跟工友们唱着号歌，把涵管埋到地下，然后再用沙石填平。

上虞的工友是个黑炭头，双下巴，一身肥肉，胸部比香港的肥姐还丰满。他有一副好嗓子。当路修到某个村子附近时，有姑娘从我们边上走过，他就喊："花姑娘！花姑娘！花姑娘！"不过，那些姑娘们可不理他。于是，他就拔起草棵，连着泥块远远地掷过去。这给我们带来快乐！我们谈论姑娘的奶子，从屁股的大小判断她们的性欲，有时什么也不谈，只傻傻地看着女人走过。

我们每天面对着草棵、石头、铲子、镢头。这些使我们疲劳不堪，烦躁不安。不过，只要有了女人，我们个个都会觉得生活充满了乐趣。

嵊州的工友是个瘦小伙，细皮嫩肉的，脸皮比西瓜皮还光鲜。他沉默寡言，只会闷着头干活。每天晚上，他就趴在床头，拿着圆珠笔在一个小本子上涂涂画画。他每天都要扳着指头，计算他出了多少工，伙食支出多少，预支了多少，总共赚了多少钱。他干活勤快，可就是一到晚上就不安生，做梦都发出叫床的声音。一个月下来，他早早地卷铺盖回家了。他赚的钱，至少有一半得应付盘缠和伙食。黑炭头地对我说：他刚登科，就出来赚钱了。我问他说：什么叫登科？他笑嘻嘻地说：登科有两种意思，一是做了状元，二是一个男人合法地压到一个女人身上。

路修到104国道附近，我愣了几回神。一次是石匠师傅叫我翻一块石头到坎下。我只顾着翻，却没看到他正在坎下埋着头砌路基。石头差点把他的脑壳砸碎，幸亏他闪得快，只是在小腿肚上擦破了一点皮。一次是我拿着水管，在给泥灰堆浇水，一辆拖拉机从边上开了过来。我当时正念着水水。那些天，我经常想着相同的问题，水水去哪儿了？结果，我被水管绊住了脚，拖拉机开过时被拽到了。工友们都冲着这边喊。我不知道是冲着司机，还是冲着我。我看着拖拉机的车轮，慢腾腾地朝着我身子碾过来。幸亏我反应快，连滚带爬躲了开来。

七月过后，气温一下子就升高了不少。一到中午，一阵阵的热浪，像是能把大地蒸融了似的。工地两边的田地，也龟裂了开来，禾苗日渐枯萎下去。原本聒噪的知了，也没了动静。我们的身子变成了一个强大的排水系统，刚从脖子里灌下去，立刻又通过汗孔四面八方地流出来。喝了一大壶的水，连泡尿都没有。天气实在太热，工友们四下里找地方乘凉，有人躲到了树荫底下，有人干脆浸到了水坑里。我和黑炭头躲进了涵管里面，拿凉帽扇着。

"这天气，连知了都给热死了。夏天，还真不如冬天舒服。"黑炭头说。"一到冬天，就又会觉得还不如夏天舒服了。"我说。"冷了可以添衣服，可以烧炭，跺跺脚搓搓手就不冷了。可是这鬼天气，你看我都只剩条裤衩了，再脱也这么热。"黑炭头说。"到了冬天，我保你会说夏天很舒服。"我说。

这时，外边忽然传来一阵喧闹声。"掐人中，掐人中。"我听到有人急促地喊着。我们爬出了涵管，看到工地附近的一棵枣树底下，围着一圈子人。我们跑了过去，看到一个工友脸色煞白，瘫软在地上。把宕师傅跪在他身边，正用大拇指抵着他的人中。不一会儿，那人缓过气来。"醒了，醒了。"周围人都松了一口气。"臭小子，总算活过来了。"有人笑着说。"水，快拿水来。"把宕师傅冲着边上的喊。有人急忙端了一个水杯递给把宕师傅。把宕师傅端着杯子，把杯口凑到了那人嘴边。那人喝了几口，脸色渐渐地好转起来。"只是中暑，没事儿，休息一下就好了。"把宕师傅拍着那人的胸口说。"我以为我快死了。"那人醒过神，忽然就大声哭了起来。"哈哈，你是我带出来的，怎么能死在这儿哪。"把宕师傅说。周围人笑着安慰了几句，又四下散开去，躲起来乘凉去了。

黑炭头到水坑里拎了一桶水，回到涵管里。"你让让。"他拎着水桶说。"干什么？"我说。"涵管里浇浇水，降降温。"他说。"你直接浇我身上好了。"我说。"好。"他说着提起水桶就朝我倒了过来。他留了半桶水，也往自己身上浇了下去。"不管做什么鬼，我可不想做个热死鬼。"他说着钻了进来。我们在涵管里聊了没多久，外边就传来了开餐的声音。"快点，开饭了。"黑炭头一骨碌爬了起来，钻出了涵管。"你帮我带过来吧。"我趴在涵管口子上说。

不一会儿，黑炭头就走了过来。他的两只手上端着一碗榨菜汤，左右胳膊肘上又抱着两大碗米饭。"怎么又是榨菜蛋汤？"我说着接过了饭菜。"牲口也没这么差的伙食。"黑炭头抱怨说。这时，我们听到工地上又有人在吵嚷了。"这算什么伙食？"有人说。"这么清汤寡水的，祭死人哪？"有人说。"这饭我们不吃了，得给我们个说法。"有人说。我也去理论几句。我说着正要钻出去。"先吃，吃完了再闹。"黑炭头说着，把榨菜蛋汤倒进了饭碗里，划拉着吃了起来。

我们吃完了，钻出涵洞，来到了伙食车上。我们看到伙房师傅正守在三轮车边上，等着收拾碗盘。不过，大伙儿都对他瞪着眼，斥骂着他。有几个叫嚣着，要给伙房师傅几个耳刮子。不过，把宕师傅给拦下了。"包工头可有段时间没给钱了。"伙房师傅一脸无辜地说。"这包工头可真够抠的。"有人说。"上次，我去预支点钱，他也没给一分钱。"有人说。"我也预支过，也没拿到。"边上人附和起来。"该不会是没钱了吧？"黑炭头走过去说。他这一句话，就像扔了个炸弹，大伙儿再也坐不住了。

大家操着家伙，返回到了工棚里。到了楼下，把宕师傅把大家拦在了楼下，然后一个人上了二楼。不一会儿，他就丢了魂似的从楼上下来。"包工头跑了。"他说。大伙冲了上去，踹开了门，发现房间里除了绿蜻蜓，再也没有别人了。"他去哪儿了？"有人问。"我还问你呢，他去哪儿了？"绿蜻蜓说。"你跟他在一块，你怎么会不知道？"有人说。"你们成天给他干活，你们怎么会不知道？"绿蜻蜓说。"他什么时候回来？"有人说。"你自个儿去问土地菩萨去。"绿蜻蜓说。

包工头跑了，大家都待在工棚里等消息。把宕师傅带着几个人，找包工头讨钱去了。

工友们白天没事待在工棚里，下棋，打牌，算着出工的天数和该得的工钱。不过，工棚里还是充满着一种让人沮丧的气氛。把宕师傅出去已经有不少时间了，可是一点音讯也没有。工友们带着失望，陆续地离开了。他们得找新的工地，才不致于断了供给家里的家用。最后，只剩下了黑炭头和我。伙房师傅早就走了，我们连榨菜蛋汤也没得喝了。黑炭头等了几天后，心想可不能把时间就这么给耗没了，就整理行李走了。他走的那天，我送他到国道线上等过路车。"这里也算没白来，交了你这个朋友。"临上车前，他说。"如果我是股神巴菲特，你就撞大运了。"我说。"哈哈，你是股神巴菲特，那我就是乔布斯了。"他说着就上了车。

我一个人，回到了工棚。在二楼，那个领我进入这个工地的女人还在。这出乎我的意料。她整日在包工头的房间里睡觉，看电视，吃零食。

"你怎么不随你男人回乡。"我问她说。"他不是我男人。"她说。"你是她的什么人？为什么留在这里？你的家呢？你的家人呢？

你留在这里，他放心吗？你的家人放心吗？"我问她。"生活不是用来提问的，也不是用来解释的。生活就是这个样子。玩一下吗？"她掀开被褥说。"我不喜欢这屋子里的气味，这屋子里充满了腥臭味。"我说。"那你说吧。"她说。"好！不过，我们得换个地方。"我说。

我们下了楼，穿过竹林，跨过鱼塘。我一脚端掉了草屋的挂锁。草屋里氤氲着稻秆的气息。我感觉到每一根草叶都孜孜地散发着来自夏天的温度。草屋的窗前，我看到田野上热浪飘飘忽忽的。汽车在国道线上缓慢地爬着。我扒掉了她的吊带衫，又脱下了我的裤衩。我把它们垫在屋子的木板床上。她躺着，笑容可掬。她迎合的姿态与动作，丝丝入扣，很专业。关于她的身世，堕落的轨迹，我没有再问，这些不是我关心的，也不是她自己关心的。我们共同关心的，只是在这燠热的异乡，彼此获取快乐。

"你叫什么名字？"我说。"我不告诉你，也跟你没关系。"她说。"那我给你取一个。"我说。"好啊，看我中不中意。"她说。"你就叫水水。"我说。"这个名字很有女人味。"她说。"水水。"我说。"嗯。"她笑着回答。"水水，水水。"我说。"嗯，嗯。"她喘着气，意乱神迷地回答着。

干完了，我们把彼此掏空了。我知道，我们所掏空的不是汗水和快感，还有深藏于内心的秘密与疼痛。我从她身上翻了下来，抽了一支烟，然后穿上了裤衩，准备离开。"喂，你忘了什么吧？"绿蜻蜓起了身说。"什么东西？"我说。"钱哪，哪有干完了拎着裤头就走的？"她说。"这算是你男人欠我的工钱。"我说。"喂，我也是打工的。"她说。

第二天，她跟往常一样，睡在那个充满精子的腥臭味道的房间里，看电视，吃零食。那时，我正站在 104 国道线中央，举着瘪塌塌的牛仔包，朝所有车辆挥舞。阳光很好，积雪已经融化。司机们都探头出来，瞪着眼睛，骂着粗口，恨不得把我一口吞了。可是，我快乐极了，感觉到身体一片清澈。

我拦了一辆过路车。"去哪儿？"售票员问说。"这车去哪儿？"我问售票说。"宁波。"她说。"那就宁波。"我说。一路上，太阳从东边的地平线上爬上来，从星罗棋布的屋舍间爬上来，高高地悬挂在天空中。阳光洒落在道路两边的绿化带里，洒落在初秋的广阔田野里。

我在宁波东站下车，在车站广场前看到了清丽秀气的宁波城。当我走出车站时，我才终于明白过来，这么些日子，我一直盲目地乐观着。面对茫茫的建筑，我有些不知所措。

我沿着街道行走，街头的那些背影总使我想起她。我从福明路，到市六医院、新晶都酒店，然后从宁村路沿中兴路，朝北行走，经过防疫站、税务局、幸福苑、中兴广场，在福明大酒家又往西走通途路、拐过徐戎路，穿过宁徐路，离开江东区。我从甬江大桥进入江北区，沿着人民路，走到大庆北路，然后又沿正大路走新马路，穿过江北公园，沿槐树路到达永丰桥。太阳爬得特别快，仿佛一个火红色的氢气球，一下子就窜到了头顶上。它照耀着这个城市，照耀着这个城市里寻找和被寻找的人。或许，它所照耀的只是寻找的人。我扎在人堆里，与所有人的脚步一样迅疾，与所有的人表情一样焦急，似乎整个城市的人都在寻找，而被寻找的却不知所踪。

我在一个临街的草坪上停了下来，一屁股瘫坐在草地上。我看着来往的行人，那些相拥着散步的年轻情侣，那些边走边通着甜蜜电话的青春少女，就想起了水水。我不知道，她在此时又会是以一种怎样的姿态行走着，她是否也会在另一个地方想象我行走的背影。

　　我在草地上躺了一会儿，直到肚子咕噜咕噜地吵起来，才想起自己连早餐都没吃过。我挎着牛仔包进了一家叫做"天天来"的餐馆。我点了几盘菜，要了一瓶黄酒。酒菜落了肚，服务员来向我结账。我告诉她，其实我并没有那么多钱。她去告诉了经理，经理又去了老板。"你蹭吃蹭喝呢？"老板说。"我可以卖力气，换吃换喝。"我说。这时，经理趴在老板耳边上说了几句什么。我隐约听见似乎是后堂厨房人手不够的事儿。老板听完经理的话，打量了我一番，然后答应免了我的酒菜钱，条件是留下来刷碗，工资不高，但管吃喝。

　　经理带着我来到后堂，把我交给了厨房领班，然后就走了。领班带着我来到水槽前。"这些是洗涤剂，这是放在洗碗机里的，这是浸泡水槽的，这个是擦桌子的，这个是擦地板的。记住了吗？没记住，再给你讲一遍。"他慢条斯理地说。"记住了。"我说。"这是高压喷头冲，用它来冲碗盘上的脏东西。这个是钢丝球，冲不干净就用它来蹭。刷好了，你得把碗盘子搁到塑料架子上，推到洗碗机里。就是这玩意儿。"领班拍着洗碗机接着说，时间是预定好的，洗完它自己会停下来。"有什么问题没有？"他问说。"没问题。"我想。

　　于是，我就这样上岗干活了。跟我搭档刷盘子的，是一个大婶。不过，自从我来了后，她就时不时地去帮忙切菜，配菜，忙的时候偶尔也去前台传菜。刚开始，对那些碗盘子，我还觉得是个轻便活，可是刷了没多少时间，就觉得那不是人干的活了。那些盘子、碗、杯子、筷子、汤匙，夹杂着菜渣、纸巾和鱼刺骨头，源源不断地从窗口塞进来。我弯着身子，在水槽边上分秒不停地冲啊，刷啊，擦啊，没多少工夫就觉得腰折了一般直不起来。

不久，我就成了专家级的刷碗工。我可以在几分钟内轻松搞定一桌碗碟，而且刷出来的碗洁净明亮，从不会出半点差错。我就像一台洗碗机似的，看见什么都想着拿来当碗洗。那些天，我醒着时只要一看见盘子就直想着去抓，晚上睡觉时就梦见碗盘子从天上哗啦啦地掉下来。一天晚上，我又梦到了自己洗碗。我梦到那些碗盘子从小窗口挤进来，在高压喷头下晃郎晃郎地碰撞着，没一会儿就干净了。不过，当我把碗盘子搁到塑料架子上时，老板端着一叠盘子走了过来。他指着盘子上的油污，怒不可遏把整叠盘子都摔了个粉碎。

第二天，我趴在水槽边上正洗着，厨房领班就走了过来。我把洗好的盘子搁在水槽沿上，叠得老高。"别叠这么高，小心摔下来。"领班说。我说没事儿，然后一边搁着盘子，一边把那个梦说给了领班听。我问他这会不会是什么坏兆头。"咱老板可精着呢，怎么可能会摔盘子。在他眼里，那些碗盘子可比咱们这些员工精贵多了。"他笑着说。他说完刚转身，那一叠盘子就摔了下来，叮呤当啷地碎了一地，一些盘子还滚出去老远。"我说过，别叠这么高嘛。"领班说着，把我带到经理那儿。经理又把我带到了老板那儿。这些盘子照价赔，连着那天的饭菜钱全给扣下来，

"滚蛋。"老板说。

　　我离开餐馆，从一条街晃到另一条街，从一个社区转到另一个社区，没有方向，也没有目的。这个城市，如果不找点事情出来，它就不会跟我有半点关系。这天，阳光有些毒，我从街上游荡到了一个小区的公园亭子里。在亭子边上，是一排外墙贴着马赛克的平房。平房门楣上挂着一张牌子，上面写着"社区家政服务中心"的字样，下边又注明了房产、保姆、婚介、钟点工之类的服务细项。

　　我推开门，走了进去，看到里边站着不少前来咨询的人。在一张办公桌前，一位社区大妈挑着眉毛，挤着眼儿，对付着前来咨询的人们。我排着队，也凑了上去。"我想找点活儿干。"我笑着说。"找活儿，你能干什么呀？"她说。"扛煤气罐，搬家，只要卖力气的都可以。"我说。"扛煤气罐找煤气公司去，搬家找搬家公司去，卖力气到兴宁桥头待着去。"她冷冷地说。"那有别的活吗？"我说。"你看看自己，能干什么活？当保姆？打扫卫生？"她说。"打扫卫生，我行。"我说。"你行？哈哈，你看你这样儿，谁家敢请你这钟点工？"她说。"那别的力气活也行。"我说。"去去去，这里没有合适你的工作。"她说。"脏活累活，我都没问题。"我说。"说了，没有，你到人才市场碰运气去吧。"她不耐烦地说。我叹了口气，推开来了门，一头扎进了阳光里。"喂，等等，你回来。"我听到后边有人在喊谁。"说你呢，回来！"我转身看见那中年妇女正朝我招着手。"我差点忘了，昨天老陈刚巧被车碰了。你就去顶一段时间吧。"她说。"做什么活？"我说。"小区公厕。干不干？"她说。"行。多少工钱。"我说。"五百，一个月。"她张着五个指头说。

　　一个月后，我向社区大妈讨工钱，说好的五百快，她只给我算了四百块。"你这卫生搞得不够干净。水冲得不够及时。蚊香也换得不勤快，养得蚊子跟鹭鸶似的。"她黑着脸说。于是，我找了一堆木板，把厕所门封了起来。我做事总是这样，一激动脑壳就进水。我惹了众怒。社区大妈叫来几个大汉，把我拎着耍瘦猫一样折腾。没办法！我只得认栽了。我向社区大妈要那一百块钱。社区大妈眼皮子一翻，用她的指头点着我，狠狠地数落了一阵。最后，她把几张百元纸币啐了啐唾沫，扔到了我跟前。

　　于是，我又回到了大街上。在街头，我已经是一副丢魂落魄的样子。我的脖子仿佛煮熟了的茄子一般，蔫耷耷的。我越往前行走，街道就越宽阔，人流也越拥挤。我被夹在人群中，即便使劲踮脚也只能看到茫茫的黑脑袋，仿佛浮在一锅沸水中的黑荸荠。

　　在一个公交车站台下，我停了下来。巨大的站牌前停满了候车的人：一名年轻的男子提着一只黑包，硬生生地朝人缝间钻着；一位肥腴的中年妇女正朝那男子白着眼，显然她容忍不了那男子的插队行为。车子亮着红色数字牌，浮在喧哗的声浪上，笨拙地驶来。车子一靠站，站台上的候车人就一窝蜂似的围聚在车门下。一阵嘈杂之后，车子吐了一股黑烟又走了。车子，或者车内的乘客，都按着既定的方向和目的走了。就这样，走了一茬，又聚了一茬；这一茬走了，那一茬又来了。最后，只留下了我一个人游荡在站台附近，没有方向也没有目的，不需要从一个被设定了坐标的站台，到另一个被设定了坐标的站台。

我一直行走，但我每走一步，街道就延伸一截；我快速地奔跑，街道就快速地延伸。我的脚步永远跟不上街道延伸的速度。有时候，我仿佛觉得自己像是被钉在某条海船的桅杆上，城市的建筑、人流、灯影、喧哗，所有城市的存在物都像海涛一样，拍着我的身体和内心，一浪浪地过去，又一浪浪地到来。

　　我走了很长时间。我身心疲惫，眼前经过的物事令我生厌，并且伴着一股反胃的恶心：它们像章鱼一样，所有的触角都朝我探伸过来。渐渐地，我看到城市在旋转，令我晕眩不已；整个街道也忽然变得笔直，我用手抚摸着地面，感受着城市大地的质地：坚硬，冷瑟，刻着无数条细密的纹路，一刻不停地流动着。

　　傍晚时分，太阳从高楼间的缝隙间滑落下去，早早地停在东边天空上的弯月亮开始渐渐发亮。我来到了城市广场，那些灯光渐次亮开。广场上的喷泉，随着音乐节奏高高低低地喷涌着。广场上打着水幕电影的播放广告，人们都奔着这神奇的东西而来，仿佛是被海水送到陆地的蚂蚁军团。我在广场东侧的长条椅上观看水幕电影，喷泉持续地上升，下落，形成水幕。水幕的色彩随时变幻着，形成道路、车辆、大厦、城市、阳光、列车、人影。它们不断地交替、重复、拼接、转换、过度，形成细节、画面，人生被演绎，故事被延续。光影下的人们仰着头，专注地观看着电影。直到水幕落下，人们才在灯影里四下散去，只留下一场夜风，在冷清的广场，孤独地奔跑。我忽然觉得，我的旅途也不过是一场水幕电影。水幕不能永远停留在半空中，它迟早要摔落下来，连着故事以及故事里的人物一起消失。

第十四章

　　我在城市广场抽了半包香烟，然后沿着江畔来到了兴宁桥。桥栏边上，摊着几张草席。几个人正盘着腿，坐在草席上打着牌，聊着天。我挨着桥栏，坐到了地上。桥面上的热气还未散尽，不过河面上的风多少又给了人们几份惬意。不一会儿，几个戴着凉帽、背着草席的男子，提着编织袋，正说笑着从桥头走来。他们在离我不远的地方，铺开草席，坐了下来。

　　"这位年轻人，你也来这揽活呢？"这时，一位一脸酡红的老头儿凑过来说。"我听人说，这里能卖力气，可老半天也没见个人影儿。"我说。"在这儿得等着，看着合适的，会有人来领你走。你这样儿的还真少见，现在的年轻人，哪还会出来卖力气？"老头儿说。"你们都揽些什么活儿啊？"我说。"这可得看什么时节，割稻子、摘棉花、砍竹子，只要有力气，什么样的活儿都有。现在这时节，正是割蒲草的时候。"老头儿说。"我也是听人说起，才来这儿的。"我说。"来，抽一根？烟不好，可够味。"他说着掏出了一包冰山香烟。"抽我的，抽我的。"我急忙掏出自己的香烟，递了过去。他推了几下，最后还是接下了。"我看你是头一次来揽活吧？连个家伙也没带，人家见了瞅不上。"他说。"是啊，头一次，多照应。"我笑着给他点上了烟。

我们聊得很投机，香烟续了一根又一根，烟屁股扔了一地儿。在谈话中，他告诉我说，他姓马，从余姚四明山区赶来。他说，他有两个儿子，大儿子叫马龙，小儿子叫马虎。一聊起大儿子马龙，他就来精神。

他说，马龙做了一名公务员，待父母很重孝。不过，一提起他儿子，他就开始叹息起来。大儿子命数不好，早年出车祸没了。他说这话时神情黯然，一脸的哀伤。这是命数，没办法。他说着，开始抽起了烟。直到抽完一整根烟，我问起了他的小儿子。这小儿子，就别提了。他心思太活，几年前就出门了，没再回来过。到现在，我也不知道他在外边到底怎么样了。

夜半时分，一辆巡逻车在桥头停了下来。车上下来两个穿着制服的民警。他们全身武装，不过看上去却挺和善。两人向我们敬了个礼，然后要求我们离开兴宁桥。他们说，宁波是个国际性的都市，让外国人瞅见了影响不好。我们懒散地起身，收拾东西，然后欠欠身子，朝桥头走去。民警们也开着巡逻车离开了。等巡逻车走远后，我们又拖着行李来到了桥上。民警劝了一回又一回，我们就一次次地走回来。

第二天，当日头从城市底处升起来后，桥面上的车子又渐渐地拥挤起来。我看到揽活的人们坐在桥栏边上，一边瞅着过往的车辆，一边吃着自己从家乡带出来的饼干和水。老马从包里掏出了一罐八宝粥，递给了我。"我不饿。"我推辞着说。"别客气。"

他说着抛了过来。我接过了八宝粥，拉开盖子，仰着脖子，几口下来就落了肚。

不一会儿，桥头驶来一辆银色面包车，然后缓缓地停了下来。大家还没等车子停稳，就围上去讨起活计来。一个剃着平头的男子从副驾驶上爬了下来，打量着眼前揽活的农人。"谁会割蒲草啊？"他对着大伙说。话音刚落，人们就举着手，扯着嗓子，抢了起来。"我割了三年蒲草，刀快，手更快。"老马对平头说。平头看了一眼，立刻就挑中了他。"我，还有我。"我朝平头喊着。不过，平头连看都没看我一眼。"我也割了三年，吃得了苦，身子骨壮实得很。"我继续喊着。平头的目光转移过来，落到了我身上。"没带家伙，你怎么干活？"平头说。"家伙我这儿有多的。这年轻人很耐劳。你带上他吧。"老马对平头说。"行，那上车吧。"平头说。

我们上了车，在车上坐了一个多小时，来到了奉化的镇子上。雇主是一个姓钱的草艺作坊老板。我们随着他，七拐八弯的，来到了一个闲置着的农庄。

"这里就是你们落脚的地儿了。条件不是很好，得打地铺。"钱老板说着，推开了农庄的大门，进了农庄的大厅。我们卸下了行李包，在大厅里找了块地儿，就算安顿好了。老马换上了一套雨裤和一双直筒套鞋，又扎了一块头巾。蒲草叶刮人，得防着点儿。他说着递给了我一把镰刀和一双手套。我们随着钱老板，穿过田野，来到了河畔边上。他指了指岸边的一大丛蒲草，然后转身走了。我们坐在岸边抽完了一支烟，然后顺着岸坡，扎到蒲草丛中干了起来。

蒲草生长在斜坡上，一些齐刷刷立在淤泥里，割起来并不容易。我脱了鞋，顺坡滑了下去。浅一些的淤泥正好没过脚踝子，要是深一些的直陷到膝盖上。淤泥散发着强烈的腐臭味，偶然还能遇上几只死老鼠和死鸟，以及一大群围着它们吮吸的蝇蛾。

镰刀很锋利。刀口对着蒲草根，一拉一大片。然而，搬起来却不容易。蒲草又长，又重，搬起来既费时，又费力。等我爬上岸时，全身沾满了污泥，散发着阵阵恶臭，像极了一只正在腐烂的死老鼠。我拔了一些草，扎成把子，刮掉腿肚子上的污泥，却刮下了好几条蚂蟥。

一个上午下来，我已经累得没了人形，躺在岸边晾了起来。日头像颗玻璃球，又滚到了头顶上。我看到芦苇丛中，传来一串熟悉的声音，像是笑着哭，又像是哭着笑。我扒开芦苇丛，看到了苏水水。她穿着大红的薄纱裙子，头发绾着结，对着我吃吃地笑着。我钻进芦苇丛，踩着污泥去抓她。她却忽地不见了。我一急，就醒了过来。我看到那老马已经上了岸，正捧着快餐盒，在一个塑料桶里捞方便面吃。

吃完午餐，我和老马又开始聊天，抽烟。他谈起了早年外出割稻、捡棉花的经历。他说，他一个人，一天一亩稻子，管割管打，管运管晒，身子骨依然铁打不倒。他说，他干过的活里面，数摘棉花最熬人。我问他为什么？他说，棉花的植株矮小，得躬着身子采摘。时间一长，腰背就扛不住，又酸又疼的，只好把双手支在膝盖上，让双腿来承受上身的重量，以减轻腰背的负担。但是，就算这样也坚持不了多久。由于经常靠着膝盖，手肘子就容易起水泡，一茬棉花摘下来，膝盖上也就起了厚厚的一层茧子。

"这都是些苦活儿啊。"我说。"小百姓嘛,年复一年,日子总是这么过来的。"他说。"一把年纪了,还这么拼命干嘛?"我说。"多攒点钱呗。"他笑着说。

傍晚,太阳已经西沉。星星在东边的天空上忽闪忽闪的,月亮也渐渐明亮起来。老马搬完了最后的蒲草,装上了拖拉机,准备离开。"回去喽。"他远远地喊说。"回去?"我想,不就是一个地铺吗?睡水泥地,还不如这草皮舒坦呢。"你回吧!我过会走回来。"我说。

夜空,尤其澄澈。一颗颗星星,仿佛打磨完成的钻石,缀在天空上。我沿着河岸,朝着月亮升起的方向行走。在天空的左上方,我看到闪亮的北斗星。此时,在它的下方,究竟有多少仰望着的身影?他们对着天空长叹,然后沮丧地低下脑袋,想那些令人忧伤的事情。此时,那些路途上的夜空或许会更加湛蓝,北斗星会更加明亮。

我在岸边的田野里拖来了几个草把子,在一棵枣树下铺了一地。枣树的叶子已经脱落,残留在枝头的叶片在夜风吹拂下簌簌作响。我看着月亮从枣树的枝桠爬上枝梢,然后又从枝梢上滚落下去,顺着江面逐渐隐入大地。

第二天,钱老板又带了几个人过来。他们操着不同的话音,但穿着同样的直筒套鞋。他们一到岸边,就换了鞋子,割起了蒲草。从太阳升起,到渐近中午,他们都没有偷过一份闲,只是闷着头割蒲草。中午的时候,塑料桶还是原来的塑料桶,只不过比原来满了许多。工友们纷纷上岸,七手八脚地捞方便面吃。用完了餐,有些人一刻也没休息就下岸去了。

我在江畔边上，割了半个多月蒲草，就停下了。那天，我穿着直筒套鞋下到蒲草地，没多少工夫，一枚钉子就穿过鞋底扎了进来。我被扎得生疼，只站着喊叫。老马跑过来，刨开了烂泥，挖出一截木头来。木头上钉着一枚钉子，生生地扎进了脚底。老马清洗完了污泥，然后帮我给拔了出来。

　　"这钉子锈得很，烂泥也扎进了伤口，得赶紧去看医生。"他说。我向钱老板支取了一些工钱，来到了附近的一家卫生院，打了针，又配了一些药片。在卫生院门口，我在宣传窗口前停了下来。宣传窗里张贴着女性痛经、孕产、子宫肌瘤之类的防治知识。窗框是宽大的铝合金，涂得白亮白亮的，仿佛一面镜子。我在镜子里看到了自己的模样，蓬头垢面，胡子拉碴，下巴瘦得只剩了一副骨架子。我感到身上的每一个毛孔都堵塞着淤泥，每一寸肌肤都散发死老鼠和死鸟的恶臭，每一块骨头都被沮丧和失落溶解成了烂泥。

　　在接下去的日子里，伤口就开始发炎，我下不了地，只好躺在农庄的通铺里静养。当我能下地走路时，蒲草也割得差不多了。那天晚上，我们从老板那儿领了全部的工钱，回到农庄里大伙就整理好行李，准备天一亮就离开。老马过来看我的脚伤。"没事儿了，只可惜没挣着钱。"我说着站起来，走了一圈。"接下去，有什么打算？"老马说。"没找着活儿，就打算不好。"我说。"你砍过竹子没？"他说。"当然砍过，小时候家里来篾匠，就一起去竹园里砍毛竹。"我说。"不是竹园，而是竹山，一眼看去满满的都是竹子，有人专门砍竹子。"他说。"这个倒没有。"我说。"砍竹子挺累人，但挣钱挺快的。一天连砍带装车五六十根竹子，有个七八十块。"他说。"挣钱快的，我都想干。"我说。"我老家镇上有个竹编厂，到了这个时节就开始砍竹子了。"他说。"那最好了。"我说。

第二天，钱老板把我们送到了镇上的车站。我们坐上了一辆中巴车。一路上，车子停停走走，朝着一个叫梁弄的镇子开去。在车上，我做了一个梦。当车子停下时，有人在拍我的肩膀。我抬头看见售票员正对着我吃吃地笑。我看了看窗外，看到一片低矮而老式的房子。到了。这时老马拎起了行李说。

我下了车，掏了香烟，递给老马，然后跟着他，一边走一边打量着这个陌生的地方。我看到，在镇子边上，一条公路沿着河岸朝着山谷延伸着。在离镇子不远的地方，盖着一排彩钢瓦房子，那是当地的一家竹编厂。竹编厂规模不大，总共也只有十来个工人。我们刚走到门口，一条高大的黑狗就吠叫起来。老马隔着大门朝里喊话。这时，一个胖女人一边喝斥着黑狗，一边从里面走了出来。她见了老马，就笑着迎了上来。"哎呀，老马，你总算来了。这些天，砍竹工又走了几个，你再不来可就急坏我了。"她笑着说。"现在你可以宽心了，我还带了个小伙子来。"老马说。

我乘着一辆破拖拉机，离开竹编厂朝山谷里奔去。在公路两边，远远近近的山坡上到处是竹子。过了金岙村后，我们沿着狭窄的乡村公路，来到了冠佩村。过了冠佩村，拖拉机在竹山间的黄泥路上，一路颠簸了二十多分钟，最后在一个竹场上停了下来。竹场上盖着几间竹棚，竹棚里搭着一个简易的土灶，还有几张竹床。

"我们到了吗？"我问老马说。"竹子在这儿装车出山。我们吃饭休息也都在这儿了。砍竹子的地儿还远着，山里山弯里弯的，得走不少路呢。"老马说。

我们离开竹棚，沿着一条山路，进了竹山。山路上覆盖着竹叶，越往里走，地面上的竹叶就越来越厚，道路也越来越狭窄。直到最后，就连路也没了。在我们眼前的，是一条早先搭好了竹道。沿着竹道向前走了一两里地儿，就到了竹道的尽头处。从这儿开始，我们把竹道再往前搭段路过去，方便拖运竹子。他说着，拔出了竹刀，挑了一根竹子，几刀下去，竹子就倒了在地上。我们隔了几米，就砍两根竹子，然后两两交叉，架在坡上。不一会儿，我们就在原来的竹道上又向前续了几百米。最后，我们来到了一个陡坡下。"这个坡不错，我们把它清理一下。"老马说着带着我，爬上了陡坡。"清理出来做什么？"我问说。"那就是我们今天要砍的林地。从那边到这里，正好做一个滑道。"他用竹刀指着坡上的竹子说。

我们一边顺着坡道往上爬，一边沿路砍掉了滑道上的竹子。到了坡上，老马坐了下来，掏出香烟递了一根过来。"够呛，没想到砍竹子还得费这么大劲儿。"我喘着粗气接过了香烟说。"这你就不明白了吧。这活儿，最难的不是砍竹子，而是运竹子。我们得借着地势，坡上做滑道，水上做水道，山路上做竹道。"他说。"这还真有不少窍门儿。"我说。"那是，竹山上待得长了，就能看懂竹子。你不知道吧，这竹子跟人一样，也是有公有母的，也有生老病死的。"他说。"竹子有公母，这倒头回听说呢。"我说。"你顺着竹节看，第一个竹节上要有是两个竹枝的，那就是母的。母的竹子出笋，公的不出笋。你看那竹梢子，那叫竹子开花，就是说快老死了。"他指着边上的一根竹子说。

　　抽完了烟，老马从塑料袋里取出一盒蚊香。"这竹山上两样东西最毒。"他点着蚊香说。"哪两样？"我问。"一个是蛇，有时趴在地上，有时缠在竹子上，要是被咬就麻烦得很了。另一个就是蚊子了，有鹭鸶般大的，也有针尖样小的，但被咬了都得起大包。你过来，给你帽子上按一个，毒不死蚊子，也熏跑几个。"他说着，把一支点燃的蚊香插到了我的帽尖上。

　　我来到了坡地边上，对准一株竹子根部，就挥着刀子砍了起来。碎屑随着刀子散落开来，刀口开了不小，可竹子却还没倒。这时，老马从边上爬了过来。他补了几刀，竹子便倒了。"你这么砍太费力，先看着我怎么砍。"他说着，朝边上的竹子走去。"砍竹子的，大家都认一个理儿，叫做爷孙不见面，就是不能老竹新竹一齐砍，只砍三年的老竹子，这样竹山就可以一年年地砍下去。"他一边说着一边挑中了一株老竹子。

　　"你看，砍刀得依着这个角度砍下去，不能砍得太高影响竹材产量，也不能砍得太低以免缺了刀口。砍竹子的刀口也得按着顺序，前边一刀，左边两刀，右边两刀。"老马一边说一边砍着。然后，他转到了竹子的后边。"这一刀下去，竹子就该朝着前面倒下去。"老马刀子一落下，竹子就朝着前方倒下了。他去了枝条，砍了竹梢头，然后顺着坡道滑到了山下。

　　我按着老马的手法，砍了起来。一开始，我握着刀子还有些手劲儿，一刀刀下去总能砍开点口子。几棵下来，我手上的力气就乏了。刀子拿在手上，可就是吃不上力气。我把刀子从左手换到右手，又从右手换到左手，好不容易才砍了几根下来。老马在我前面的坡上，总是在我第一根竹子还没砍倒时，他已经扛着第二根竹子走了出来。当他滑好竹子往回走时，总会笑着提醒点儿什么，然后就顺着山坡，消失在雾气里。没过多久，山坡那边就传来有节奏的砍竹声，还有竹子倒下的哗啦声。

快到半上午时，老马滑下了最后一根竹子。"停了，我们先把竹子弄出去，中午先装一车走。"他说着走了过来，利索地帮我劈了枝条，砍了竹梢头，然后两人抬到了滑道口上，放了下去。我们顺着滑道，下了坡，用竹条扎了起来。"等等，这样少了。"我正埋头扎着，老马走了过来接着说，"扛竹子三根比两根轻，要是只扎两根，不稳当，过会儿泥路上不好扛。"

我们扎好竹子，拖出了竹道，又扛着走了一两里地儿，出了竹山。在竹棚边上，拖拉机手正坐在驾驶座上，悠闲地抽着香烟。他看到我们，就爬到了车斗上，把竹子拖了上去。我们在竹山里，走了五六个来回，直到中午才全部装上了车。装完竹子，拖拉机一边用绳子做着固定，一边开着玩笑。"这些竹子，一看刀口，就知道哪根是谁砍的了。"他说。"这年轻人学得快，现在可是很顺手啦。"老马也笑着说。

中午，我们回到竹棚里，在土灶上生了火，开始自己做饭。中饭很简单，白米饭，两包榨菜丝，再加一根香肠。吃完饭，我来到竹棚外边，在一根毛竹上坐了下来。老马抹了抹嘴，掏出烟盒，抛了一支过来。

"现在的年轻人啊，哪吃得起苦。一个个都削尖了脑袋往城里钻，有能耐的买了房子扎了根，没能耐的挣不了钱，也不愿回去，就那么晃来晃去地。像你这样儿的年轻还真难得。"老马说。

"你太夸奖了，我这是没本事，混饭吃呢。"我说。"有没有本事不打紧，这年头只要肯卖力气，活儿遍地都有。我那小儿子年纪跟你差不多，可就是不一样。"他说。"说不准你儿子在哪儿发了财呢。"我说。"就我那小儿子的脾气，要发财也不容易啊。他就是不愿过安生日子。前些年，他结了婚，刚生了小孩，两口子就分了。现在，他把小孩子一扔，一个人跑外边去了。他出去的时候，小孩子还喝着奶粉，现在跑起来都不会打一个趔趄了。"他说。"等他回来，还认不得自己儿子了。"我开玩笑说。"那当然，我那孙子皮得很，饭量大，长得胖胖墩墩的。"老马说。"他总会回来的，兴许走得远了点儿。"我说。"是啊，也只能这么想了。"他叹着气说。我们抽完了几根烟，然后离开竹棚，又进了竹山。直到黄昏，我们才下山把砍好的竹子装上车，回到竹编厂时夜已经很深了。

　　我们总是在天刚擦亮时出门，又摸着黑回到竹编厂，有时就干脆在竹棚过夜。在山上的夜晚，我们剖开竹片子，烧篝火，热了黄酒，就着小京生一口口地啜饮。我们靠着火光，他讲他早逝的大儿子，讲他流浪在外的小儿子，讲他乖巧可人的孙子。那些飘忽的火苗，使我想起了水幕电影，那一帧帧画面在火光里闪现。水幕无法永远在空中停留，剧情终究要踩着时间的滑板奔向结尾。谁都需要一个结束的方式。此时不结束，彼时必将结束。它与梦想无关，与行走无关，与个人意愿无关。那些道路、身影、笑容，在火苗中出现，又随着火星子飘散着。它们上升到夜空中，然后旅途消失了，道路将不复存在。一切只是静静地安眠着，就像这满山的竹林。

竹山里的风，一天比一天的冷。风声也越来越响，仿佛大海轻涌的声音。山里面，竹道续了一段又一段，滑道也从一个坡换到了另一个坡。竹编厂的生意越来越好。大伙只要一看老板娘的那种笑脸，就知道厂子的订单又接了不少。大伙都竖着拇指夸老板娘女强人。这都是托了弥勒佛的福气。她总是说。

一天晚上，我们刚到竹编厂，老板娘就过来塞了一个红包。"明天，雪窦寺弥勒佛开光法会，咱厂子歇个一天，大伙儿有兴趣的去跟弥勒佛许个愿，祈个福。"她笑着说。"你去不？"老马问我说。"不去。"我说。"雪窦寺的弥勒很灵的。"他说。"菩萨弥勒都很灵，可那都是对别人的。"我说。"你去了就灵。"他说。

第二天，老板娘备了大号的香烛，一早就带着我们出发了。我们沿着浒溪线，经过大岚镇和四明山镇，进入了溪口镇。车子在离雪窦寺不远的地方堵住了。司机一打听，才知道前方道路因为开光法会给封了。下了车，我跟着他们朝向雪窦寺走去。一路上，到处都是前去祈福的人。还没到雪窦寺，老马就合着掌，虔诚地念起了些什么。到了雪窦寺前，我们远远地就看到了弥勒佛的塑像。不过，看着那塑像，我却木木然，没半点儿想法。"你们上去吧。我就在这儿溜达。"我对他们说。

我看着他们进了寺，然后一个人闲逛起来。我拦了一辆黄包车，车夫是个老头子，看到我招手，立刻直着身子朝我蹬来。

"老板，去哪里啊？"我屁股还没沾着座位，他就问了起来。"你说哪里，就哪里吧！好玩儿的就行。"我说。"来这儿的人要么是来这雪窦寺，要么是去那蒋氏故居。"他说。"蒋介石那老宅？行吧。"我说。"好嘞。"他说着又蹬了起来。"你知道蒋中正吧？"他一边蹬一边说。"蒋介石就是蒋介石，干嘛说蒋中正呢？"我说。"我告诉你啊，我也姓蒋，算起来中正还是我叔公呢？"他打开了话匣接着说，"我那叔公啊，想当年哪，真是风光。执掌雄兵八百万，生杀予夺全由他一句话。可惜啊，时运不济，最后还是被干倒了。要是我那个叔公再争一口气，我怎么着也该能混个大官当当了，哪还用得着这么苦命地蹬这三轮车。"

他一路念叨着他的故事，他的叔公的故事。不一会儿，就到了蒋氏故居。大宅院里，游人不少。我从正门绕西侧的小径信步游走，经过蒋经国书屋，转到软禁张学良的偏房，又来到议政楼。那些纷繁的民国旧事，无聊透顶。倒是宅院内的参天古木，以及清幽环境，让人看着惬意。

我来到迎客厅门口，只见一群人拥挤在台阶上，围着两个演员拍着照片。其中一个演蒋介石的，带着帽子，双手拄着手杖，对着相机镜头微笑。拍完了一种姿势，他又摘下帽子，一手提着手杖，一手把帽子罩在胸前，颔首微笑。游客们在他和"宋美龄"之间，一会儿打着手势，一会儿又做这儿鬼脸，一会儿把手搭到他的发亮的秃脑袋上。他像一尊木偶似的，任着游客们摆弄着各种各样的姿势。拍完照，"宋美龄"就到一边兜起了合影生意。他就自顾自地摘帽，挥手，敲手杖，微笑，拍脑门，甩袖子和长袍，开口闭口不离"娘稀屁"，他就周而复始做着这样的一些动作。他做着那个早已作古的人所曾经做过的动作，说着曾经说过的话语。

我越看那演蒋介石的，就觉着越眼熟，凑近了一看，差点吓我一跳。"西瓜皮，西瓜皮。"我冲着他喊。我喊了没几声，就觉得有点不对味。我发现边上的游客都挤着眼朝我瞪着，那眼神像是要在我身上剜肉似的。

不一会儿，他就抓着圆顶黑帽，拄着一根手杖，下了台阶，朝我走来。"你怎么在这里？"他提着那袭青袍，涩涩地说。"西瓜皮，你不是在上海吗？"我惊讶地说。

"娘稀屁，上海那个鬼地方，早待不住了！"他说。

"那你这是？"我说。"演蒋委员长喽。你看，留念合影，一次一元。"他指着一块广告牌，脸上露出一些尴尬的神情来。"这好差事啊。一次一元，十次十元，一天下来也能挣好几十吧。"我说。"大林……"这时大厅门口一个穿着光鲜的女子朝他挥着手绢。"你看，她就是演宋美龄的，外婆坑来的，一年到头不下地，不干活，演宋美龄样子挺像！"他向宋美龄挥了挥手，抓着我的肩膀说，"咱们喝酒去。"

"我过会有人等呢。"我说。"那到里边喝口茶吧。"他说着，在前面带起了路。我看到青袍子随着他的脚步一扬一扬的，露出了里面的牛仔裤。他上了台阶，进了景区工作室，来到了一张办公桌前。他给我泡了一杯茶，然后坐了下来。我掏出烟盒，递了一根给他。他摇着手，推了回来。"不抽了？"我问。"戒了。"他说。"戒了，为什么？"我说。"蒋介石不抽烟的嘛。"他笑笑说。"你怎么做起蒋介石来了呢？"我说。"我听说景区找人特型演员，就来碰碰运气，结果成了。"他说。"这还好吧？"我说。"卖相呢，还不值钱。"他自嘲说。"你这相多少还能卖钱，不错啦。"我说。"兄弟啊，还是回老家，管那一亩三分地。"他叹着气说，"这外头的世界，可不是咱们浪荡得起。谁都说外头的世界好，娘稀屁，好个鸟！"

我们聊了没一会儿，景区里的一个头儿就来催西瓜皮，说是工作时间不能耽误了。他向头儿赔着笑脸，一脸的尴尬。我向西瓜皮道了别，离开蒋氏故居，沿着来路朝雪窦寺走去。走到半路时，天空下起了雨。我一路小跑着，来到了雪窦寺门口。在一个帐篷底下，我买了一片芋艿头，一边吃一边等着老马他们。

不一会儿，他们就从里面走了出来。在车上，老马打开了一个黄色的布袋子，掏出许多串佛珠来。"这是儿子的，这是孙子的，这是老伴儿的。"他理着佛珠说。"这是送你的，开过光的特别灵，保佑你顺风顺水。"他说着递了一串过来。我接过佛珠，看到每一颗珠子都闪着光泽，上面还刻着各各不同的十八罗汉。我把它戴到了手腕上，忽然地就觉得一种莫名的宁静，从心底里漫溢出来。

车内播放着花儿乐队的歌曲。他们那喜感的声音，唤醒着我的记忆。雨刷子在挡风玻璃前一左一右来回的摇着，那些雨点依然纷至沓来。我想，这是秋雨了。正如那些记忆，带着些许凉意，从失落的天空里飘洒下来。

雨越来越大。雨水打在窗玻璃上，形成一绺绺水流，布满了整个窗门。窗外的世界，在雨水中扭曲、变形，模糊不堪。在雨幕里，我仿佛看见一个背包的旅行人，雨幕模糊了他的背影，车辆打着灯，从他身边尖叫着呼啸而过。我知道，那样漫长的路途，也将穿过我的岁月和记忆。在路途上，曾经与我相伴的人，以及那些在旅途上相遇的，擦肩而过的，一笑而过的，甚至那些在列车的车窗外快速掠过的人，或许正与我一样，在这绵绵的秋雨里，张望着记忆的天空。